SAS

LA SOLUTION ROUGE

Photo de la couverture : Michel MOREAU

ISBN : 2 - 7386 - 0181 - 2

ISSN : 0295 - 7604

GÉRARD DE VILLIERS

SAS

LA SOLUTION ROUGE

E D I T I O N S
GERARD *de* VILLIERS

DU MÊME AUTEUR AUX PRESSES DE LA CITÉ

N° 1 S.A.S. À ISTANBUL
N° 2 S.A.S. CONTRE C.I.A.
N° 3 S.A.S. OPÉRATION APOCALYPSE
N° 4 SAMBA POUR S.A.S.
N° 5 S.A.S. RENDEZ-VOUS À SAN FRANCISCO
N° 6 S.A.S. DOSSIER KENNEDY
N° 7 S.A.S. BROIE DU NOIR
N° 8 S.A.S. AUX CARAÏBES
N° 9 S.A.S. À L'OUEST DE JÉRUSALEM
N° 10 S.A.S. L'OR DE LA RIVIÈRE KWAÏ
N° 11 S.A.S. MAGIE NOIRE À NEW YORK
N° 12 S.A.S. LES TROIS VEUVES DE HONG-KONG
N° 13 S.A.S. L'ABOMINABLE SIRÈNE
N° 14 S.A.S. LES PENDUS DE BAGDAD
N° 15 S.A.S. LA PANTHÈRE D'HOLLYWOOD
N° 16 S.A.S. ESCALE À PAGO-PAGO
N° 17 S.A.S. AMOK À BALI
N° 18 S.A.S. QUE VIVA GUEVARA
N° 19 S.A.S. CYCLONE À L'ONU
N° 20 S.A.S. MISSION À SAÏGON
N° 21 S.A.S. LE BAL DE LA COMTESSE ADLER
N° 22 S.A.S. LES PARIAS DE CEYLAN
N° 23 S.A.S. MASSACRE À AMMAN
N° 24 S.A.S. REQUIEM POUR TONTONS MACOUTES
N° 25 S.A.S. L'HOMME DE KABUL
N° 26 S.A.S. MORT À BEYROUTH
N° 27 S.A.S. SAFARI À LA PAZ
N° 28 S.A.S. L'HÉROÏNE DE VIENTIANE
N° 29 S.A.S. BERLIN CHECK POINT CHARLIE
N° 30 S.A.S. MOURIR POUR ZANZIBAR
N° 31 S.A.S. L'ANGE DE MONTEVIDEO
N° 32 S.A.S. MURDER INC. LAS VEGAS
N° 33 S.A.S. RENDEZ-VOUS À BORIS GLEB
N° 34 S.A.S. KILL HENRY KISSINGER!
N° 35 S.A.S. ROULETTE CAMBODGIENNE
N° 36 S.A.S. FURIE À BELFAST
N° 37 S.A.S. GUÊPIER EN ANGOLA
N° 38 S.A.S. LES OTAGES DE TOKYO
N° 39 S.A.S. L'ORDRE RÈGNE À SANTIAGO
N° 40 S.A.S. LES SORCIERS DU TAGE
N° 41 S.A.S. EMBARGO
N° 42 S.A.S. LE DISPARU DE SINGAPOUR
N° 43 S.A.S. COMPTE À REBOURS EN RHODÉSIE
N° 44 S.A.S. MEURTRE À ATHÈNES
N° 45 S.A.S. LE TRÉSOR DU NÉGUS
N° 46 S.A.S. PROTECTION POUR TEDDY BEAR
N° 47 S.A.S. MISSION IMPOSSIBLE EN SOMALIE
N° 48 S.A.S. MARATHON À SPANISH HARLEM
N° 49 S.A.S. NAUFRAGE AUX SEYCHELLES
N° 50 S.A.S. LE PRINTEMPS DE VARSOVIE
N° 51 S.A.S. LE GARDIEN D'ISRAËL
N° 52 S.A.S. PANIQUE AU ZAÏRE
N° 53 S.A.S. CROISADE À MANAGUA
N° 54 S.A.S. VOIR MALTE ET MOURIR
N° 55 S.A.S. SHANGHAÏ EXPRESS
N° 56 S.A.S. OPÉRATION MATADOR
N° 57 S.A.S. DUEL À BARRANQUILLA

N° 58 S.A.S. PIÈGE À BUDAPEST
N° 59 S.A.S. CARNAGE À ABU DHABI
N° 60 S.A.S. TERREUR À SAN SALVADOR
N° 61 S.A.S. LE COMPLOT DU CAIRE
N° 62 S.A.S. VENGEANCE ROMAINE
N° 63 S.A.S. DES ARMES POUR KHARTOUM
N° 64 S.A.S. TORNADE SUR MANILLE
N° 65 S.A.S. LE FUGITIF DE HAMBOURG
N° 66 S.A.S. OBJECTIF REAGAN
N° 67 S.A.S. ROUGE GRENADE
N° 68 S.A.S. COMMANDO SUR TUNIS
N° 69 S.A.S. LE TUEUR DE MIAMI
N° 70 S.A.S. LA FILIÈRE BULGARE
N° 71 S.A.S. AVENTURE AU SURINAM
N° 72 S.A.S. EMBUSCADE A LA KHYBER PASS
N° 73 S.A.S. LE VOL 007 NE RÉPOND PLUS
N° 74 S.A.S. LES FOUS DE BAALBEK
N° 75 S.A.S. LES ENRAGÉS D'AMSTERDAM
N° 76 S.A.S. PUTSCH A OUAGADOUGOU
N° 77 S.A.S. LA BLONDE DE PRÉTORIA
N° 78 S.A.S. LA VEUVE DE L'AYATOLLAH
N° 79 S.A.S. CHASSE A L'HOMME AU PÉROU
N° 80 S.A.S. L'AFFAIRE KIRSANOV
N° 81 S.A.S. MORT A GANDHI
N° 82 S.A.S. DANSE MACABRE A BELGRADE
N° 83 S.A.S. COUP D'ÉTAT AU YEMEN
N° 84 S.A.S. LE PLAN NASSER
N° 85 S.A.S. EMBROUILLES A PANAMA
N° 86 S.A.S. LA MADONE DE STOCKHOLM
N° 87 S.A.S. L'OTAGE D'OMAN
N° 88 S.A.S. ESCALE À GIBRALTAR

L'IRRÉSISTIBLE ASCENSION DE MOHAMMAD REZA, SHAH D'IRAN
LA CHINE S'ÉVEILLE
LA CUISINE APHRODISIAQUE DE S.A.S
PAPILLON ÉPINGLÉ
LES DOSSIERS SECRETS DE LA BRIGADE MONDAINE
LES DOSSIERS ROSES DE LA BRIGADE MONDAINE

AUX ÉDITIONS DU ROCHER

LA MORT AUX CHATS
LES SOUCIS DE SI-SIOU

AUX ÉDITIONS DE VILLIERS

N° 89 S.A.S. AVENTURE EN SIERRA LEONE
N° 90 S.A.S. LA TAUPE DE LANGLEY
N° 91 S.A.S. LES AMAZONES DE PYONGYANG
N° 92 S.A.S. LES TUEURS DE BRUXELLES
N° 93 S.A.S. VISA POUR CUBA
N° 94 S.A.S. ARNAQUE À BRUNEI
N° 95 S.A.S. LOI MARTIALE À KABOUL
N° 96 S.A.S. L'INCONNU DE LENINGRAD
N° 97 S.A.S. CAUCHEMAR EN COLOMBIE
N° 98 S.A.S. CROISADE EN BIRMANIE
N° 99 S.A.S. MISSION À MOSCOU
N° 100 S.A.S. LES CANONS DE BAGDAD
N° 101 S.A.S. LA PISTE DE BRAZZAVILLE

LE GUIDE S.A.S. 1989

CHAPITRE PREMIER

– Arrête de bouger la tête, *bang-pro* (1), tu vas renverser mon thé, avertit Ta-Mok (2) d'une voix douce.

Appuyé au tronc noueux d'un banian, ses béquilles coincées sous son aisselle droite, il tenait en équilibre dans sa main gauche un morceau de feuille de bananier où étaient disposés quelques quartiers de goyave d'un beau vert clair. Avec un cure-dents, il piqua un bout de fruit et le laissa fondre dans sa bouche. Contemplant les yeux mi-clos, sans aucune émotion sur son visage plat, les trois têtes humaines qui émergeaient du sol, à un mètre de lui.

Les trois hommes, étroitement ligotés les uns aux autres, dos à dos, avaient été disposés debout dans une fosse profonde aussitôt comblée, ne laissant dépasser que les têtes. Celles-ci, réunies de force par une corde, constituaient un support parfait pour les trois pieds d'une grosse théière cabossée. Des braises avaient été posées sur le sol, afin de chauffer l'eau contenue dans la théière.

Cette clairière, un peu à l'écart du camp de base de la Division khmère rouge 62, au nord de Siem Reap, dans une région de jungle très accidentée, servait aux puni-

(1) Petit frère.
(2) Mok le vieux.

tions et aux exécutions. Ta-Mok, commandant de la division 62 et un des chefs historiques des Khmers rouges, ne risquait pas d'être dérangé : ce camp se trouvait au cœur de la zone qu'il contrôlait depuis 1979. Mêmes les troupes d'élite vietnamiennes n'avaient pu l'en déloger. Après leur départ, fin 87, l'armée régulière cambodgienne du gouvernement Hun Sen n'avait pas eu plus de succès.

Un système compliqué de champs de mines, appuyés par des hérissons équipés de mitrailleuses lourdes, et des tireurs d'élite, renforcés de barrages antichars, interdisaient le périmètre.

Ta-Mok en avait profité pour exploiter les essences rares de la forêt, ce qui lui procurait de précieux dollars lui permettant d'acheter des munitions en Thaïlande et des médicaments à Phnom Penh.

Son dernier morceau de goyave avalé, il reporta son attention sur les trois hommes à ses pieds, fixant le visage crispé par la douleur de Hou-Sihorn, celui qu'il avait apostrophé. De toute sa volonté, ce dernier essayait de garder la tête immobile afin d'éviter que la théière posée en équilibre sur son support humain ne se renverse. Pourtant, la nuque rongée par les braises, il ne pouvait éviter parfois un mouvement réflexe, comme celui qui avait déclenché l'admonestation de Ta-Mok. Le souffle court, la bouche ouverte, il laissait échapper un râle continu. Ce supplice était un des plus raffinés mis au point par Ta-Mok lui-même. Il ne l'utilisait qu'en de rares occasions, pour ne pas le dévaluer... Surtout pour des traîtres dont la punition devait être exemplaire. Ta-Mok connaissait les limites de la fidélité. Sa jambe droite avait été sectionnée par une grenade lancée par un de ses propres hommes... Un lâche qui voulait déserter. Ta-Mok avait attendu d'être amputé pour le châtier lui-même. Le coupable avait mis huit jours à mourir, les chairs déchiquetées par une fine baguette d'acier maniée avec une férocité raisonnée. Ensuite, Ta-Mok l'avait enterré vivant et il avait encore agonisé pendant deux jours.

– *Bang! Bang!* (1)

La voix suppliante de l'homme n'était plus qu'un murmure. Il sentait la théière déséquilibrée par son sursaut glisser lentement de son crâne, ce qui risquait d'interrompre le supplice et de déclencher une punition supplémentaire.

Lorsqu'un soldat avait disposé une poignée de braises entre leurs trois têtes, ils avaient hurlé à s'en arracher les cordes vocales. Ta-Mok leur avait fait rentrer leurs cris dans la gorge en les menaçant de leur crever les yeux sur-le-champ, s'ils ne « collaboraient » pas.

Le supplice était à double détente. Dès que le thé était brûlant, on le versait avec soin sur les visages des trois hommes, les ébouillantant, et le cycle recommençait. On remettait de l'eau à chauffer, jusqu'à ce que les coupables meurent ou avouent.

Un gémissement aigu, plus fort, sortit de la bouche d'un des hommes dont Ta-Mok ne voyait que la nuque. Les braises lui rongeaient la chair, causant une douleur insupportable.

– *Bang-pro*, supplia-t-il, s'adressant à Hou-Sihorn, arrête nos souffrances, parle!

Ta-Mok eut un léger sourire. Sa méthode fonctionnait. Celui-là était coupable seulement d'avoir dérobé un cochon dans une ferme, et son voisin de gauche n'avait guère plus à se reprocher; avoir violé une prisonnière utilisée pour le déminage... Ils n'étaient là que pour inciter Hou-Sihorn à avouer plus vite, afin d'abréger leur propre supplice. Le violeur joignait sa voix à celle de son compagnon, adjurant le vrai coupable de ne pas prolonger sa résistance.

Ta-Mok ne le quittait pas des yeux, guettant sur ses traits les stigmates de la douleur.

Il détenait des informations vitales pour le vieux chef khmer rouge. Et ce dernier devait, coûte que coûte, les lui arracher.

(1) Frère aîné.

Le chœur des deux malheureux s'amplifiait, alternant injures et supplications. Bien sûr, ils étaient sans illusion; la mort les attendait de toute façon, mais une fin douce et rapide, au lieu de ces heures de torture abominable. Si la théière se renversait, Ta-Mok avait promis de crever d'abord un œil au coupable, au prochain accident le second, et, ensuite, de lui couper les oreilles...

Les gémissements se transformèrent en hurlements : le thé commençait à bouillir et le métal de la théière faisait claquer la peau des crânes, infligeant une douleur supplémentaire.

La théière bascula tout à coup, un des trois « piliers » ayant bougé la tête de quelques millimètres... Le récipient demeura en équilibre sur deux pieds, sans se renverser. Ta-Mok ne réagit pas immédiatement, laissant la terreur s'infiltrer dans les os de ses trois victimes. Le violeur se mit à crier sans discontinuer; le métal brûlant appuyait sur son crâne rasé, lui causant une souffrance intolérable.

Curieux, un des jeunes soldats gardant le lieu du supplice se retourna. Un garçon de quinze ans recruté dans un camp de réfugiés. Afin de l'endurcir, à la fin de son entraînement militaire, Ta-Mok lui avait fait tuer une paysanne coupable d'avoir refusé de vendre du riz aux Khmers rouges.

L'exécution avait eu lieu à coups de pioche dans le ventre après, bien entendu, qu'on lui avait fait creuser sa tombe. Depuis, le jeune soldat avait appris à refréner tout sentiment, toute pitié, toute compréhension pour ceux qu'on lui désignait comme des ennemis.

Une discipline de fer régnait chez Ta-Mok, comme au temps héroïque de la lutte contre le régime pro-américain de Lon Nol, entre 1970 et 1975. Les soldats de la division 62 avaient vieilli, du moins ceux qui avaient survécu, mais demeuraient aussi motivés idéologiquement. Ils considéraient avec un peu de mépris le reste de l'armée de Pol Pot, réfugiée dans le massif des Cardamomes, à cheval entre le Cambodge et la Thaïlande, avec au centre de leur dispositif la petite ville minière de Pailin, détruite, mais où grouillaient des marchands thaï. Les Khmers rouges avaient repris à leur compte l'exploitation des pierres précieuses, contrôlaient la contrebande entre la Thaïlande et le Cambodge et vivaient plutôt bien.

Ta-Mok fustigeait cet amollissement et cette collaboration avec des Thaïs et même des Occidentaux. Chez lui, personne ne parlait de langue étrangère, à part quelques mots de chinois, indispensables pour les échanges avec le « Grand Frère » protecteur du Nord. Les conditions de vie étaient plus que spartiates. Ta-Mok lui-même s'accrochait depuis vingt ans à la même profession de foi : « Qu'est-ce qu'un homme peut désirer de plus qu'une montre, une radio et une bicyclette? » Ses trois mille hommes vivaient dans une grande frugalité, payant scrupuleusement aux paysans le riz dont ils avaient besoin. A force d'être dans la jungle, ils avaient perdu le contact avec la réalité. Leur seul lien avec le monde civilisé était l'Antonov 24 qui passait parfois au-dessus de leur tête, amenant à Siem Reap les rares touristes qui venaient visiter ce qui restait des temples d'Angkor. Ta-Mok avait interdit qu'on tire sur ces appareils; les autorités de Siem Reap lui rétrocédaient une partie des dollars extorqués aux touristes. En dépit de ses imprécations contre les « gens de Pailin », il ne pouvait rompre avec eux, le gros de l'armement chinois transitant par la Thaïlande et Pailin...

Lui rêvait encore de faire du Cambodge un pays agricole de trois millions d'habitants où il n'y aurait plus une seule ville. Né dans le nord du Cambodge d'une famille de paysans pauvres, Ta-Mok haïssait les villes et les citadins, vivant lui-même comme un paysan en dépit de son rang de commandant en chef de la région Nord et de fondateur de l'Angkar (1). Il avait appris la frugalité durant les années où il avait été

(1) Structure de décision des Khmers rouges.

bonze, avant de se défroquer et de basculer dans la lutte armée. Prenant prétexte des difficultés de déplacement, il ne rendait visite à ses camarades de Pailin que rarement, bien que moins de deux cents kilomètres les séparent.

Grâce aux quelques journaux chinois qui lui parvenaient, il se tenait au courant avec délectation des ennuis de l'Union Soviétique, qui se répercutaient sur le Viêt-nam, l'ennemi abhorré. Se disant qu'avec un peu de chance les Khmers rouges allaient bientôt revenir à Phnom Penh dans les fourgons de la « coalition » anti-vietnamienne, formée des Khmers rouges, des partisans de Sihanouk et de quelques modérés. Ta-Mok préparait ses hommes à cela. Au début, il ne faudrait pas révéler leurs véritables intentions. Ce n'est qu'arrivés au pouvoir qu'ils pourraient recommencer ce qu'ils avaient presque réussi en 1975. Déjà il avait dressé des listes de gens à supprimer. Cette fois, le vieux prince Sihanouk serait liquidé comme les autres, sans parler des traîtres qui avaient collaboré avec les Vietnamiens...

Les hurlements redoublés de ses victimes troublèrent sa méditation. Ta-Mok se décolla de l'arbre auquel il s'appuyait, et fit un pas en avant, s'appuyant sur ses béquilles.

Il sentait son estomac se tordre de rage en pensant que certains de ceux avec qui il avait combattu dans les rizières pendant des années avaient perdu leur idéal, étaient prêts aux pires compromissions pour retrouver une parcelle de pouvoir.

Car si Ta-Mok allait rarement à Pailin, il y entretenait une armée d'informateurs. C'est grâce à eux qu'il avait eu vent de quelque chose et qu'il avait réussi à attirer dans un piège celui qui se trouvait devant lui, homme de confiance d'un des dirigeants de l'Angkar.

Se balançant sur ses béquilles, il s'approcha de Hou-Sihorn, et s'accroupit sur sa seule jambe valide, prenant appui sur son moignon dissimulé par le pantalon d'uniforme verdâtre. Ta-Mok ne portait aucun signe distinctif de son rang, à part le lourd pistolet Tokarev fabriqué en Chine à sa ceinture.

Voyant que les choses se précipitaient, la jeune sentinelle se détourna vivement. Ta-Mok était susceptible. S'il croisait son regard, il était capable de le faire exécuter sur-le-champ.

Le vieux chef de la Division 62 allongea le bras et saisit la théière; puis, de la main gauche, il releva la tête de Hou-Sihorn, celui qui détenait les secrets qu'il voulait connaître. Ce faisant, il appuya encore plus sa nuque contre les braises et l'homme poussa un gémissement étouffé. Son visage était couvert de sueur, son regard égaré, la peau tendue sur ses os. Il savait n'avoir aucune pitié à attendre de son bourreau. Après quinze ans chez les Khmers rouges, il n'ignorait pas qu'une séance de torture se terminait rarement bien.

– *Bang-pro*, dit Ta-Mok de sa voix douce et basse, je te respecte parce que tu as été un combattant courageux. Mais tes amis se sont fourvoyés depuis. Il faut que tu m'aides à comprendre ce qui se passe. Pour ton bien.

Le supplicié ne répondit pas. A quoi bon? Toute cette phraséologie n'avait qu'un but : obtenir sa reddition. Lui-même s'était livré à des interrogatoires et connaissait les règles du jeu. De plus, la douleur de la braise rongeant sa chair était si violente qu'elle lui paralysait le cerveau.

Une sensation atroce sur le visage lui arracha soudain un hurlement inhumain. Ta-Mok venait de commencer à verser le thé dans ses yeux. Sa victime tenta en vain de bouger la tête, ne réussissant qu'à inonder son visage du liquide brûlant. Ta-Mok s'arrêta seulement lorsqu'il n'y eut plus une seule goutte de thé dans la théière cabossée. Hou-Sihorn laissait échapper un râle d'agonie. Sa peau boursouflée et écarlate lui faisait atrocement mal, déjà couverte de cloques. Ta-Mok égoutta bien le récipient puis héla la sentinelle.

– *Agn!* (1) Ils ont renversé mon thé, va me chercher de l'eau et de la braise aussi, il n'y en a presque plus.

La sentinelle partit en courant vers les cuisines du camp et revint quelques minutes plus tard avec la théière pleine et un plat métallique rempli de braises. Le jeune soldat posa les deux ustensiles près de Ta-Mok et s'éloigna sans même le regarder.

Ta-Mok fixa longuement le visage du supplicié. Impossible de saisir son regard, mais sa vieille expérience lui disait qu'il n'était pas loin de craquer. Avec une petite pelle taillée dans un bambou, il prit quelque braises, mais au lieu de les poser par terre entre les crânes, il les versa directement sur celui de Hou-Sihorn.

Ce dernier poussa un cri atroce et secoua furieusement la tête, tentant de s'en débarrasser. Il y parvint en partie, mais certaines demeurèrent accrochées à la peau. Une abominable odeur de chair brûlée monta jusqu'aux narines de Ta-Mok.

Ce dernier se pencha sur sa victime et dit de la même voix douce :

– *Bang-pro*, il faut que tu m'aides! Sinon ces braises vont ronger la peau puis les os de ta tête. Quand elles atteindront ton cerveau, tu deviendras fou. Tu m'entends?

Hou-Sihorn l'entendait, sachant qu'il ne bluffait pas. Regrettant amèrement de s'être laissé entraîner dans ce piège. Comment le vieux avait-il eu vent de ce qui se tramait? A ce stade, c'était une question purement académique. Ta-Mok reversa encore quelques braises sur le crâne, et Hou-Sihorn eut l'impression horrible que sa paroi osseuse commençait à fondre. C'était abominable.

Ta-Mok avait dirigé d'une main de fer le centre d'interrogatoire de Tuol Sleng à Phnom Penh, y torturant près de vingt mille traîtres de la façon la plus cruelle.

(1) Toi!

Même Pol Pot s'était ému de ses méthodes.

Dans un effort surhumain, Hou-Sihorn leva les yeux vers son bourreau et reconnut d'une voix pleine d'humilité :

– Tu as raison, *Bang-pro*, ils se sont fourvoyés et je me suis associé à cette erreur.

Il ne fallait pas seulement avouer, mais respecter la phraséologie, sinon, cela ne valait rien.

Ta-Mok eut un hochement de tête plein de compréhension, mais n'ôta pas les braises qui rongeaient le crâne de sa victime dans une odeur infecte de chair brûlée. Une lueur de folie allumait son regard. Il se cala bien sur son moignon et commença l'interrogatoire. A voix basse. Non qu'il craigne une indiscrétion des deux autres suppliciés promis de toute façon à la mort, mais parce qu'il avait honte de ce qu'il allait entendre.

Pendant plusieurs minutes, il posa de brèves questions auxquelles répondait avec docilité son interlocuteur. Brisé. Ta-Mok avait déjà observé cette attitude chez des suppliciés qui résistaient longtemps et s'effondraient d'un coup, à un certain seuil de douleur physique. Il insistait, vérifiait, enregistrait sans rien noter, se fiant à sa mémoire. Ne laissant rien paraître de ce qu'il éprouvait. Il apprit enfin tout ce qu'il voulait. L'interrogatoire terminé, d'un geste léger et rapide, il balaya les braises du sommet du crâne de sa victime, puis demeura immobile à l'observer, se demandant s'il n'avait rien oublié.

Hou-Sihorn avait fermé les yeux et s'efforçait de ne pas penser. La peau ébouillantée de son visage le faisait encore plus souffrir que les brûlures de son crâne. Ce n'était même pas la peine de réclamer la clémence de Ta-Mok. A partir du moment où il avouait, il connaissait le sort qui l'attendait. Maintenant, il était partagé entre deux sentiments. D'un côté, il avait bien envie que ce silence se prolonge encore quelques minutes, ce qui lui apportait un espoir fou et irraisonné. La rage de survivre. De l'autre, il avait hâte d'en avoir fini. Il avait trop souvent donné la mort pour ne pas en avoir gardé un certain fatalisme.

Un claquement sec le fit sursauter, expédiant une décharge massive d'adrénaline dans ses artères. Il ferma les yeux encore plus fort. C'était le bruit de la culasse d'un pistolet qu'on armait. Il lui semblait que les battements de son cœur s'étaient déjà arrêtés. Rien ne se passait. Un espoir insensé l'envahit. Les Khmers rouges étaient coutumiers des simulacres d'exécution. Peut-être pouvait-il être encore utile au vieux Ta-Mok?

Il ouvrait la bouche pour le remercier quand la détonation lui déchira les tympans et il cessa de penser. La balle du Tokarev venait de lui transpercer le front, faisant exploser son cerveau.

Ta-Mok ne s'attarda pas à contempler sa victime. Sans lâcher son Tokarev, il se redressa comme un ressort et récupéra ses béquilles. En quelques pas, il se retrouva devant les deux autres victimes qui le fixaient, terrorisées. Il ne croisa même pas leur regard. Le bras tendu, l'extrémité du canon du pistolet touchant presque leur front, il appuya deux fois sur la détente.

Ses projectiles traversèrent le cerveau des deux hommes, les tuant instantanément et leurs têtes retombèrent en avant paisiblement. Ta-Mok remit son pistolet dans son étui, puis héla à nouveau la jeune sentinelle. Celui-ci accourut.

– Coupe les trois têtes et donne-les aux cochons, ordonna simplement Ta-Mok. Mets un peu de terre sur le reste.

Depuis le début de leur lutte, les Khmers rouges avaient ainsi enterré des milliers de victimes, sous quelques centimètres de terre. Appelant cyniquement cette méthode de l'engrais humain.

Ta-Mok s'éloigna sans se retourner, avançant avec une rapidité incroyable, en dépit de son handicap. Revenu au camp, il se laissa tomber sur son lit de camp et alluma une cigarette. La rage le disputait au désir de vengeance, tandis qu'il récapitulait les révélations de

Hou-Sihorn. Il réservait à ses adversaires quelques surprises. Le vieux Ta-Mok n'était pas encore fini. Machinalement, il caressa la tôle emboutie de la vieille Kalachnikov posée à côté de lui. S'il ne pouvait pas utiliser la force contre des gens plus puissants que lui, il lui restait la ruse, la stratégie oblique. Il lui en avait fallu beaucoup pour demeurer vivant durant quinze ans de combats presque ininterrompus. Ses Grands Frères chinois lui avaient proposé, après sa blessure, de se retirer en Thaïlande faire de l'instruction, et des cours d'éducation politique, arguant qu'il lui était difficile de se déplacer. Afin de leur prouver le contraire, la semaine suivante, il avait attaqué un poste gouvernemental avec une poignée de ses hommes et son moignon encore sanglant, tuant tous les survivants de ses propres mains.

Le combat qu'il avait à mener maintenant se terminerait par sa victoire, comme les autres...

Il était six heures du soir et la nuit tombait rapidement, noyant la forêt clairsemée autour de lui. Ta-Mok se sentait bien et commença à échafauder le plan de sa vengeance.

CHAPITRE II

Phong Ton descendit le premier du bus surchargé qui venait de s'arrêter juste en face du marché central de Phnom Penh. Il avait eu la chance de trouver une place assise depuis Battambang, contrairement à beaucoup de passagers qui avaient voyagé debout, ou même accrochés aux marche-pieds ou encore sur le toit avec les ballots. Il s'arrêta sur la chaussée, étourdi par le bruit et l'animation autour de lui. Cela faisait presque dix ans qu'il n'était pas venu dans la capitale. A cette époque – juste avant l'arrivée des troupes vietnamiennes – il n'y avait presque plus de véhicules et guère plus de trois cent mille habitants dans la ville, qui se terraient dans les maisons abandonnées par leurs propriétaires déportés dans les rizières.

Un cyclo-pousse lança un coup de sifflet strident pour qu'il s'écarte de sa route et il monta sur le trottoir. Face au parking d'un cinéma où s'alignaient des centaines de Honda flambant neuves. C'était inouï! Il regarda autour de lui; le marché était aussi grouillant d'animation qu'en 75, avant l'arrivée des Khmers rouges. Comme si rien ne s'était passé.

La grande structure en X du marché central n'avait guère changé. Tout autour, les vieux immeubles noirâtres rongés par l'humidité ressemblaient à des fortins prêts à se rendre, avec leurs linges à toutes les ouvertures. Il n'y avait plus d'ascenseurs, ni d'électricité, ni d'eau, mais ils étaient aussi pleins que des fourmilières et leurs occupants s'entassaient même sur les balcons, souvent une simple plaque de béton en équilibre au-dessus du vide. Les vendeurs de cigarettes, les restaurants ambulants, les innombrables colporteurs se pressaient sur les trottoirs, comme avant... Phong Ton fit quelques pas, se mêlant à la foule, son sac accroché à l'épaule. Une sourde inquiétude lui serrait la poitrine. Depuis son départ de Pailin, à la frontière thaïlandaise à plus de trois cents kilomètres, il n'avait eu aucun problème. C'était très facile de passer d'une zone à l'autre. Ses papiers établis à son ancienne adresse dans la capitale étaient en règle et son apparence la même que celle des autres passagers du bus. Officiellement, il venait à Phnom Penh pour demander un nouveau logement.

Afin de se donner une contenance, il acheta un paquet de cigarettes à une jeune marchande qui lui adressa un regard distrait. Dans son sac, il dissimulait une grosse liasse de riels et quelques rubis avec une adresse pour les échanger contre des dollars. Le logement ne lui poserait pas non plus de problème... Les Khmers rouges avaient gardé de bons réseaux dans la capitale. Il habiterait chez un membre de son réseau. Le responsable de l'immeuble était acheté et ne signalerait pas sa présence à la police, comme il aurait dû le faire. En cas de coup dur, il dissimulait dans sa ceinture un petit pistolet 6,35 avec deux chargeurs; même si on le découvrait, ce n'était pas très grave; tout le monde était armé au Cambodge. En plus des factions politiques, les bandits de grand chemin ne manquaient pas...

Après avoir allumé une cigarette, il regarda sa montre, quand même inquiet. Normalement, il devait trouver une structure d'accueil à Phnom Penh, qui le breeferait sur sa mission. Or personne ne s'était encore manifesté... Il était fier d'avoir été choisi par l'Angkar pour une mission de cette importance. Seulement, tant que les choses n'avaient pas évolué, il se trouvait en pays ennemi. De plus en plus inquiet, il examina la foule qui se pressait sous les arcades, en face des marchands d'or et de bijoux. Il était sûr que les flics de la Sûreté surveillaient les arrivées des bus, mais ils n'avaient aucune raison de le soupçonner.

Lorsqu'il avait sévi à Phnom Penh, de 1975 à 1979, c'était sous un autre nom et tous ceux qui avaient eu affaire à lui étaient morts.

Un gros camion soviétique avec une centaine de malheureux entassés debout dans sa benne passa en grondant. De nouveau, il chercha celui qu'il attendait dans le flot des cyclo-pousses et derrière lui parmi les marchands de fleurs. Son cœur cognait dans sa poitrine, car il craignait de se faire repérer par une imprudence. La ville grouillait d'indicateurs pro-vietnamiens, essayant de débusquer les nouveaux arrivants.

Les passagers de son bus s'étaient égaillés dans toutes les directions, après avoir récupéré leurs paquets. Le dernier s'éloigna, une longue perche sur l'épaule à chaque extrémité de laquelle se balançaient une dizaine de poulets caquetant à fendre l'âme, comme s'ils avaient eu la prescience du sort qui les attendait. Bientôt, il fut seul. Une brusque panique le submergea. Si les messages avaient été mal transmis, il se retrouvait sans point de chute, destiné à finir à la prison centrale ou pire. Il examina les alentours. Quelques cyclo-pousses étaient étalés sur leur machine, le long des grilles du marché, fumant ou dormant. L'un d'eux se déplia soudain et vint en direction de Phong Ton. Edenté, émacié, les jambes noueuses, le mégot au coin de la bouche, vêtu d'un T-shirt en loques, d'un vieux short sans couleur et d'espadrilles. Le regard sans expression, il demanda :

– Où vas-tu, *Pu*? (1)

Phong ne répondit pas. Cela pouvait être un indicateur. L'autre cracha son bétel et continua :

– Si tu vas vers le stade olympique, je peux t'emme-

(1) Mon oncle.

ner pour vingt riels. Je suis fatigué et je rentre chez moi.

Il avait parlé assez fort pour que ses copains l'entendent. Phong Ton se sentit envahi par le soulagement. C'était la phrase de reconnaissance.

– D'accord, *Bang-pro*, fit-il, en s'installant dans le pousse.

Son conducteur monta sur ses pédales et démarra lentement en direction du boulevard Acharmean. Phong Ton se laissa aller en arrière, examinant la foule. Dans son dos, le cyclo pédalait sans un mot. Où le conduisait-il? Qui était-il? Il ferma les yeux lorsqu'ils traversèrent le carrefour entre le boulevard Achar Hemcheay et l'immense boulevard Acharmean, tant la circulation était intense et le bruit assourdissant. Les Honda vrombrissaient comme de gros insectes, zigzaguant entre les cyclo-pousses et les voitures souvent chargées de cinq ou six personnes, les enfants à l'avant, impassibles et heureux. Une voiture les frôla et Phong Ton crut sa dernière heure arrivée... Quelques mètres plus loin, le cyclo se rangea le long du trottoir et descendit de sa machine. Il tenait dans sa main un papier plié qu'il donna à Phong Ton.

– Bienvenue, *Pu*, dit-il, j'espère que tu as fait bon voyage. Fais très attention, ces salauds de Vietnamiens nous traquent. Surtout en ce moment. Tu trouveras sur ce papier les indications pour te loger. Tu n'as rien à craindre, nous serons nombreux à te protéger.

– Qui es-tu?

Le pousse montra ses chicots.

– Peu importe. Il faut être prudent. Je suis ton ami.

– Et mon rendez-vous?

– Je suis au courant, Phong. Tu dois te trouver dans une heure au salon de coiffure qui fait le coin de la rue 130 et de la place du Marché. Tu y rencontreras un étranger qui se fera couper les cheveux. Tu attendras qu'il ait terminé pour l'aborder et lui dire ton nom. Ensuite, cela ne me regarde plus.

Sans attendre de réponse, il remonta sur sa machine, se laissa tomber sur ses pédales et se perdit très vite dans la foule des autres cycles.

Phong Ton enfouit au fond de sa poche le papier, modérément rassuré. Il resta plusieurs minutes au bord du trottoir en face du restaurant *International*, sans oser traverser, tant la circulation le terrorisait. Même au rouge, les véhicules arrivaient de tous les côtés. Finalement, il retraversa Acharmean et s'engagea sous les arcades de la rue 130, bordée de dizaines de boutiques. L'une d'elles offrait des télés Akai grand écran et les derniers magnétoscopes Samsung avec arrêt sur image encore dans leurs cartons d'origine, importés en fraude de Thaïlande, payables en dollars. Il se demanda qui pouvait avoir les moyens de payer des sommes pareilles. Même sans se presser, il ne mit que quelques minutes pour atteindre le salon de coiffure. Il occupait tout le coin et on apercevait plusieurs hommes à demi allongés sur des fauteuils de style dentiste, aux mains d'innombrables coiffeuses.

Phong Ton allait rebrousser chemin, afin d'attendre l'heure du rendez-vous, lorsque son regard fut attiré par deux brochettes de filles assises sur des bancs en face de l'établissement. Intrigué, il se demanda ce qu'elles faisaient là : ce n'étaient pas des coiffeuses, car, à l'intérieur de la boutique, plusieurs clients attendaient d'être servis.

Soudain, il réalisa : c'étaient des prostituées!

Il ne pouvait pas savoir que le nouveau maire de Phnom Penh avait récemment envoyé en camp de rééducation toutes les putes qui avaient envahi les rues et les hôtels comme des escargots après la pluie, comme au bon vieux temps de Lon Nol. Et que les derniers îlots de stupre s'étaient réfugiés dans les salons de coiffure pour hommes.

Médusé, Phong Ton avait l'impression d'être collé au trottoir. A Pailin, les femmes étaient rares et ce n'étaient que des paysannes à la peau sombre, qui savaient tout juste se faire culbuter dans la rizière avec un rire idiot, pour un *sampot* (1) ou quelques riels. Aussi, Phong Ton n'avait-il pas fait l'amour depuis plusieurs semaines. Avidement, il examina les filles et son regard croisa celui de l'une d'entre elles.

Pauvrement habillée, les pieds nus, mais les ongles faits, avec une grosse bouche très rouge. Elle n'était pas jolie, mais une sensualité animale émanait de son corps un peu lourd. Contrairement à la plupart des Cambodgiennes, elle avait une poitrine importante qui écartait les pans de sa blouse.

Lorsqu'elle s'aperçut qu'il la fixait, un sourire provocant écarta ses grosses lèvres et elle le dévisagea effrontément. Phong Ton eut l'impression de recevoir un coup de poing dans l'estomac.

A son tour, il sourit à la fille. Aussitôt, celle-ci se leva de son banc, se retourna avec une lenteur calculée et disparut dans le salon de coiffure.

Pour Phong Ton c'était comme si le soleil brûlant venait de se cacher. D'un pas d'automate, il pénétra à son tour dans la boutique, un peu étourdi. Des hommes se faisaient coiffer, faire les mains ou raser. La nouvelle « bourgeoisie » de l'import-export. La patronne s'approcha de Phong Ton et demanda d'un ton rogomme :

– Vous êtes pressé?

Avec ses vêtements de paysan, il n'avait pas le profil de la clientèle habituelle.

– Non, non, affirma Phong Ton, battant déjà en retraite.

Soudain, sa « conquête » se matérialisa à côté de lui. Le sourire plus salope que jamais. Les yeux dans les yeux, elle annonça d'une voix assurée :

– C'est mon client, il désire un massage en attendant.

La patronne lui jeta un regard méfiant, comme si elle craignait qu'il n'ait pas d'argent.

(1) Jupe longue.

– C'est trois mille riels, lança-t-elle. On paie tout de suite.

Phong Ton faillit protester; à Pailin, pour se faire couper les cheveux, cela coûtait deux cents riels au plus. Puis il réalisa qu'il s'agissait d'un langage codé. La patronne attendait et il faillit battre en retraite. Seulement, il aurait fallu affronter le regard narquois de la fille. Il baissa les yeux sur les ongles de ses pieds peints en rouge et cela lui mit le ventre en feu.

– Voilà, fit-il.

Il sortit de son sac une liasse de dix mille riels et en compta trois mille. Avec la sensation de commettre une faute grave. Utiliser l'argent d'une mission pour se payer une pute, cela méritait de se faire transformer en engrais... Mais il lui suffirait de tricher un peu sur les prix des rubis qu'il devait vendre. Il s'arrangerait avec le marchand. Trois mille riels cela ne faisait jamais que cinq dollars...

– Par ici, proposa la fille d'une voix douce.

Il la suivit jusqu'au fond de la boutique où elle s'engagea dans un escalier très étroit. Ses fesses se balançaient devant Phong Ton, à quelques centimètres, et il aurait pu les toucher. Il en mourait d'envie, mais n'osa pas.

L'escalier aboutissait dans une pièce au plafond si bas que Phong Ton, qui n'était pourtant pas grand, dut se courber... Meublée uniquement d'une table de massage et d'une chaise.

– Allongez-vous, *lauk* (1), demanda la fille d'une voix égale.

Phong Ton avait du mal à respirer calmement. Etendu sur la table de massage, il guettait les bruits de l'extérieur. La fille lui avait fait poser son sac sur une chaise et ôter sa chemise. Ensuite, elle lui avait vague-

(1) Monsieur.

ment massé les épaules, l'air indifférent, pour lui appliquer presque aussitôt des compresses brûlantes sur le visage, qui le rendaient aveugle. Ensuite, elle l'avait débarrassé de ses chaussures, lui avait baigné les pieds et lui étirait maintenant les orteils...

Il souleva une compresse pour admirer sa silhouette pulpeuse. Déçu, il réalisa qu'elle ne s'était pas déshabillée. Elle remit le tissu en place sans rien dire, puis entreprit de lui masser la poitrine. C'était déjà plus agréable, mais cela ne valait pas trois mille riels.

Ensuite, ses doigts s'attaquèrent à la ceinture de son pantalon et leur seul contact déclencha chez Phong Ton une érection immédiate. Sadiquement, sa masseuse sembla ne pas s'en apercevoir, continuant à le masser sans lui ôter le slip qui comprimait douloureusement le membre de Phong Ton. Il en aurait hurlé, mais n'osait pas bouger. Il allait pourtant le faire lorsque enfin, elle souleva l'élastique du slip et il put respirer. Il sursauta lorsque les doigts de la masseuse effleurèrent son sexe. Enfin, on y était! Doucement, elle repoussa la peau tendue enserrant le gland, le libérant. Phong Ton sentit qu'elle passait dessus un linge humide, pour le nettoyer probablement. Il eut un peu honte car il n'avait pas pensé à cette précaution. Une nouvelle sensation l'envoya au septième ciel. La fille s'était enduit les doigts d'une sorte de crème odorante et commençait à le masturber lentement et habilement. A tâtons, il envoya une main, trouva une hanche et remonta jusqu'à un sein qu'il emprisonna. Il était rond et ferme, avec une petite pointe dure. Exquise exploration. Il faillit envoyer promener les compresses pour voir ce qu'il faisait.

Avec honte, il se souvint que certains de ses camarades, les plus féroces, avaient été jusqu'à couper les seins des anciennes bourgeoises de Phnom Penh, pour ensuite les manger.

Quelle époque de folie! L'Angkar régnait alors en

maître sur le Cambodge, supprimant tous ceux qui s'opposaient à sa révolution sauvage. Lui n'était encore qu'un gamin avec une Kalachnikov plus grande que lui.

Le picotement qui montait de ses reins lui fit soudain comprendre qu'il était au bord du plaisir. D'ailleurs, la fille accélérait sa masturbation. Il lui saisit brutalement le poignet. Frustré. Ça, il pouvait se le faire lui-même! Et cela ne lui coûtait pas trois mille riels.

– Qu'est-ce qu'il y a? demanda la masseuse.

– Je ne veux pas comme ça, fit Phong Ton d'une voix étranglée.

Il s'était débarrassé des compresses et contemplait la fille. Ses doigts noués autour de son sexe érigé et rouge.

– Tu as payé, remarqua-t-elle d'un ton égal.

– Non, ce n'est pas ça, contra Phong Ton, je pensais que tu me faisais autre chose.

Ses yeux étaient fixés sur la bouche épaisse et rouge. Elle fit comme si de rien n'était.

– C'est agréable ce que je te fais, pourtant, remarqua-t-elle.

– Je veux...

Il s'arrêta, un peu honteux, mais elle avait compris. Sans lâcher son sexe, elle abaissa son visage vers lui et le prit entre ses lèvres pendant une fraction de seconde, ce qui donna à Phong Ton l'impression de recevoir une décharge de 220 volts.

– Oui! supplia-t-il. Continue.

Elle se redressa, indifférente.

– Je peux te faire quelque chose de très agréable, dit-elle, mais tu me donnes deux milles riels de plus. Pour moi.

– Deux mille riels, s'exclama Phong Ton, indigné et outré, mais c'est très cher!

La masseuse haussa les épaules et reprit aussitôt son va-et-vient.

– Tu n'es pas obligé...

Dans quatre secondes, il allait exploser.

– Attends! dit-il, toute honte bue.

Elle consentit à le lâcher et à le laisser fouiller dans sa poche. Encore deux liasses qui changèrent de main...

La masseuse lui adressa un sourire salace plein de promesses, enfouit les billets dans sa tunique et alluma un petit réchaud à alcool posé à terre sur lequel se trouvait une théière. A côté, il aperçut une tasse et une soucoupe.

– Tu as de la chance, dit-elle, il n'y a plus beaucoup de filles qui savent encore faire ce que je fais. Elles sont toutes mortes dans les rizières. Tuées par ces fous de Polpotistes...

Si elle avait su qui il était... Elle attendit quelques minutes, puis enleva du réchaud la vieille théière qui ne bouillait pas encore. Ensuite, elle versa du thé dans la tasse et s'installa sur un tabouret aux pieds de Phong Ton. Le sexe de ce dernier avait perdu un peu de sa raideur, aussi le prit-elle de la main gauche, pour lui redonner une allure triomphante. Arrivée à ce résultat, elle avala un peu de thé, puis abattit sa grosse bouche sur le membre dressé, l'engloutissant presque entièrement.

Phong Ton poussa un rugissement de satisfaction. Le thé agaçait ses terminaisons nerveuses, multipliant son plaisir. Avec application, sans laisser échapper une seule goutte de liquide, la fille accélérait son mouvement.

Phong regardait monter et descendre sa grosse bouche, fasciné. Il sentit soudain la porcelaine de la tasse appuyer sur l'intérieur de ses cuisses et ses testicules plongèrent dans un liquide chaud! L'impression était d'abord déroutante, puis curieusement agréable.

Même dans ses rêves les plus fous, il n'aurait pas imaginé un traitement aussi délicat! Hélas, il ne pourrait en parler à personne. Déjà, la fille reprenait du thé dans sa bouche et recommençait son manège. Il dut se retenir de toutes ses forces pour ne pas exploser sur-le-champ.

C'était extraordinaire.

Diaboliquement, elle s'arrêtait dès qu'elle le sentait au bord de l'orgasme. Il aurait aimé lui caresser les seins pour ajouter à son plaisir, mais il n'arrivait pas à se redresser.

Quatre fois, il ressentit l'exquise sensation de la bouche pleine de thé qui aspirait sa sève. Il se tortillait sur la planche à masser comme si elle avait été électrifiée, ne pensant plus aux cinq mille riels.

Sa fellatrice, après avoir posé la tasse, lui empoigna soudain la base du sexe, le serrant très fort. Ses grosses lèvres bien serrées autour de lui, elle changea de rythme, l'aspirant lentement et régulièrement. Sa langue dansait en même temps un ballet endiablé sur son gland. Il sentit qu'il allait jouir et une formidable giclée partit de ses reins.

Le corps de Phong Ton se tordit en arc de cercle et il poussa un grognement étouffé...

Palin Ek, la tête rejetée en arrière, bien calée dans son cyclo-pousse, regardait distraitement l'animation de la rue. Avec son visage aux cheveux tirés, ses très hautes pommettes, ses yeux en amande noircis au kohl, sa grosse bouche de salope poussée en avant par ses dents et sa physionomie prognathe, elle avait un air à la fois sensuel et dur. Ses mains très longues aux ongles rouges et un gros chignon assez bas sur la nuque accentuaient son côté sophistiqué. Elle jeta un ordre au cyclo-pousse qui stoppa près du trottoir.

– Tu ne bouges pas, lança-t-elle d'un ton sans réplique. Je te paie après.

D'un pas vif, elle s'enfonça sous les arcades de la rue 130. Plusieurs hommes se retournèrent sur son sampot violet qui moulait une croupe ronde et cambrée. Bien qu'elle ait le teint sombre des Thaï du Nord, elle avait toujours eu beaucoup de succès, surtout avec les étrangers impressionnés par son mufle de fauve, et son corps parfait. Son chignon retenu par plusieurs longues épingles et l'expression dédaigneuse de sa bouche les tenaient à distance. Elle souriait rarement, d'abord par goût, ensuite pour ne pas montrer ses dents jaunies par l'opium.

Elle faillit soudain trébucher. Un petit mendiant unijambiste trottinant sur ses béquilles venait de se jeter dans ses jambes, demandant la charité d'une voix plaintive, la main tendue. Il n'avait pas dix ans.

– Va-t'en! fit-elle sèchement.

Comme il insistait, elle le repoussa d'une bourrade qui l'expédia à terre et continua son chemin sous son regard haineux. Ils étaient des milliers comme lui à Phnom Penh, qui avaient sauté sur des mines. La plupart du temps, ils n'avaient droit qu'à l'indifférence, mais rarement à l'hostilité.

Amer, il regarda les fesses rebondies moulées par le sampot violet, se demandant comment une femme comme elle avait échappé à la déportation dans la rizière. Son allure altière la distinguait de toutes les filles occupées à vendre des cigarettes ou portant le balancier des restaurants ambulants. Palin Ek marchait le menton légèrement levé, promenant un regard plein de défi sur ceux qui la croisaient.

Quelques mètres plus loin, un jeune homme accroupi près de trois bouteilles d'essence se leva et s'approcha d'elle. Presque sans bouger les lèvres, il annonça dans un souffle :

– Il est à l'intérieur du salon de coiffure. Il est monté au premier étage. Une chemise bleue, un sac noir, il lui manque plusieurs dents devant.

Palin Ek inclina la tête sans répondre et continua son chemin comme si l'autre l'avait importunée. Ignorant les filles alignées sur les bancs, elle pénétra dans le salon de coiffure, balayant d'un regard inquisiteur les clients allongés dans leurs fauteuils. La patronne s'avança aussitôt, tout sourire.

– Vous cherchez quelqu'un?

– Oui, un ami qui arrive de la province. Il m'a donné rendez-vous ici. Il porte une chemise bleue.

– Il est en haut, en train de se faire masser, dit la patronne. Il va redescendre.

Palin Ek remercia d'un sourire, attendit que la patronne soit retournée à sa caisse et se dirigea vers le fond de la boutique comme si elle allait aux toilettes. Personne ne remarqua qu'elle s'engouffrait dans l'escalier... Arrivée en haut, sur le minuscule palier, elle s'arrêta brusquement, percevant des gémissements saccadés, derrière le rideau. Elle avança la tête et, par la fente, aperçut de profil un sexe et une bouche qui l'enveloppait.

La « masseuse » enfonça le membre raidi au fond de sa gorge et le masturba furieusement en même temps. Phong Ton hurla tant le plaisir était violent. Au moment où un flot de sperme jaillissait, la fille écarta brusquement sa bouche et le liquide blanc éclaboussa ses grosses lèvres et tout son visage. Elle continua à agiter le membre tant qu'il en sortit quelques gouttes, puis rabaissa sa bouche pour administrer une ultime caresse, nettoyant le sexe encore gonflé.

Phong Ton n'avait jamais été à pareille fête.

Le souffle court, il regarda sa fellatrice remettre la théière sur le réchaud, et s'essuyer le visage tranquillement. Ensuite, elle prit les compresses et les remit sur le visage de Phong Ton.

– Je vais revenir te raser, annonça-t-elle, repose-toi quelques minutes et ne dis à personne ce que je t'ai fait.

Il ne répondit même pas, encore béat de volupté. Il avait l'impression de ne plus avoir de corps, il sentait encore le sperme se ruer dans ses canaux séminaux et l'extraordinaire plaisir de l'explosion dans cette bouche accueillante... Les marches de l'escalier craquèrent et il s'assoupit, littéralement assommé de plaisir. Son voyage à Phnom Penh commençait bien.

Palin Ek avait éprouvé un mélange de dégoût et d'excitation en voyant jaillir le liquide blanchâtre. Elle s'était rejetée en arrière, et ni la femme ni Phong Ton ne l'avaient aperçue.

Elle redescendit, se demandant comment elle allait remplir sa mission.

Le temps pressait.

Quelques instants plus tard, la « masseuse » redescendit, le visage indifférent. Palin Ek n'hésita qu'une seconde, se glissant dans l'escalier à sa place. Elle écarta précautionneusement le rideau : Phong Ton était allongé dans la même position, sans même avoir remonté son pantalon sur son ventre où se nichait le sexe recroquevillé. Les compresses chaudes couvraient tout son visage, l'empêchant de voir.

Pakin Ek s'approcha, faisant craquer le parquet. Il ne s'inquiéta pas, demandant seulement :

– Tu vas me laisser longtemps comme ça, *bang pa-on* ?

Palin Ek ne répondit pas. Pendant quelques secondes, elle fixa l'homme allongé en face d'elle, ses grosses lèvres retroussées en un mauvais rictus.

Phong Ton, sentant une présence, envoya la main et la posa sur la hanche de Palin Ek. Trouvant de la soie à la place du coton rêche, il remarqua seulement :

– Tu t'es changée...

En même temps, sa main glissait jusqu'aux fesses cambrées et les caressait.

– *Ba* (1), fit simplement Palin Ek.

Ses mains remontèrent vers sa tête, saisissant avec précision les deux épingles d'acier qui maintenaient son chignon, dénouant ses longs cheveux qui tombèrent en

(1) Oui.

cascade sur ses épaules. Tenant les deux épingles comme des poignards, elle se pencha lentement sans faire le moindre bruit.

Puis, d'un seul geste, de toutes ses forces, elle les enfonça dans le visage de l'homme étendu, à la hauteur des yeux.

CHAPITRE III

Phong Ton poussa un hurlement effroyable et son corps se souleva en arc de cercle, avant de retomber sur le côté. Les deux aiguilles d'acier avaient traversé les globes oculaires, pénétrant très avant dans son cerveau et demeurant plantés dans ses yeux.

L'agonie du Cambodgien fut rapide. Pendant quelques fractions de secondes, il tenta d'arracher à tâtons les aiguilles, puis son cerveau cessa de fonctionner, et il bascula sur le sol carrelé, tombant face contre terre, s'enfonçant les deux aiguilles presque jusqu'à leur tête de faux rubis.

Palin Ek était déjà dans l'escalier. Elle se heurta à la « masseuse », alertée par les hurlements de son client, la bouscula et traversa le salon de coiffure en courant, sans se préoccuper des regards étonnés. En quelques secondes, elle se perdait dans la foule des arcades de la rue 130. Marchant rapidement, les cheveux au vent, elle retrouva le cyclo-pousse qui l'avait amenée, une cinquantaine de mètres plus loin. Sans un mot, elle y reprit place et son conducteur pesa sur ses pédales pour s'arracher du trottoir.

La jeune Khmère ferma les yeux, laissant se calmer les battements de son cœur. Ravie. Depuis quelque temps, le mouvement khmer rouge, jadis monolithique, s'était scindé en deux factions. L'une, toujours dirigée par Pol Pot, prête à certaines alliances. L'autre ralliée autour de Ta-Mok, restée fidèle à l'ancien idéal de l'Angkar. Les premiers considérés comme des renégats par les seconds. La mort d'un traître était toujours une chose agréable. Encore plus quand on en était l'auteur...

– Ici rue 130, annonça Chieng dans un anglais cahotique en se retournant vers Malko.

– Très bien, fit ce dernier. Arrêtez-moi là.

Chieng avait beau être un « stringer » de la Central Intelligence Agency à Phnom Penh, digne de confiance, les détails de sa négociation devaient être entourés du plus grand secret. Depuis son arrivée à Phnom Penh, trois jours plus tôt, Chieng ne le quittait pas. Il l'attendait à la descente du vol en provenance de Ho Chi Minh-Ville avec une petite pancarte portant son nom. Malko était arrivé de Paris sur Air France, profitant du vol non-stop Paris-Bangkok et de la continuation du même vol sur Ho Chi Minh-Ville. Autant profiter du confort jusqu'au dernier moment. Malko ignorait comment Chieng avait été récupéré par la CIA... En 1975, il était chauffeur du Premier ministre Lon Nol et avait réussi à ne pas être exécuté. On l'avait simplement envoyé dans les rizières avec quelques millions d'autres Cambodgiens. Il en était sorti maigre comme un clou, quelques dents en moins et un éternel sourire sur son visage plat.

Apparemment, il n'avait que deux luxes dans la vie : ses superbes Ray-Ban de vue et ses cigarettes. Dès qu'il lâchait son volant, il fumait.

Quittant la vieille Toyota, Malko s'enfonça sous les arcades, le long des marchands d'or et des derniers antiquaires de Phnom Penh. Il avait du mal à retrouver dans cette grande cité sage, presque sans voitures, la ville folle, joyeuse et désespérée de 1975. A l'époque où le prince Sihanouk, exilé en Chine à la suite du coup d'Etat qui lui avait fait perdre son trône, était le guide spirituel des Khmers rouges. Bien mal récompensé par ceux-ci qui l'avaient acculé à l'abdication en transformant dès leur prise du pouvoir, en avril 1975, le royaume du Cambodge en Kampuchea « démocratique ». Juste avant, dans une atmosphère crépusculaire entretenue par le grondement incessant des canons khmers rouges cernant la ville à quelques kilomètres, on trafiquait, on rêvait, on échafaudait des plans biscornus et surtout, on pariait sur la chute du régime Lon Nol. Tellement pourri que l'arrivée imminente des Khmers rouges déclenchait une joie sincère. Aucun Cambodgien n'imaginait les quatre ans d'horreur qui allaient suivre. On dansait dans les guinguettes du Mékong jusqu'à l'aube. Même les roquettes qui tombaient de temps à autre sur le centre n'entamaient pas le moral des habitants de la capitale; ils ne songeaient même pas à partir...

Dès son arrivée à l'aéroport de Pochentong, trois jours plus tôt, Malko avait senti la différence. L'aéroport était toujours aussi minable, mais il n'y avait plus d'avions sur le tarmac, juste quelques gros hélicoptères camouflés M.26 offerts par les Soviétiques et l'Antonov 24 qui l'avait amené de Saïgon, devenu Ho Chi Minh-Ville.

La douanière khmère n'avait pu examiner ses papiers faute de lumière. Les bâtiments délabrés de l'aérogare étaient faiblement éclairés. Il s'était retrouvé dans la Toyota de Chieng au milieu de la nuée des cyclo-pousses et des Honda où se mêlaient quelques rares voitures; seuls, les lumignons des innombrables marchands ambulants éclairaient vaguement les avenues. Pas un soldat en vue, aucun signe de tension, mais à neuf heures la ville s'arrêtait de vivre; le couvre-feu...

De l'ancien Phnom Penh, plus rien ne restait : les fumeries d'opium, les innombrables petits restaurants à la cuisine délicieuse, les putes attendant dans des cyclo-pousses à la sortie des hôtels pour se ruer sur les visiteurs. Seuls quelques cyclos stationnaient encore en face des hôtels, décharnés et sans illusion : plus de touristes, pas d'hommes d'affaires.

Le *Cambodiana* où s'était installé Malko, dressé au bord du Mékong, n'existait qu'à l'état de carcasse en 1975. Quelques milliers de réfugiés s'y entassaient. Les Khmers rouges les avaient expédiés dans les rizières et, quinze ans plus tard, d'intrépides Chinois de Singapour avaient achevé le rêve du prince Sihanouk : un palace flambant neuf dans une ville fantôme. Personne à la piscine, pas de téléphone dans les chambres dont soixante à peine étaient ouvertes et un personnel ne parlant que cambodgien pour les rares clients. Qui se rendait à Phnom Penh, à part quelques magouilleurs et les ONG (1)? Ou alors des gens comme Malko venant flirter avec le diable, dans un pays qui n'existait plus... Depuis six mois le siège du Cambodge était vacant aux Nations Unies. On avait viré les Khmers rouges sans accepter le nouveau gouvernement considéré comme une émanation de Hanoï...

Une fois ses contacts établis, Malko avait exploré Phnom Penh.

Déprimant.

La cathédrale avait été dynamitée, le casino, rasé, le téléphone ne fonctionnait plus en ville, toutes les avenues avaient changé de nom, Monivong devenant Acharmean; Norodom, Tousamuth; De Gaulle, Staline.

Les ambassades – à part celles des pays de l'Est – avaient été transformées en casernes ou en refuges pour squatters. Seuls les singes qui peuplaient les banians autour du Phnom n'avaient pas changé. La plus grande pagode de la ville était toujours là. Le *Royal*, fleuron de l'hôtellerie khmère, rebaptisé *Samaki,* n'était plus qu'une bâtisse poussiéreuse et morte, à moitié transformée en bureaux, à la piscine vide. Les autres hôtels, en ville, auraient fait honte à l'Armée du Salut. Modestement, ils ne réclamaient que quinze dollars pour leurs

(1) Organisations Non Gouvernementale, apportant une aide humanitaire et médicale.

chambres. A huit heures on ne servait plus dans les rares restaurants, peuplés uniquement d'ONG.

Plus une pute! Plus de fumeries! L'ordre moral communiste avait succédé à celui, encore plus rigoureux, des Khmers rouges, faisant de Phnom Penh une ville morte. Les immeubles tombaient en ruine, occupés par des centaines de familles qui s'y entassaient sans le moindre confort. L'hôpital Calmette ressemblait à un mouroir du Moyen Age : pas de médicaments et pas de médecins.

Et pourtant, des centaines de Honda pétaradaient, toutes neuves. A mille deux cents dollars pièce, dans un pays où un médecin en gagnait trente par mois... Une vie souterraine se développait rapidement, soutenue par les trafics, les rivalités, la contrebande. Certes, le pays était encore déchiré, les routes impraticables, les montagnes occupées par les Khmers rouges, les villages régulièrement attaqués. Mais des voitures neuves commençaient à apparaître, importées en contrebande de Thaïlande. Certaines repartaient pour le Viêt-nam, encore plus pauvre. D'autres restaient à Phnom Penh, entre les mains de généraux sans troupes ou de chevaliers de l'import-export qui dansaient tous les soirs au dernier étage de l'hôtel *Monorom* avec tout ce que la ville comptait d'allumeuses en mini. Des milliers d'antennes télé poussaient sur les immeubles en ruine et on trouvait au marché noir les derniers fours à micro-ondes Samsung, à peine plus chers qu'à Bangkok.

Arrivé au coin de la rue 130 et de la place du Marché, Malko s'arrêta, inquiet. Un groupe compact obstruait l'entrée du salon de coiffure où il avait rendez-vous. Une ambulance stationnait le long du trottoir.

Il se faufila dans la foule. Impossible de comprendre ce que disaient les gens. Pas un étranger en vue. Il parvint enfin à l'entrée du salon et s'immobilisa. Toutes les coiffeuses entouraient en caquetant une civière posée à terre. L'homme étendu dessus ne bougeait pas et deux taches rouges grandes comme la main maculaient son visage. Malko mit quelques secondes à comprendre qu'il s'agissait de compresses imbibées de sang. Vu son immobilité caractéristique, il n'y avait aucun doute : il était mort.

Les ambulanciers arrivèrent, fendirent la foule et emportèrent leur macabre chargement. Deux policiers en casquette plate, à la vietnamienne, firent circuler les badauds. Dans un concert de piaillements, la patronne chassait les derniers clients et fermait boutique...

Malko s'éloigna de quelques mètres tandis que la foule se dispersait. Les coiffeuses s'égaillèrent comme des moineaux. La patronne déplia alors une grille de fer et la ferma d'un énorme cadenas... L'homme sur la civière était-il celui avec qui Malko avait rendez-vous? Ce dernier traîna encore un quart d'heure sous les arcades, par acquit de conscience, puis se dirigea vers la Toyota de Chieng. Dans son métier, il n'y avait guère de coïncidences. Sa mission à Phnom Penh commençait mal...

Un gosse lui barra le passage, appuyé sur des béquilles, pas plus de dix ans, la jambe droite amputée au genou, l'air suppliant, la main tendue.

– *Dollars...*

Malko lui donna cent riels. Le jeune amputé regarda le billet, le froissa ostensiblement puis le jeta dans le caniveau, répétant d'un ton furieux :

– *Dollars, no riels. Monkey money.*

Un garçon qui avait du caractère. Amusé, Malko lui donna un dollar. En équilibre sur ses béquilles, le garçon regarda le billet en transparence, comme un vieux caissier de banque, le frotta contre sa manche pour s'assurer que la couleur ne partait pas, puis le cacha dans ses hardes.

Au moment où Malko allait monter dans la Toyota, l'enfant lui barra le chemin, parlant avec volubilité dans sa langue, bloquant la portière avec une de ses béquilles.

– Que veut-il? demanda Malko à Chieng qui était sorti de sa Toyota en le voyant approcher.

– *A-Pong* (1) moyen dire histoire salon de coiffure, traduisit Chieng.

– Pourquoi?

– Pour cinq dollars.

C'était une bonne raison... Qui pouvait éventuellement intéresser Malko.

– D'accord.

– Lui demande les dollars avant, annonça Chieng, estomaqué par le culot du gamin.

Malko s'exécuta. Aussitôt, le petit mutilé se lança dans un long récit traduit approximativement par le chauffeur.

– Un homme assassiné pendant massage « tac-tac » (2), expliqua Chieng. On pense Polpotiste.

– Pourquoi?

– Lui avoir pistolet et rubis sur lui.

La rage envahit Malko. Son intuition ne l'avait pas trompé : c'était bien l'homme avec qui il avait rendez-vous. Parcourir quinze mille kilomètres pour ce résultat... Sans compter les risques que cela impliquait. Heureusement que la CIA lui avait assuré qu'il s'agissait d'une mission sans danger, une sorte de conférence de paix. L'homme de la civière avait trouvé la paix éternelle, lui... Le gosse unijambiste continuait son récit.

– Lui assassiné par femme, expliqua Chieng, avec aiguilles dans les yeux. Quelqu'un très méchant.

Evidemment, cela allait un peu au-delà de la mauvaise plaisanterie...

– Elle a été arrêtée? demanda Malko, plein d'espoir.

– Non, partie.

– Comment sait-il que c'est une femme?

– Il voit.

(1) Petites couilles.

(2) Expression populaire signifiant faire l'amour.

Ça devenait plus intéressant. Malko ne put dissimuler son intérêt.

– Comment?

– Elle venir avec cyclo. Lui toujours là pour mendier. Elle entrer coiffeur et partir après très vite dans même cyclo.

Le jeune amputé avait les yeux brillants d'excitation. Malko n'en revenait pas. Comment ce Sherlock Holmes en herbe savait-il tout cela? Et si c'était une provoc?

– Comment sait-il tellement de choses? demanda-t-il.

– Polpotiste tué avec épingles pour cheveux... commenta Chieng. Lorsque femme venue, elle avoir épingles. Quand partie boutique, plus épingles, cheveux comme ça.

Il eut un geste décrivant des cheveux longs.

Malko en resta bouche bée. Le visage levé vers lui, le gosse quêtait un compliment. En dépit de son amputation, il semblait costaud, malin et intelligent, parfaitement apte à la survie.

– Il a dit tout cela à la police?

Traduction et éclats de rire du gamin.

– Non, non, pas police. Police le battre et envoyer loin Phnom Penh. Nouveau maire très méchant...

– Est-ce qu'il connaissait cette femme?

– Non.

– Et le cyclo-pousse?

– Non.

– Il peut le décrire?

Le jeune garçon s'embarqua dans des explications compliquées où deux mots revenaient : *krua srah*.

– Qu'est-ce que cela veut dire? demanda Malko.

– C'est couleur peau, *krua srah* (1), expliqua Chieng. Noir très beau.

Il restait à savoir qui avait intérêt à ce qu'échoue ce rendez-vous préparé depuis des mois, en principe dans

(1) Noir lumineux.

le plus grand secret. Mais dont le résultat risquait de déranger beaucoup de gens.

Au moment où Malko s'installait sur son siège, le gosse se pencha dans la voiture et lança quelque chose au chauffeur qui l'éloigna d'un geste agacé.

– Qu'est-ce qu'il dit? interrogea Malko.

– Il dit moyen savoir numéro cyclo-pousse qui emmène femme.

– Ah bon!

– Lui veut cent dollars... compléta Chieng. Lui mentir sûrement.

Malko sourit sans répondre. Bien que sûr, Chieng pouvait émarger comme informateur de la police cambodgienne. En s'en servant comme traducteur, il risquait de rendre publique une information vitale. Malko était sans illusion. En tout cas, ce meurtre sauvage prouvait que la filière qui l'avait amené à Phnom Penh était pénétrée par des adversaires.

– Ça ne m'intéresse pas, fit-il. Mais ce garçon est amusant. Où vit-il?

– Ici, expliqua Chieng. Lui orphelin, parents tués par Polpotistes. Lui sauté sur mine dans rizière.

– Comment s'appelle-t-il?

– A-Pong.

Le jeune mutilé bondit, visiblement furieux.

– No, no A-Pong. Sam! lança-t-il en se frappant la poitrine. Sam, répéta-t-il plusieurs fois.

Malko lui adressa un sourire et dit à Chieng de le conduire à l'hôtel *Samaki*. Avant de commencer son enquête, il devait faire le point.

CHAPITRE IV

Quelques animaux empaillés encombraient les vitrines poussiéreuses du hall à peine éclairé du *Samaki*. Malko gravit le perron, un peu tendu, se demandant ce qu'il allait trouver. Le meurtre du salon de coiffure augurait mal de l'avenir... l'employée qui somnolait à la réception ne leva même pas la tête lorsqu'il s'engagea dans l'escalier sombre.

Arrivé au premier étage, Malko frappa à une porte portant en énormes lettres blanches : WORLD HANDICAP. Presque aussitôt une minuscule Cambodgienne vint ouvrir.

– *The office is closed* (1), annonça-t-elle d'une voix fluette.

– Je dois voir Jane Baron, dit Malko. Prévenez-la.

La Cambodgienne n'eut pas le temps de répondre. Une voix de femme très grave cria d'une pièce voisine :

– Qu'est-ce que c'est?

– C'est Malko.

– OK, venez.

Malko traversa un bureau encombré de cartons et d'affiches, pour rejoindre la pièce voisine. Une femme aux épaules de lutteur, avec de courts cheveux blonds en brosse, des yeux très bleus, sans le moindre maquil-

(1) C'est fermé.

lage, des traits réguliers, mais complètement asexués, s'exerçait à soulever des haltères. Vêtue d'un slip et d'un soutien-gorge en coton blanc, révélant un corps musclé sans un pouce de graisse, un ventre plat, des cuisses noueuses de coureur cycliste. Elle posa ses haltères et tendit à Malko une main aux ongles coupés très court en carré.

– Excusez-moi, je fais mon heure de culture physique.

On aurait dit la fille naturelle de Chris Jones et de Milton Brabeck. Elle avait à peu près autant de féminité que les deux gorilles réunis. Dès sa première rencontre, Malko avait eu instantanément envie de l'appeler « mon colonel »... Pourtant, Jane Baron n'était qu'un « case officier (1) » de la CIA, spécialiste de l'Asie, parlant chinois et khmer, couverte par une authentique organisation de charité. Célibataire, vingt ans de Company, intrépide, d'après Oswald Lovell le chef de station de la CIA à Bangkok que Malko avait vu avant de reprendre le « 747 » d'Air France pour Ho Chi Minh-Ville. Les trois vols hebdomadaires de la compagnie française lui avaient permis un stop-over à Bangkok sur la route de Saigon. Jane Baron était responsable d'une grande partie des contacts nécessaires à l'opération qu'il devait, théoriquement, conclure.

Une femme de fer.

Depuis des mois, elle parcourait les pays de l'Asie du Sud-Est, distribuant des prothèses dans les camps de réfugiés et dans les villages. Bien entendu, ses camarades de l'ONG pour qui elle travaillait ignoraient son appartenance à la Central Intelligence Agency...

– Je viens de... commença Malko.

Jane Baron l'interrompit d'un geste.

– Attendez.

Se retournant vers une sorte de lit de camp, elle lança une interjection en khmer et Malko aperçut alors une petite Cambodgienne en sampot, accroupie à terre, au

(1) Agent de terrain.

regard effrayé. Interpellée, elle se leva, ramassa quelques affaires et fila comme une souris.

– C'est ma masseuse, expliqua Jane Baron, elle ne parle pas anglais, mais on ne sait jamais.

Au moment où la masseuse s'esquivait, il surprit un regard trouble entre les deux femmes. Après tout, le « colonel » n'était peut-être pas totalement asexué... Jane Baron posa sur Malko ses yeux bleus et demanda d'une voix autoritaire :

– Vous êtes déjà là? Que s'est-il passé?

Avant qu'il puisse répondre, elle s'était assise sur le lit de camp, les jambes croisées, sans penser à se rhabiller, comme si Malko n'avait pas appartenu au sexe opposé. Elle alluma une cigarette avec un Zippo puissant comme un lance-flammes et souffla la fumée. Gracieuse comme un sergent-chef de « Marines »...

– Il y a eu un contretemps, avoua Malko.

– Vous n'avez pas vu Phong Ton?

– Si, mort.

Jane Baron arrêta brutalement de se masser les cuisses.

– Mort! Que s'est-il passé?

– Une inconnue lui a planté deux aiguilles dans les yeux. Avant que je puisse lui parler.

– Vous avez assisté au...

– Non, mais j'ai retrouvé un témoin.

Il lui raconta l'épisode du jeune amputé et ce que ce dernier lui avait appris. Jane Baron l'écouta, ses yeux bleus assombris par la fureur.

– C'est très grave, dit-elle, cela signifie que notre opération a été pénétrée, en dépit des précautions prises. Il faut savoir par qui avant de passer au stade suivant.

– Le stade suivant, c'est quoi?

– Reprendre le contact avec ceux qui vous avaient envoyé Phong Ton, coupa Jane Baron très sûre d'elle. Vous connaissez l'importance que la Company attache à cette affaire.

Malko avait en effet découvert sa mission à Bangkok

une semaine plus tôt, au cours d'un dîner à la terrasse de l'*Oriental* avec le chef de station de la CIA, Oswald Lovell. Les Américains tenaient à tout prix à ce que la paix revienne au Cambodge. Depuis l'invasion des Khmers rouges en 1975, beaucoup de choses s'étaient produites, rendant la situation inextricable... D'abord, en 1979, les Vietnamiens, qui avaient toujours eu un œil sur le Cambodge et haïssaient les Khmers rouges inféodés aux Chinois, avaient envahi le Cambodge, repoussant alors le gros des Khmers rouges vers la frontière de la Thaïlande et libérant les trois quarts du pays.

Jusqu'en 1986, la situation était restée gelée, avec, d'une part un gouvernement vietnamien « fantoche » à Phnom Penh et, d'autre part, les Khmers rouges, soutenus par la Chine, qui occupaient encore certaines régions et des poches de résistance, rendant impossible un retour à la normale.

Aucun pays n'avait reconnu le gouvernement de Phnom Penh et d'autres dissidents s'étaient joints aux Khmers rouges dans une coalition aussi hétéroclite qu'inefficace. La situation semblait devoir perdurer, aucun des deux partis n'étant assez fort pour l'emporter. Puis, en 1986, les Vietnamiens s'étaient retirés officiellement, laissant un gouvernement nommé par eux, avec comme Premier ministre Hun Sen, et une armée renforcée. Bien entendu, les Khmers rouges avaient tenté de reprendre le pouvoir, mais n'avaient pas pu y parvenir.

Depuis, les différentes parties se traînaient de conférences internationales en réunions secrètes, n'arrivant jamais à se mettre d'accord.

Tout le monde n'avait peur que d'une chose : que les Khmers rouges reviennent au pouvoir et reprennent leur génocide. Bien que le sinistre Pol Pot garde un profil bas, l'Angkar n'avait pas changé de but et les Cambodgiens étaient persuadés qu'une fois de retour les Polpotistes adopteraient de nouveau les mêmes méthodes.

Les Soviétiques, par amitié pour le Viêt-nam, avaient surarmé les Cambodgiens. Agaçant du même coup la Chine Populaire, qui aurait bien vu un gouvernement à sa botte à Phnom Penh, génocide ou pas.

– Voilà le *background*, avait expliqué Oswald Lovell à Malko. La situation serait définitivement bloquée si nous n'avions pas quelques contacts sérieux avec les Khmers rouges...

– Comment! Vous travaillez avec Pol Pot! avait sursauté Malko.

C'est un peu comme si on lui avait appris que Winston Churchill prenait régulièrement le thé avec Hitler.

– C'est un secret bien gardé, avait confirmé l'homme de la CIA. Déjà, nous avions pu en approcher certains durant la période de 1970 à 1975. Un de nos agents, Hu-Nim, avait été coopté dans le directoire de l'Angkar. Malheureusement, il a été exécuté en 1978, quand ses amis ont découvert ses liens avec nous. Je pense d'ailleurs qu'ils le soupçonnaient depuis longtemps, mais en 78, ils pensaient ne plus avoir besoin de nous : ils avaient le pouvoir. Or, ils ont eu tort.

– Ah bon, pourquoi?

– En 1980, ils nous ont appelés au secours, via les Chinois. Les Vietnamiens allaient les exterminer et les chasser du massif des Cardamomes, en dépit de la complicité des Thaï et de l'aide chinoise. Alors, on leur a donné un coup de main... En leur faisant parvenir des munitions et en envoyant des commandos britanniques les entraîner. Ça s'est très bien passé. C'est moi qui ai traité avec Khieu Sampan, qui se trouvait alors à Bangkok.

Khieu Sampan était le plus « présentable » des Khmers rouges. Une sorte de ministre des Affaires étrangères itinérant. Il prétendait ne pas avoir eu de responsabilité dans le génocide, ce qui était faux, évidemment. Malko avait quand même été étonné du cynisme de l'Américain.

– A l'époque, vous saviez ce qu'ils avaient fait,

avait-il souligné. Le génocide de près de deux millions de Cambodgiens.

Le monde entier était au courant.

– Bien sûr! avait admis Oswald Lovell.

– Et la Company a quand même décidé de les aider?

Le chef de station avait eu un sourire froid et cynique.

– Pas la Company, le président des Etats-Unis... Vous pensez bien que sur un sujet aussi sensible, nous n'allions pas prendre d'initiatives... Il fallait des ordres écrits et nous les avons eus. Ils sont toujours dans les archives de Langley. A la disposition des générations futures.

Malko était trop habitué au cynisme de la politique pour s'étonner vraiment, mais tout avait un prix.

– Qu'avez-vous obtenu en échange?

L'Américain avait arboré un sourire innocent.

– Rien, c'était seulement pour emmerder les Vietnamiens. Le président Reagan ne pouvait pas supporter l'idée que les Etats-Unis aient été battus et ridiculisés par ces « gooks ». Donc, quiconque était leur ennemi devenait notre ami... Et ça a marché : nous avons empêché la vietnamisation du Cambodge. Les Chinois nous ont d'ailleurs été très reconnaissants. Ils nous ont remerciés en nous permettant d'installer des stations d'écoutes le long de leur frontière avec l'URSS. Gorbatchev n'était pas encore apparu...

Encore une histoire exemplaire.

– Et maintenant, que se passe-t-il? avait demandé Malko. Les Vietnamiens sont partis et Reagan est à la retraite.

De nouveau, le chef de la station de la CIA avait souri.

– La situation n'est pas plus simple pour autant. Bloquée. Les Vietnamiens ont peur que Pol Pot revienne et les Khmers rouges, se sentant en force, sont intraitables sur les conditions de leur participation à un nouveau gouvernement... Mais en coulisses, cela discute dur. Parce qu'il y a deux éléments nouveaux. D'abord les Soviétiques, ruinés, ne peuvent plus aider ni le Cambodge ni le Viêt-nam. Par ricochet, le Viêt-nam doit, à son tour, diminuer son aide au Cambodge.

« Ce qui a rendu le gouvernement de Hun Sen très fragile. Ensuite, après le rapprochement Bush-Gorbatchev, l'URSS et les USA ne s'opposent plus sur le Cambodge. Du coup, les Popovs nous ont balancé il y a quelque temps des informations très inquiétantes.

« Les vieux crabes du Comité Central de Hanoï, qui ont tous entre soixante-dix et quatre-vingts ans, ont pris langue avec les Chinois et certains Khmers rouges. Pour leur proposer une nouvelle idée.

– Laquelle?

– La « Solution Rouge ».

– C'est-à-dire?

– En gros, ils leur disent : nous sommes tous des communistes, pourquoi ne pas nous entendre? Abandonnons la politique d'ouverture des modérés, comme Hun Sen, et formons un nouveau gouvernement pur et dur, qui sera communiste à cent pour cent. On referme le pays, comme la Birmanie, et on revient à la solution de l'Angkar. L'autarcie. Au passage, on liquide tous ceux suspectés d'avoir connu l'influence de l'Ouest.

– Mais ils sont fous! avait objecté Malko.

L'Américain avait haussé les épaules.

– Non, ils croient toujours au communisme, en dépit de son échec tragique. Ils ont le pouvoir au Viêt-nam, et des gens qui pensent comme eux à Phnom Penh. Chea-Sim, ancien bonze comme Ta-Mok et membre influent du gouvernement Hun Sen.

– Cette « Solution Rouge » a une chance de marcher?

Oswald Lovell était redevenu grave.

– Oui, les pourparlers internationaux sont bloqués. Les Khmers rouges sentent qu'ils tiennent le bon bout et Hun Sen sait que s'il les laisse revenir pour un gouvernement de coalition, ils le boufferont...

– Mais enfin, avait objecté Malko, les Cambodgiens les supporteraient, après ce qui s'est passé?

– On ne leur demandera pas leur avis, pas plus qu'en 75...

C'était effrayant. L'Américain n'avait pas laissé à Malko le temps de reprendre son souffle.

– Nous, à la *Company*, avons échafaudé un plan pour contrer la Solution Rouge, avait-il expliqué. Grâce à nos contacts avec certains Khmers rouges. L'idée est la suivante : conclure un accord avec eux, du moins avec ceux qui sont contrôlables, de façon à ce qu'ils s'engagent à ne plus recommencer leurs conneries. Grâce à nos contacts avec les Popovs, nous pouvons le faire savoir aux Vietnamiens, pour qu'ils cessent leur opposition systématique à un gouvernement de coalition comportant des Khmers rouges modérés et des Cambodgiens pro-vietnamiens, tout aussi modérés. Mais cela suppose quelques conditions réunies, et nous n'avons pas beaucoup de temps. C'est pourquoi je vous envoie à Phnom Penh.

– Mais pourquoi ne traitez-vous pas cela à Bangkok où les Khmers rouges se rendent facilement? avait objecté Malko.

L'Américain avait secoué la tête négativement.

– Impossible. Nous avons choisi un arbitre, une Cambodgienne nommée Sopia Sen dont nous sommes sûrs et que les Vietnamiens acceptent. Cette personne se trouve à Phnom Penh et doit pouvoir tenir Hun Sen et ses amis vietnamiens au courant des tractations. C'est elle qui fixe les concessions minima à obtenir des gens de Pol Pot. Celles sans lesquelles les Vietnamiens feront capoter toute l'opération.

« Tout doit se passer au Cambodge, en temps réel. Hun Sen est très méfiant. C'est lui-même un ancien Khmer rouge et il sait comment ses amis se comportent...

– Pourquoi a-t-il rallié les Vietnamiens? avait interrogé Malko.

– Pour sauver sa peau en 1979. Il était condamné à

mort pour avoir mal défendu sa position en tant que colonel. Mais la vraie raison, c'est qu'il avait été formé à Hanoï, du temps où les Chinois et les Vietnamiens s'aimaient d'amour tendre.

– Et quel est mon rôle à Phnom Penh? avait demandé Malko.

– Veiller à ce que tout se passe bien. Transmettre les propositions des Khmers rouges aux pro-Vietnamiens et inversement. Essayer de les raisonner et, surtout, arriver à leur faire signer un accord de principe. Ceci acquis, le reste de la négociation se déroulera à Bangkok au grand jour. Si vous n'y parveniez pas, le Cambodge risquerait de sombrer à nouveau dans l'horreur.

Malko avait été touché. Il avait connu la débâcle de 1975 et avait découvert comme tout le monde l'horreur du régime « libérateur » de Pol Pot. Le malheureux peuple cambodgien ne méritait pas deux génocides en vingt ans.

Maintenant, les difficultés commençaient. Jane Baron l'observait presque avec méfiance. Comme s'il avait été responsable de l'assassinat féroce de son contact.

– Vous êtes certain de ne pas avoir commis d'imprudence? demanda-t-elle.

Malko sentit la moutarde lui monter au nez.

– Je descendais pratiquement de l'avion, objecta-t-il. A part vous, je n'ai rencontré personne. Même Chieng ne savait pas jusqu'au dernier moment où j'avais rendez-vous.

– Je ne comprends pas, avoua l'Américaine. Je me suis rendue moi-même à Pailin, il y a quinze jours, au cours d'une tournée de mon organisation. Les Cambodgiens étaient bien sûr au courant, mais je suis allée aussi à Battambang, à Kompong Speu, à Kompong Som. Phong Ton, que vous deviez rencontrer, était un homme prudent avec qui la Company entretient des relations suivies. C'était le cousin de Hu-Nim, notre agent au sein de l'Angkar exécuté en 1978. Lorsque je l'ai rencontré, il a été très positif, car la question avait déjà été discutée à très haut niveau... Les Khmers rouges aussi sont fatigués et inquiets; les Chinois ont annoncé qu'ils ne leur livreraient plus de matériel de guerre.

– C'est vrai?

– Ils le leur ont dit à notre demande. Pour permettre une négociation. Mais ils ont encore de quoi tenir trois ans... Les Cardamomes sont bourrées de caches secrètes avec de l'armement lourd. Quant aux hommes, ils n'ont plus qu'à puiser dans les camps de réfugiés. C'est un réservoir sans fond...

– Du côté vietnamien, il n'y a pas de loup?

Jane Baron tira sur son soutien-gorge.

– Je ne sais pas! finit-elle par avouer. Nous avons l'accord de Hun-Sen qui, trop modéré, serait balayé par une Solution Rouge au profit de Chea-Sim, mais il y a ce dernier et ses partisans.

– Peuvent-ils avoir été au courant des négociations?

– Des négociations, sûrement, admit-elle, mais pas des détails comme l'arrivée de Phong Ton. Sauf s'il a commis une imprudence. La police est aux mains des Vietnamiens, ici. Pendant le couvre-feu ce sont des policiers vietnamiens qui patrouillent en Honda pour le faire respecter. Pas des Cambodgiens.

Ses larges épaules semblaient s'être affaissées et elle alluma une nouvelle cigarette. L'ancien *Royal* était complètement silencieux, comme mort. A l'image du Cambodge entier. Il régnait dans la pièce une chaleur moite et pénible. Jane Baron se leva pour aller chercher une serviette.

– Je vais essayer de retrouver la meurtrière de Phong Ton, suggéra Malko. J'ai besoin d'une arme.

– Des armes, il y en a plein Phnom Penh, assura l'Américaine, ce n'est pas un problème. Chieng vous en procurera un. Mais avant tout, il faut prévenir Sopia Sen.

– Oswald Lowell ne m'a pas dit d'où elle sortait.

– Sopia Sen a travaillé avec le prince Sihanouk et nous l'avons contactée il y a plusieurs années, expliqua l'Américaine. Elle nous a rendu de très grands services. Elle possède aussi la confiance des Vietnamiens et surtout de Hun Sen.

Autrement dit, Sopia Sen mangeait à tous les râteliers.

– Où habite-t-elle? demanda Malko.

– A Phnom Penh, bien sûr; elle attend votre visite. Voici son adresse. C'est au bout de l'avenue Tousamuth. Chieng connaît. Allez-y maintenant. Pendant ce temps, je vais essayer de voir comment je peux renouer mes contacts avec les gens de Pailin...

– En retournant là-bas... suggéra-t-il.

– Trop long, coupa Jane Baron. Il faut une autorisation et cela risquerait de donner l'éveil. Mais j'ai un contact de secours ici à Phnom Penh, je vais l'activer.

– Très bien, dit-il, j'y vais, mais mon chauffeur va le savoir.

– Aucune importance, coupa Jane Baron, je vous dis que le gouvernement Hun Sen est au courant et connaît le rôle que vous jouez. Sinon, vous ne seriez pas là.

De nouveau, Jane Baron écrasa les phalanges de Malko, mais son regard n'avait plus la même fermeté. Quand il se retrouva dehors, la nuit était tombée brutalement. De nuit, Phnom Penh, avec ses milliers de cyclistes, paraissait être revenu en arrière de cinquante ans. La Toyota se lança dans le magma des cyclo-pousses, des Honda pétaradant à qui mieux mieux, souvent conduites par des femmes coiffées d'étranges feutres de couleurs vives, des chapeaux de chasse tchèques. Quelques policiers sans arme, fluets dans leur tenue vert moutarde, n'essayaient même pas de régler la circulation.

Malko se demanda quel accueil il allait recevoir de la

femme qui tenait dans ses mains à la fois les Khmers rouges, les Américains et les Vietnamiens.

La villa de Sopia Sen était un peu en contrebas de l'avenue Tousamuth, protégée par de hauts murs, eux-mêmes surmontés de fils barbelés. Malko frappait à un portail de fer depuis cinq minutes quand un Cambodgien famélique entrouvrit enfin le battant. Ne comprenant visiblement rien aux explications de Malko, il consentit néanmoins à le faire entrer dans une pièce aux murs nus qui sentait l'encens. Un bureau, une grande table et, dans un coin, un homme qui dormait roulé en boule sur une grande table basse, une Kalachnikov près de lui. Pas un bruit dans la maison. Malko s'assit sur une chaise chinoise horriblement inconfortable et attendit.

Quelques minutes plus tard, un glissement imperceptible lui fit tourner la tête.

Une femme venait d'entrer dans la pièce. Saisissante de beauté. Un visage triangulaire, avec des yeux très étirés, vifs, maquillés comme à New York, la bouche peinte, un chignon compliqué s'élevant à vingt centimètres au-dessus de la tête, lui donnant l'air hiératique, de longues mains faites aux ongles démesurés... Elle était vêtue d'un chemisier de soie noire et, serré à la taille, d'un sampot rouge descendant jusqu'aux chevilles.

Ses pieds nus étaient faits comme ses mains. Malko avait l'impression de se trouver devant une hétaïre de haut vol plus qu'en face d'une diplomate.

– Je viens de la part de Jane Baron, annonça-t-il. Je suppose que vous êtes Sopia Sen.

– C'est exact, fit la femme d'une voix mélodieuse. Apportez-vous de bonnes nouvelles?

– Malheureusement, cela a très mal commencé, avoua Malko.

Pendant son récit, pas un nerf du visage de la

Cambodgienne ne bougea. Seulement, lorsqu'il eut terminée, sa bouche s'ouvrit dans un sourire saisissant de férocité.

– Mais, monsieur Linge, fit-elle d'une voix suave, ce sont de très bonnes nouvelles.

CHAPITRE V

Malko demeura interdit quelques secondes. La mort de son contact ne pouvait pas être une bonne nouvelle... Ou alors, Sopia Sen n'avait pas les mêmes intérêts que la CIA. La Cambodgienne continuait de le fixer avec un sourire plein d'ironie et de férocité. Elle allongea soudain le bras et lui prit la main, comme on fait avec un enfant.

– Venez dans mon bureau, dit-elle, je vais vous expliquer.

Elle l'entraîna dans une pièce beaucoup plus petite, éclairée faiblement par une lampe à l'abat-jour verdâtre. Un vieux climatiseur laissait échapper un ronflement asthmatique. Le bureau était encombré de papiers et les murs disparaissaient sous des cartes du Cambodge bariolées de taches de toutes les couleurs. Le seul élément moderne était un téléviseur Akai dans un coin. Sopia Sen se laissa tomber dans un profond canapé, attirant Malko avec elle.

– J'ai prévu que nous dînions ensemble, annonça-t-elle, vous n'avez pas d'autre engagement? Ainsi, nous aurons plus de temps pour parler.

– Avec plaisir, accepta Malko, néanmoins sur ses gardes.

Sopia Sen prit une bouteille de Moët millésimé dans un seau à glace et sortit deux verres.

– Grâce à la contrebande, dit-elle gaiement, nous avons les meilleurs produits français.

Effectivement, plusieurs bouteilles de Gaston de Lagrange, de Cointreau et de champagne étaient alignées dans le bar. Les verres remplis, elle choqua le sien contre celui de Malko.

– Au Cambodge! Il en a bien besoin.

C'étaient probablement les premiers mots vrais qu'elle prononçait depuis le début de leur rencontre.

– Au plaisir de vous rencontrer, répondit galamment Malko.

Elle vida le liquide pétillant d'un coup. Ses yeux en amande brillaient d'un éclat qui ne devait rien à l'alcool. En dépit de sa blouse noire fermée jusqu'au cou et du sampot descendant jusqu'aux chevilles, il irradiait d'elle une puissante aura sexuelle.

– Je dois vous expliquer la joie de tout à l'heure enchaîna-t-elle. Nous sommes engagés avec les Polpotistes dans des négociations très délicates et risquées. Chaque incident de parcours est un message. Celui que vous m'avez rapporté me semble très important...

– Pourquoi? demanda Malko, lorgnant sur l'énorme rubis qu'elle portait en chevalière.

Sopia Sen éclata d'un grand rire heureux :

– J'adore les Américains, ils sont toujours très candides.

– Je ne suis pas américain, protesta Malko, mais autrichien.

– Je sais, je sais, corrigea la Cambodgienne, mais à force de travailler avec eux... Bon, je m'explique. L'accord que nous devons signer avec les Polpotistes comporte plusieurs conditions réclamées à la fois par les Vietnamiens et par les Américains : la répartition des sièges au sein du gouvernement provisoire, les conditions du cessez-le-feu et des démilitarisations, l'exclusion de Pol Pot lui-même de toute part active à ce qui se passera ensuite... Des compensations financières aussi, pour tout le monde, ce qui est normal, n'est-ce pas?

– Comment savez-vous que Pol Pot va se retirer? interrogea Malko intrigué.

Elle rit et posa ses longs doigts sur sa cuisse.

– Je connais très bien tous ces gens-là! dit-elle. Pol Pot, je l'ai vu en Thaïlande, il y a deux mois. Un homme charmant, très doux, très raisonnable...

Il avait quand même dirigé le génocide de deux millions de ses compatriotes. C'est vrai qu'Hitler aimait les chiens, que Staline raffolait des enfants et que Saddam Hussein adorait prier dans les mosquées.

– Pol Pot vient de se remarier, continua Sopia Sen, et d'avoir un enfant avec une très jeune femme de trente ans dont il est fou amoureux. En plus – elle baissa la voix avec une grimace gourmande –, il n'est pas en très bonne santé et doit se faire soigner pour des hémorroïdes dans un grand hôpital de Bangkok. Il a passé un accord avec les Chinois, les Américains et Hun Sen. Si notre plan fonctionne, les Chinois l'accueilleront à Pékin, avec le rang dû à un chef d'Etat, jusqu'à sa mort, les Américains ne feront pas semblant de le rechercher et les Cambodgiens d'ici le laisseront exploiter les rubis de Pailin à travers une société qu'il a montée avec des businessmen thaïs...

Comment finissent les révolutionnaires! Tant de morts pour cela. Sopia Sen se reversa un peu de Moët et piqua dans une soucoupe une crevette grillée avec un cure-dents, la trempa dans une sauce rougeâtre et la fourra dans la bouche de Malko. Celui-ci eut l'impression d'avoir avalé du napalm. Lorsqu'il eut essuyé ses larmes et bu une carafe de lime-juice, la belle Cambodgienne continua :

– Les autres Polpotistes de Pailin en ont assez de la malaria, de la jungle et des combats dans les rizières. Donc, si tout le monde est raisonnable, nous allons arriver à un résultat. Seulement, avec les Polpotistes, il faut se méfier...

Malko était encore sur sa faim en ce qui concernait le meurtre de Phong Ton, l'envoyé des « gens de Pailin ». Sopia Sen dut le sentir car elle enchaîna rapidement :

– Ma crainte était que les Polpotistes fassent seulement semblant de négocier, comme ils font souvent. Le meurtre de ce Phong me rassure.

– Pourquoi?

Elle se pencha vers lui, les yeux brillants.

– C'est simple. Phong n'a pas été tué par les gens d'ici, ils ont très envie de cet accord. Ce ne sont pas non plus ceux de Pailin : il était plus simple de ne pas l'envoyer. Il ne reste donc que deux commanditaires possibles : soit les partisans cambodgiens de la Solution Rouge, comme Chea-Sim, mais je ne pense pas qu'ils osent contrer aussi brutalement Hun Sen. Soit celui qui, chez les Polpotistes, est opposé à cet accord : Ta-Mok.

Sopia se tut, passant une lèvre gourmande sur ses lèvres épaisses, ses yeux rivés dans ceux de Malko.

– Qui est Ta-Mok? demanda Malko.

– Un des chefs historiques des Khmers rouges, le plus féroce. Un ancien bonze, un combattant de la première heure, très respecté par ses compagnons et surtout par les Chinois. Il n'a jamais rien demandé pour lui-même et, aujourd'hui, continue à vivre dans des conditions assez dures dans la région de Siem Reap qu'il contrôle avec quelques milliers d'hommes. Ta-Mok hait le monde occidental et particulièrement les Américains. C'est lui qui a démasqué Hu-Nim, le membre de l'Angkar qui travaillait pour la CIA.

« C'est un homme intraitable qui continue à croire aux objectifs de l'Angkar, le retour du Cambodge au Moyen Age. Bien qu'il ait été bonze, il rejette maintenant le bouddhisme avec violence. Il a décapité lui-même toutes les statues de Bouddha des temples d'Angkor...

Décidément, le monde était plein de fous furieux... Mais Malko ne comprenait toujours pas la joie de Sopia.

– Si c'est lui, c'est plutôt inquiétant, remarqua-t-il.

– Pas du tout! s'exclama la Cambodgienne. Parce que s'il s'est donné le mal de faire exécuter ce messager, c'est qu'il a peur. Donc qu'il sait de façon certaine que les gens de Pailin veulent *vraiment* s'entendre avec nous! C'est ça la bonne nouvelle!

Il aurait fallu l'expliquer à feu Phong Ton...

– D'ailleurs, enchaîna la terrible Sopia, parmi les conditions de l'accord, il y en a une sur laquelle nos partenaires cambodgiens ne négocieront pas : avec les documents signés par les représentants de l'Angkar, ils veulent la tête de Ta-Mok.

Malko chercha le regard de Sopia Sen. Il le trouva : glacial, effrayant. Pour bien lui mettre les points sur les i, elle continua :

– Ta-Mok vivant, aucun règlement n'est possible. Il dispose de plusieurs milliers d'hommes et peut continuer la guérilla pendant des années. Il a des stocks d'armes et assez d'amis chez les militaires chinois pour en avoir d'autres. D'ailleurs, dans les temps anciens, cette méthode était courante. Cela évitait les revirements toujours fâcheux : un mort ne change plus d'avis.

De même qu'un condamné à mort exécuté ne récidive jamais... Sopia Sen possédait un féroce bon sens. Devant le silence de Malko, elle se pencha si près qu'il sentit son parfum et demanda d'une voix mélodieuse :

– Qu'en pensez-vous?

– Si ce Ta-Mok est au courant, il va tout faire pour que cet accord échoue.

Elle eut une moue méprisante.

– Il n'en aura pas le temps! Les gens de Pailin vont se charger de lui.

– Comment vont ils s'y prendre?

– En le convoquant pour une réunion de tous les chefs historiques de l'Angkar qui doivent entériner l'accord et en le liquidant. Dans leur zone, ce sera facile, il ne peut pas venir avec beaucoup de ses hommes.

– Vous êtes certaine qu'il n'y a pas d'autre moyen?

Sopia Sen lui jeta un regard de pitié.

– Non. D'autant que Ta-Mok a des contacts avec

Hanoï, bien qu'il soit pro-chinois. La Solution Rouge lui irait très bien.

– En attendant son élimination, fit remarquer Malko, Ta-Mok peut encore tenter de saboter les choses. En s'attaquant à nous?

– Nous allons l'en empêcher! lança triomphalement Sopia. Grâce au numéro de ce pousse, je suis sûre que nous allons pouvoir remonter la filière de son réseau clandestin à Phnom Penh. Et nous les liquiderons *tous*. Mes amis vietnamiens nous aiderons. Avec un peu de chance, nous pourrons peut-être tendre un piège à Ta-Mok lui-même.

Une vieille Cambodgienne aux dents rongées par le bétel, le crâne rasé, entra, s'inclina très bas devant Sopia Sen et prononça quelques mots à voix basse.

– Le dîner est servi, annonça la Cambodgienne.

Elle se leva et Malko la suivit dans un patio où un buffet était dressé avec d'énormes crevettes, des bols de riz, des poissons, du canard et des légumes variés. La Cambodgienne apporta avec elle la bouteille de Moët millésimé. La table, en loupe d'orme, incrustée de marqueterie, était superbe et... insolite à Phnom Penh. Sopia Sen remarqua l'intérêt de Malko et sourit.

– Je me suis fait un petit plaisir, avoua-t-elle. Un ami m'avait demandé de commander pour lui plusieurs meubles chez Claude Dalle, à Paris, et j'ai pris cela pour moi. Les incrustations sont en citronnier et Makassar...

– C'est superbe, approuva Malko.

Sopia Sen décortiquait les énormes crevettes de ses longs ongles, les passant ensuite à Malko pour qu'il les trempe dans une sauce au vitriol... Il essaya en vain de mâcher quelques morceaux de canard, mais le malheureux volatile avait dû venir en courant de Battambang. Heureusement, il restait le riz...

– Je suis sûre que nous allons venir à bout de Ta-Mok, fit Sopia d'un ton plein de confiance, mais il faut reprendre contact avec les gens de Pailin, très vite. Je ne voudrais pas que nos amis d'ici s'inquiètent et disent que Ta-Mok va tout bloquer... Ils sont capables de rebasculer sur la Solution Rouge. Par paresse intellectuelle. Et par peur aussi.

Ils avaient mangé à toute vitesse. Sopia se leva et Malko la suivit dans le petit bureau. De nouveau le canapé. La vieille femme qui avait servi le dîner se faufila à nouveau et murmura quelques mots à l'oreille de la Cambodgienne. Celle-ci la tança d'une voix sèche et demanda à Malko :

– Vous êtes venu en taxi ou en pousse?

– Avec un chauffeur.

– Il est parti.

Malko n'en fut que médiocrement étonné. Sa montre indiquait neuf heures et demie. Le couvre-feu était passé depuis une demi-heure.

– Je vais encore trouver un moyen de transport à cette heure-ci? interrogea-t-il.

Sopia Sen avait l'air bizarre.

– Je n'aime pas ce qui se passe, fit-elle, To m'a dit avoir remarqué des gens qui rôdaient autour de la maison. A partir de neuf heures, il n'y a plus de gardiens à l'extérieur. La nuit, n'importe quoi peut arriver dans cette ville. Il n'y a plus aucune force de police, sauf des barrages dans le centre. Je préférerais que vous passiez la nuit ici. S'il vous arrivait quelque chose...

– Je vais voir si je trouve un pousse, suggéra Malko qui avait hâte de se retrouver dans son hôtel.

Elle lui barra pratiquement le chemin.

– Non. Venez, dit-elle d'autorité, vous allez dormir dans le bureau. Je l'ai fait souvent.

Il se résigna à la suivre et elle lui montra la grande table basse sur laquelle était posée une natte et un vague oreiller.

– Ici, vous ne risquez rien, dit-elle. Je vous laisse. A demain matin.

Elle s'en alla, sans lui demander son avis... De mauvais gré, Malko ôta sa chemise et son pantalon, ne gardant qu'un slip, et s'allongea sur le bois de santal.

C'était loin d'être confortable mais, vaincu par le décalage horaire, il sombra très vite dans une profonde torpeur accentuée par le champagne. C'était horriblement dur, mais il aurait dormi sur un lit de fakir.

C'est un frôlement qui le réveilla en sursaut. Il ouvrit les yeux et ne vit d'abord rien, tant l'obscurité était profonde. Le parfum le renseigna : celui de Sopia... Il envoya la main dans la direction où il sentait une présence et ses doigts rencontrèrent un tissu sous lequel il devina une chair tiède et élastique. Il lui fallut quelques secondes pour réaliser qu'il s'agissait d'une cuisse féminine. Sa main remonta, trouvant le renflement du pubis et un léger soupir éclata près de son oreille.

– Arrêtez, fit la Cambodgienne d'une voix mourante.

Il laissa retomber sa main et sentit qu'elle s'asseyait à côté de lui sur la table-lit.

– Que se passe-t-il? demanda-t-il complètement réveillé.

– J'avais entendu du bruit, expliqua Sopia Sen. J'ai eu peur qu'ils essaient de pénétrer ici pour vous tuer.

– Qui?

– Les Polpotistes, fit-elle, comme si cela allait de soi. Ils sont très forts pour les attaques de nuit. Ils vous égorgent et repartent sans laisser aucune trace. Mon second mari est mort comme cela, il y a deux ans. A Bangkok.

Nouveau soupir. Un camion dévala l'avenue dans un grand fracas métallique. Dans la pièce, on n'entendait plus que leurs respirations. Etendu à plat dos, Malko attendait la suite des événements. La veuve ne parlait plus que de ses malheurs. Soudain, il sentit une main se poser à plat sur sa poitrine et y rester sans bouger. Juste sur le sternum. Puis les doigts commencèrent à remuer imperceptiblement, massant d'une façon circulaire tout en descendant. Sopia Sen n'était guidée que par l'inquiétude... Il ne put s'empêcher de sursauter quand une bouche chaude s'empara de son sein gauche. Une langue aiguë se mit à tourner à toute vitesse autour de son mamelon, et il poussa un gémissement de plaisir.

– *It hurts?* (1) souffla-t-elle hypocritement.

La caresse s'était interrompue. Sans réponse de Malko, la veuve reprit son manège. Elle avait dû s'agenouiller sur la table de bois car il sentait ses longs cheveux défaits chatouiller sa poitrine, tandis qu'elle butinait d'un sein à l'autre avec une habileté diabolique.

Ce n'était pas certainement chez les Polpotistes qu'elle avait appris cette technique...

En même temps sa main droite avait dérapé pour se poser beaucoup plus bas, à la hauteur du slip. Tout en continuant le même mouvement circulaire. La main gauche la rejoignit et, très vite, Malko manifesta d'une façon tangible sa satisfaction. La respiration de Sopia s'était accélérée. Malko voulut la caresser à son tour et ses mains cherchèrent sa poitrine dans l'obscurité.

Il eut à peine le temps d'effleurer le rondeur d'un sein. Sopia Sen eut un violent sursaut, lui échappant. Une de ses mains le lâcha brièvement, pour écarter les siennes. D'une voix altérée, elle demanda :

– *Please, don't touch me!* (2).

Comme pour se faire pardonner, elle revint à Malko, et d'un doigt délicat, souleva l'élastique de son slip, permettant à son sexe de se dresser dans l'obscurité. Comme guidée par un laser, sa bouche s'abattit dessus avec la précision d'un missile « intelligent ». De nouveau, Malko gémit. Elle l'avait englouti jusqu'à la racine d'un seul élan. Comme un métronome bien réglé, elle se mit à monter et à descendre, d'un mouvement lent et régulier.

La poitrine de Sopia semblant « off limits », il glissa une main sous le sampot relevé à mi-cuisse.

(1) Ça fait mal?
(2) S'il vous plaît, ne me touchez pas.

Comme toutes les Cambodgiennes, elle ne portait rien dessous. Au moins une tradition que les Khmers rouges n'avaient pas changée. Il trouva sous ses doigts un renflement absolument épilé, un sexe d'enfant d'où coulait le miel. Sopia le lâcha d'un coup, exhalant une plainte presque douloureuse.

Puis, d'un geste rapide, elle releva son sampot sur ses hanches, l'enjamba et s'installa sur lui à califourchon. Il sentit son sexe, maintenu en position verticale d'une main ferme, entrer en contact avec celui de la Cambodgienne. Instinctivement, il la prit aux hanches, pesant sur son bassin pour la prendre d'un coup. Mais Sopia se souleva, murmurant :

– Doucement.

Il la laissa descendre lentement sur son membre dressé, éprouvant une impression extraordinaire. Cette femme de quarante ans avait un sexe étroit de petite fille.

Elle descendit à fond, s'empalant de dos à Malko. C'était une sensation grisante d'être ainsi serré comme par un sexe adolescent. Mais Sopia s'appliqua à dissiper cette impression de fraîcheur, roulant des hanches comme une vraie salope, les mains appuyées sur les cuisses de Malko.

Elle s'agitait de plus en plus vite, penchée en avant comme un jockey chevauchant sa monture à l'arrivée d'un Grand Prix. Malko, les mains crochées dans ses hanches, l'aida dans sa cavalcade, délicieusement serré dans un fourreau qu'il avait la sensation de défoncer. Elle commença alors à gémir sans interruption, tandis qu'à son tour, il se soulevait pour l'empaler encore plus fort. Il sentait son sexe buter contre une paroi élastique, comme s'il avait violé une adolescente.

A la fureur avec laquelle elle se déchaînait, il comprit qu'elle n'allait pas tarder à jouir.

Un ultime coup de reins lui arracha un cri rauque et elle se mit à trembler de tout son corps, murmurant des mots incompréhensibles. Elle resta en équilibre quelques instants, puis brutalement bascula sur le côté, si violemment que sa tête heurta le santal de la table qui servait à leurs ébats. Elle demeura immobile, comme morte, de longues secondes, tandis que Malko reprenait son souffle. Puis, sans un mot, elle se redressa, le quitta et s'éloigna sans même lui dire « bonne nuit »...

– Voici votre thé. Pardonnez-moi, il n'y a pas de beurre. On n'en trouve pas à Phnom Penh.

Hiératique, habillée comme la veille, Sopia Sen déposa le plateau sur le bord de la table. Maquillée à sept heures du matin comme la Reine de Saba. Impossible de croiser son regard. Tandis que Malko prenait son thé, elle s'assit sur la table.

– Dès que vous savez quelque chose sur cette femme, venez ici. Quelqu'un va vous raccompagner.

– Avez-vous un message pour Jane Baron?

– Qu'elle renoue vite avec les gens de Pailin. Moi, je vaïs rassurer mes amis, leur dire qu'il y a eu un contretemps, que le messager n'a pas pu venir.

Son thé bu, Malko se retrouva dans la chaleur relative du matin. La circulation des cyclos-pousses était déjà intense. A Phnom Penh, on se levait à cinq heures du matin et on travaillait à six. Une Mercedes 260 SL attendait dans la cour, un Cambodgien au volant. Toute neuve, sans plaque d'immatriculation et conduite à droite. Ce qui signifiait qu'elle était venue de Bangkok en contrebande... Il y prit place et le chauffeur démarra immédiatement, se frayant un chemin au milieu des centaines de pousses à grands coups de klaxon. Ils doublèrent une Honda sur laquelle s'entassait une famille de six personnes et Malko se fit l'effet d'un vieux colonialiste.

A peine pénétrait-il dans le hall du *Cambodiana* que le souriant Chieng lui sauta dessus, exhibant ses chicots.

– *Good morning, sir.*

Malko le fixa sévèrement.

– Vous ne m'avez pas attendu hier soir, j'ai été coincé par le couvre-feu.

En bon Asiatique, Chien dissimula sa gêne sous un sourire radieux.

– Non, non pas parti, protesta-t-il. Vieille femme venue dire vous plus besoin de moi. Moï, j'ai laissez-passer pour couvre-feu.

Aussitôt, pour renforcer sa bonne foi, il brandit un papier en khmer frappé d'un cachet hexagonal.

– Qui vous le donne? demanda Malko.

– J'ai cousin au ministère de l'Intérieur. Cinq dollars.

Au moins, il annonçait la couleur.

– Je voudrais aller en ville, dans un moment, dit Malko. Vous me déposerez près du marché.

Il avait hâte de retrouver Sam, le jeune mendiant. Dès qu'il fut dans sa chambre, il vit tout de suite qu'elle avait été fouillée... Les papiers de son attaché-case étaient en désordre et il ne retrouva pas entre les pages de son passeport le cheveu qu'il avait mis.

Etait-ce simplement pour assouvir un fantasme de veuve que Sopia Sen lui avait menti? Ou pour permettre à ses amis de fouiller tranquillement sa chambre qu'elle l'avait retenu après le couvre-feu?

Ils étaient en train de dévaler l'avenue Tousamuth lorsqu'il demanda à Chieng :

– J'ai besoin d'une arme.

– Pas problème! fit le Cambodgien avec un grand sourire.

Comme s'il lui avait demandé le journal du jour.

Arrivé en face du *White Hotel* dont la façade était d'un vert pisseux, Malko descendit. Le marché était de l'autre côté de l'avenue.

– Je vais maintenant, annonça Chieng. Vous beaucoup moyen munitions?

– Deux chargeurs suffiront, dit Malko.

Jane Baron lui avait dit que chaque habitant de Phnom Penh avait un M. 16 ou une Kalach sous son lit. Ce ne devrait pas être difficile de trouver une modeste arme de poing.

Un cyclo-pousse se jeta littéralement sous les roues d'une BMW toute neuve, au milieu du carrefour, déclenchant un embouteillage monstrueux et Malko en profita pour traverser, manquant se faire renverser par une jeune Khmère en bicyclette, son bébé en équilibre dans un panier à l'avant, un feutre rouge enfoncé jusqu'aux yeux. Parvenu sain et sauf de l'autre côté, il s'engagea sous les arcades de la rue 130.

Arrivé au bout, en face du grand marché, il dut se rendre à l'évidence : Sam n'était pas là.

Ce qui risquait de mettre un point final à son enquête.

CHAPITRE VI

La chaleur humide et lourde trempa la chemise de voile de Malko en cinq minutes. Continuant ses recherches, il faisait à pied le tour de l'énorme marché. Une odeur nauséabonde suintait des immeubles décrépis et jaunâtres, cernés par des cloaques nauséabonds. Une forêt d'antennes télé ornait les toits plats. Seuls luxe de ces squatters misérables. Les passants le dévisageaient avec curiosité. A part les ONG, on ne voyait pas beaucoup d'étrangers à Phnom Penh. Les cyclo-pousses les moins paresseux le suivaient à quelques mètres. Les marchands d'or essayaient de l'attirer dans leur boutique. Il réalisa soudain que, dans cette foule, il était en danger. Phong Ton avait été assassiné tout près de là. Il se dit aussi qu'en cas de coup dur, il était livré à lui-même. Au moins, en 75, il y avait une base de la CIA, des avions, des hélicoptères, une ambassade US gardée comme Fort Knox.

Maintenant, comme toutes celles des pays occidentaux, l'ambassade américaine était détruite. Seule la légation soviétique allongeait ses cinq hectares au bord du Mékong avec des HLM pour loger les diplomates ou assimilés. Quelques autres représentants du bloc de l'Est restaient officiellement tout en déménageant discrètement. Les Vietnamiens grouillaient encore dans toutes les administrations. Pour un espion de l'Ouest en cavale, il n'y avait pas un endroit sûr où se réfugier.

Pour une exfiltration, c'était encore pire : les seuls vols au départ de Phnom Penh, deux fois par semaine, avaient lieu sur Saïgon, ou plutôt Ho Chi Minh-Ville. Donc sur le Viêt-nam...

Les autres routes du pays étant coupées par les Khmers rouges ou d'autres maquisards, il n'y avait comme chance éventuelle que le port de Kompong-Som, par lequel transitait une grande partie de la contrebande avec la Thaïlande. Encore fallait-il y parvenir, la route étant interdite en permanence par les embuscades polpotistes.

– Mister ! Mister !

Malko se retourna brusquement. Sam, le petit invalide, accourait vers lui du fond du marché, zigzaguant entre les fleuristes accroupies, se déplaçant si vite sur ses béquilles que Malko se demanda un instant si ce n'était pas un simulateur... Arrivé à sa hauteur, le gamin lui tendit une petite main sale, les yeux brillants. Les dollars, cela crée des liens. Malko lui rendit son sourire et ils restèrent quelques secondes à se regarder sans rien dire. Visiblement, à part « dollar » et « mister », Sam ne connaissait aucun mot d'anglais, mais il n'était pas idiot. Attirant Malko dans une encoignure nauséabonde, il proposa :

– *Hundred dollars ?*

Il fit le geste d'écrire quelque chose. Prix qu'il avait réclamé la veille pour livrer le numéro du cyclo-pousse de la meurtrière de Phong Ton.

Malko n'avait pas le cœur à discuter. Il tira cinq billets de vingt dollars de sa poche et les lui tendit.

Sam les fit craquer et de nouveau les regarda en transparence avec le sérieux d'un caissier de la Chase Manhattan, avant de les faire disparaître dans ses hardes. Malko lui donna alors un stylo et son bloc. Laborieusement, le gosse y inscrivit cinq chiffres : 84652. Puis avec ses mains, il fit le geste de pédaler. Le numéro du cyclo-pousse qui avait emmené la tueuse.

Déjà, il prenait ses béquilles pour filer quand Malko le rattrapa; par gestes, il entreprit d'expliquer ce qu'il voulait. D'abord, il déchira devant le gosse horrifié deux billets de cent dollars. Il lui tendit les deux moitiés, puis, toujours avec la même méthode, lui fit comprendre qu'il aurait les autres lorsqu'il l'amènerait au cyclo-pousse en question... Le visage de Sam s'était fermé... Il réfléchissait et quelque chose le gênait. Finalement, il hocha gravement la tête et prit le poignet gauche de Malko. Posant son index sur sa montre, il éleva son autre main, le pouce replié.

Il lui donnait rendez-vous à quatre heures...

Au même endroit, lui fit-il comprendre, désignant le sol du doigt. Malko le vit s'éloigner vers des cyclo-pousses qui bayaient aux corneilles devant le marché. A partir de maintenant, le gosse pouvait le mener en bateau facilement. Il suffisait de s'entendre avec un des innombrables pousses de Phnom Penh... Seulement, il n'avait aucune autre méthode pour retrouver la meurtrière.

Cela lui donnait le temps de faire le point avec l'ineffable Jane Baron.

– Il faut se méfier de Sopia Sen, martela Jane Baron. Je suis certaine qu'elle a un intérêt personnel à l'élimination de Ta-Mok. Or, cette exigence risque de tout faire échouer.

Jane Baron ne dissimulait pas sa fureur. En tenue de jogging et ruisselante de sueur, elle avait reçu Malko au bord de la piscine vide du *Samaki*. Plus masculine que jamais.

– Je ne l'ai pas choisie comme interlocutrice, fit remarquer Malko.

– Ce n'est pas moi non plus, répliqua l'Américaine d'une voix cinglante. J'avais conseillé quelqu'un de plus *clean* pour servir de « got-between ». On m'a dit que j'étais étroite d'esprit. Le chef de station de Bangkok a couché avec elle, bien entendu. Il paraît qu'elle a dénoncé son mari aux Khmers rouges afin de pouvoir se remarier avec un vieux Chinois cacochyme et milliardaire.

– Où est-il?

– A Bangkok. Elle va le... voir, une fois par mois. Et tous les trois mois, il l'emmène sur Air France, en première, acheter des robes à Paris. La dernière fois, elle en a profité pour rapporter tout un mobilier en loupe d'orme de chez Claude Dalle pour un général d'ici qui a la haute main sur le trafic des Mercedes. Il y en avait trois containers, pour plus de 100 000 dollars!

– Qu'y a-t-il d'autre?

– Elle est trop bien avec les gens de Pailin. Je sais qu'elle a un accord secret avec eux pour former une compagnie afin d'exploiter les rubis. Je pense que c'est la vraie raison pour éliminer Ta-Mok. Afin de ne pas partager. Elle couche avec Hun Sen aussi, ajouta-t-elle, cela l'aide dans ses contacts.

Malko se félicita de s'être abstenu de raconter sa nuit. Ce qui s'était passé venait confirmer ce que disait Jane Baron. Sopia Sen était une femme de tête qui se servait admirablement de son corps. Seulement, on ne choisit pas toujours ses alliés.

– Elle nous aide, oui ou non?

– Oui, admit de mauvaise grâce Jane Baron, elle a couché avec tant de gens qu'elle a des relations.

– Pour qui roule-t-elle?

– Pour elle, bien sûr, s'étouffa-t-elle. Elle ne pense qu'à l'argent et au pouvoir.

– Que faisons-nous, dans ce cas? demanda Malko.

– On ne peut pas se passer d'elle, reconnut à contrecœur l'envoyée de la CIA. Les Vietnamiens n'accepteront jamais de nous parler directement. Mais il faut l'encadrer sérieusement.

– Qu'allez-vous faire pour reprendre le contact avec nos interlocuteurs de Pailin?

– Je dois aller déposer un message dans une boîte à lettres morte.

– A propos, dit Malko, est-ce que les Vietnamiens veulent vraiment la tête de ce Ta-Mok?

Jane Baron rougit de fureur.

– Je ne le sais même pas. Nous n'avons aucun contact avec eux... C'est Sopia qui mène le jeu...

Ça promettait.

– Je passerai en fin de journée au *Cambodiana*, annonça Jane Baron, nous avons une réunion là-bas avec Médecins du Monde. J'espère que vous aurez de bonnes nouvelles concernant cette tueuse.

Malko se fit de nouveau déposer en face du *White Hotel*. Comme il était en avance, il alla marcher dans l'avenue Acharmean où régnait une activité fébrile, suivi par Chieng au volant de la Toyota. Partout, on reconstruisait, des boutiques s'ouvraient, des pharmacies surtout, tous les dix mètres. Elles prospéraient grâce aux faux médicaments fabriqués en Thaïlande et aux stocks périmés depuis belle lurette. Ce qui ne gênait d'ailleurs pas les acheteurs qui les choisissaient d'après leur couleur...

Il regagna les arcades. Sam n'était pas là. Il n'attendit pas longtemps. Le petit mendiant apparut au bout de la galerie, se balançant sur ses béquilles. Il rejoignit Malko, arborant un sourire ravi.

– A-t-il trouvé le renseignement que je cherche? demanda Malko à Chieng qu'il venait d'appeler d'un signe.

– Oui, oui, trouvé! traduisit Chieng quelques instants plus tard, moyen aller Cité Sportive, cyclo-pousse là-bas.

– Eh bien, allons-y, fit Malko.

Ravi, le jeune amputé prit place dans la Toyota, repliant son unique jambe sous lui. Ils mirent près d'une demi-heure pour descendre le boulevard Achar Hemcheay, noyés dans la masse des cyclos et des Honda, débouchant sur un énorme rond-point, dominant les installations sportives, au croisement des boulevards Pokambor et Sivutha. Des centaines de cyclo-pousses étaient alignés les uns à côté des autres, en train de dormir ou de se restaurer à des gargotes en plein air. Sam prit ses béquilles et fila comme une flèche dans la masse, avec un sourire plein de confiance. La clim branchée, Malko s'arma de patience.

Vingt minutes plus tard, Sam réapparut, vautré dans un pousse, hilare. Son « chauffeur » avait l'air aussi abruti que les autres, édenté, le regard absent et des mollets énormes... Le jeune amputé sauta à terre en vrai équilibriste et se lança aussitôt dans une grande diatribe, traduite par Chieng.

– C'est cyclo qui emmène femme, mais dire pas souvenir où laissé elle.

Impossible de croiser le regard du cyclo-pousse. Malko bouillait de rage. Coincé. L'autre pouvait dire n'importe quoi. L'air abruti, il continuait à tirer sur sa cigarette. De nouveau, il fit appel à la baguette magique.

– Dites-lui que s'il fait un effort de mémoire, il gagne cinq dollars.

A 600 riels le dollar et 50 riels la course, ça lui faisait soixante courses.

Un éclair passa dans le regard du cyclo-pousse, mais il ne retrouva pas la mémoire. Ce n'est qu'à quinze dollars qu'il se souvint brusquement de cette fameuse course. Chieng traduisit aussitôt.

– Il dit conduire femme grand restaurant *Kleang Romsev.*

La tuile! Ou c'était une invention pure et simple, ou il y avait une chance sur mille de la retrouver. Sam aussi semblait désolé et inquiet pour ses moitiés de dollars. Du coup, il fit du zèle.

– Sam venir aussi, traduisit le chauffeur, pas loin.

– Allons-y, accepta Malko sans trop d'illusions.

Il était presque six heures et, à cause du couvre-feu, les gens dînaient tôt. Dix minutes plus tard, ils entraient dans une cour encombrée de voitures, de cyclo-pousses et de Honda. Une musique tonitruante s'échappait d'un grand bâtiment plat devant lequel des malabars montaient la garde. Des femmes plutôt bien habillées et des hommes y entraient sans arrêt.

Sam tira Malko par la manche, lui faisant signe de gravir le perron. Les cerbères les accueillirent avec un sourire ravi : ils ne devaient pas voir beaucoup d'étrangers... Malko s'arrêta sur le seuil : la salle immense contenait au moins trois cents personnes. Devant un parterre de tables toutes occupées, un orchestre était déployé sur une estrade derrière une chanteuse en tenue traditionnelle susurrant une mélopée khmère, rythmée et douce.

Devant l'estrade, plusieurs dizaines de couples formaient une espèce de chenille mouvante, se tenant par les hanches et imitant les mouvements ondulants des danses khmères classiques. Il y avait de tout. Des filles en mini avec même des bas noirs, des sampots multicolores, des robes longues. Toutes les femmes étaient maquillées avec soin et paraissaient très gaies. L'une d'elles fit signe à Malko de se joindre à eux avec un clin d'œil provocant. Quelques couples flirtaient dans les coins ou en dansant sans se gêner. Malko repéra un Cambodgien qui, enlacé à sa cavalière, laissait sa main errer sur les fesses moulées par un sampot à carreaux d'une voisine qui ne protestait pas.

C'était presque le Cambodge d'avant Pol Pot, mélange de sexualité débridée, de joie de vivre et d'insouciance. Partout, des bouteilles de bière, par centaines. L'atmosphère était bon enfant et détendue. La chenille se rompit, laissant la place à l'inévitable lambada que les Cambodgiens dansaient avec une concentration comique.

Chieng les amena à une table en bordure de la piste où on pouvait à peine se parler tant le bruit était assourdissant. A peine furent-ils assis, Sam s'éclipsa, boitillant sur ses béquilles. Chieng se pencha vers Malko et hurla :

– D'habitude, ici, pas danser.

Malko répondit à peine. Cette plongée dans le folklore cambodgien était certes sympathique, mais il avait nettement l'impression d'avoir jeté ses dollars par la fenêtre...

Le truc de se faire déposer dans un lieu public pour couper une filature est vieux comme le monde. Assommé par le bruit, il contemplait les danseurs, sans trop d'espoir. Ils prenaient à peine le temps de manger, se trémoussant sur la piste comme des fous. Il allait attaquer ses nouilles sautées à l'huile de vidange lorsque Sam réapparut, se balançant furieusement sur ses béquilles. Par gestes, il fit comprendre à Malko de le suivre. Son visage rayonnait, mais Malko n'osait croire à un miracle. Le gamin fendit la foule des danseurs jusqu'à une sorte de cage en verre qui flanquait l'estrade à droite de l'orchestre. Elle abritait deux grandes tables isolées du vacarme par les parois transparentes. La première était occupée par une quinzaine de Cambodgiens, presque tous des hommes. Derrière eux, Malko aperçut plusieurs femmes très maquillées. De sa béquille, Sam en désigna une à Malko sans aucune hésitation.

– *Krua srah! Krua srah!* rappela-t-il, ravi.

Elle se trouvait à un coin de table, un peu en retrait d'un homme corpulent en tenue kaki qui était en train de lui donner une crevette avec des baguettes. Malko fut frappé par son air fier, dû en partie à un énorme chignon qui lui tirait tous les cheveux sur la nuque. Sa mâchoire avançait violemment, soutenant une grande bouche rouge comme un phare. Ses hautes pommettes et son visage triangulaire lui donnaient un air sauvage à souhait. Elle sourit à son voisin et Malko eut l'impression de voir un fauve se préparer à dévorer sa proie... Il n'émanait pas vraiment de douceur de l'inconnue. Sa crevette avalée, elle se leva et sortit du box, passant non loin de Malko et de Sam pour s'engouffrer dans la porte des toilettes, à côté de l'orchestre. Malko put admirer sa silhouette moulée par une robe chinoise mauve montant jusqu'au cou et fendue sur le côté.

Contrairement à beaucoup d'Asiatiques, elle avait des formes et ne les dissimulait pas. Il se retourna vers Sam. L'amputé, avec un sourire ravi, mima le geste d'un torero enfonçant les banderilles dans un taureau. Pour dissiper les doutes éventuels de Malko. Le message était clair : il se trouvait bien devant la meurtrière de Phong Ton, l'envoyé des Khmers rouges de Pailin.

CHAPITRE VII

Malko contempla longuement à travers la glace du salon privé, la femme désignée par Sam. Revenue des toilettes, elle avait repris place à côté du gros homme en tenue kaki. Même de loin, on pouvait lire le dédain sur les traits de la jeune femme. Le mufle en avant, elle semblait prête à mordre. Malko examina la grande table de plus près. Tous des Cambodgiens.

Satisfait, Sam abandonna Malko pour retourner s'asseoir à côté de Chieng. Un garçon passa près de lui avec sur un plateau une bouteille non entamée de cognac – du Gaston de Lagrange – et plusieurs bouteilles de bière. A peine ouverte, la bouteille de cognac passa de mains en mains et se vida en un clin d'œil. Tous les occupants de la table rivalisaient de rires, s'apostrophant, taquinant les filles assises derrière eux.

Hiératique, la tueuse au chignon gardait sa dignité.

Malko à son tour retourna à sa table. Sam et Chieng s'étaient jetés sur la nourriture. Chieng leva sur lui ses grosses Ray-Ban aux verres d'un centimètre d'épaisseur et dit avec un sourire d'excuses :

– Il faut très vite manger, après plus servir, à cause couvre-feu.

– Qui sont ces filles, là-bas, dans la cage en verre? demanda Malko.

Chieng plissa les yeux malicieusement.

– Entraîneuses! expliqua le stringer de la CIA. Elles gentilles avec clients et puis faire « tac-tac »...

– Je croyais que la prostitution était interdite.

Chieng eut un rire embarrassé.

– Oui, oui, interdite! Mais ceux-là à table sont police. Le gros, en uniforme, c'est capitaine Jan Sarin chef Deuxième Bureau ministère Intérieur. Il tue beaucoup Polpotistes. Eux jamais payer.

Un garçon était en train d'apporter une seconde bouteille de Gaston de Lagrange. Le capitaine Sarin coûtait cher à la maison.

Ce que venait de dire Chieng perturbait Malko, confirmant la théorie de Sopia Sen.

Si la tueuse au chignon travaillait avec les Khmers rouges, que faisait-elle avec un policier chargé de les exterminer?

Il se tourna vers Sam et demanda à Chieng :

– Il est absolument certain que c'est bien la femme qu'il a vue sortir du salon de coiffure où Phong Ton a été tué?

Le chauffeur répéta la question et le jeune garçon hocha vigoureusement la tête, se lançant dans une grande tirade.

– Lui très certain, conclut Chieng.

Malko reporta son regard sur la mystérieuse inconnue. Elle souriait, montrant toutes ses dents. Un sourire de vampire, mâtiné d'une sensualité animale.

Discrètement, Malko glissa les deux moitiés des billets de cent dollars promis au jeune garçon dans sa paume. Une fortune... Sam les enfouit dans sa poche, remercia d'un sourire, ramassa ses béquilles et fila.

Autour d'eux, les gens s'étaient lancés dans une sorte de farandole endiablée, reprenant les refrains de la chanteuse, évoluant comme un immense serpent autour des tables. Puis ce fut de nouveau la lambada... Malko en était à sa troisième bière. Soudain, vers huit heures, l'orchestre s'arrêta, les gens se dispersèrent et les musiciens commencèrent à ranger leurs instruments...

– Que se passe-t-il? demanda Malko.

– Bientôt couvre-feu, répliqua Chieng. Musiciens beaucoup route pour rentrer maison.

Les clients se levaient et, bientôt, la grande salle fut presque vide, des centaines de bouteilles de bière abandonnées sur le sol ou sur les tables. Seuls, les occupants de la grande table dans la cage de verre n'avaient pas bronché. Au contraire, on venait de leur apporter une troisième bouteille de Gaston de Lagrange que le capitaine Jan Sarin distribuait généreusement autour de lui. La police cambodgienne avait des goûts de luxe.

Par contre, la salle où ils se trouvaient se vidait. Ils étaient les derniers.

Malko se résigna à contrecœur. Il voulait absolument en savoir plus sur la femme au chignon.

– Vous ne pouvez pas découvrir le nom de cette femme? demanda-t-il à Chieng.

– Peut-être moyen! promit le chauffeur.

Il disparut au fond de la salle et revint dix minutes plus tard.

– Son nom Palin Ek, annonça-t-il, mais elle pas venir tous les soirs. Peut-être demain.

Ils se levèrent, le personnel s'apprêtait à les plier sur les tables avec les chaises. Dehors, régnait une joyeuse cohue de pousses et de Honda.

– Attendons un peu dans la voiture, suggéra Malko.

Ils s'installèrent dans la Toyota, garée à côté d'une douzaine d'autres véhicules. Bientôt, il n'y eut plus qu'eux dans la grande cour vide. Personne ne sortait plus du dancing... Ils durent attendre plus d'une heure avant qu'un groupe éméché ne franchisse la porte du *Kleang Romsev*. Le groupe des policiers. Certains, contrairement aux coutumes khmères, enlaçaient leurs cavalières, d'autres avaient du mal à marcher droit... La bière et le cognac avaient frappé fort. Un couple rejoignit la voiture garée à côté de la leur et s'y installa.

Un Cambodgien trapu au visage rond et une fille en mini avec des peignes dans les cheveux. Comme leur véhicule ne démarrait pas, Malko y jeta un coup d'œil et comprit. L'homme, assis derrière le volant, avait la tête rejetée en arrière, une expression ravie sur ses traits épais et on ne voyait plus la tête de sa compagne.

D'autres s'entassèrent dans leurs voitures et s'éloignèrent.

Enfin, l'imposant capitaine Jan Sarin parut, un cigare planté dans ses grosses lèvres, escorté de Palin. Ils demeurèrent un instant sur le perron à bavarder, puis se séparèrent, sans même une poignée de mains. Lui gagna à pas lents une Mercedes et se laissa tomber à l'arrière.

Palin trottina dans l'ombre, gagnant l'avenue. Malko se précipita hors de la Toyota et eut juste le temps de la voir monter dans un cyclo-pousse qui attendait à l'écart et se dressa aussitôt sur ses pédales. Certains bravaient le couvre-feu pour se faire un peu plus d'argent. Malko revint en toute hâte à la Toyota, manquant se faire écraser par la Mercedes.

– Suivons cette fille, dit-il à Chieng.

Ce dernier démarra aussitôt. Le pousse était déjà assez loin, mais vu son allure, ils le recollèrent facilement. L'avenue était absolument vide et cela ne facilitait pas une filature. Brutalement, le cyclo-pousse tourna à gauche dans une sente sans lumière. Malko et Chieng durent continuer tout droit, faire le tour d'un rond-point plongé dans l'obscurité avant de revenir sur leurs pas. Juste pour voir le pousse ressortir de l'allée.

Vide.

– Arrêtez-le! demanda Malko à Chieng. Je veux savoir où il l'a déposée.

Chieng, docilement, fit demi-tour. Le cyclo était déjà arrivé au rond-point. Coup de sifflet strident. Plusieurs soldats surgirent de l'ombre. Un barrage, comme il y en avait souvent à Phnom Penh, le soir. Le cyclo descendit de sa machine et commença à parlementer avec les policiers, avides de récupérer quelques riels...

Un autre soldat fit signe à la Toyota de passer après avoir aperçu Malko. On n'ennuyait pas les étrangers.

Il remua dans sa tête ses interrogations jusqu'au retour au *Cambodiana*. Qui étaient les commanditaires du meurtre de Phong? Ta-Mok ou les Cambodgiens « purs et durs » partisans de la Solution Rouge? La situation était de plus en plus compliquée.

Arrivé dans sa chambre, il trouva un mot glissé sous sa porte.

« Nous avons une réunion demain à neuf heures. A la maison. Jane. »

Ainsi, la femme de la CIA s'était remuée. Pourvu que ce soient de bonnes nouvelles.

Malko s'était déjà rendu chez Jane Baron le jour de son arrivée. Une petite maison dans une rue parallèle au boulevard Acharmean, presque en face de l'hôpital Calmette. Il y trouva Jane Baron qui faisait de la culture physique dans son minuscule patio, sous l'œil effaré d'un boy, en survêtement, ses courts cheveux blonds retenus par un bandeau. Elle s'arrêta en soufflant et désigna un fauteuil à Malko.

– Je termine, lança-t-elle. Dans ce pays, si on se laisse aller...

Elle ne risquait rien avec son physique de lanceur de poids... A peine eut-elle terminé qu'elle se débarrassa de son survêtement, puis de son soutien-gorge, sans la moindre pudeur. Malko la regardait, un peu étonné, et elle lui adressa un sourire ironique.

– Ça ne vous gêne pas? Moi, je suis lesbienne, vous savez, alors...

Sa carte était sûrement à jour. Une Cambodgienne longue comme un roseau apparut, un grand broc à la main, pudiquement moulée dans un sampot. Elle jeta un regard curieux à Malko avant de commencer à verser l'eau sur Jane Baron. L'Américaine, le visage rejeté en arrière, se frottait vigoureusement, les reins cambrés, dans une position qui aurait été hyper-provocante chez une femme normale. Enfin, elle se laissa tomber dans le fauteuil voisin de celui de Malko.

– J'ai renoué le contact avec Pailin, annonça-t-elle.

– Bravo! dit Malko. Quel est le résultat?

– Je n'ai pas encore pu parler à un responsable. Ils sont toujours très mystérieux. J'ai reçu une réponse au message que j'avais laissé dans la boîte aux lettres morte. Il faut se rendre aujourd'hui vers 11 heures rue 323, au numéro 61. Il faudrait que vous y alliez. J'ai un rendez-vous avec le ministre de la Santé publique.

– Qui vais-je rencontrer?

– Je l'ignore. On vous contactera. C'est toujours...

Elle s'interrompit. Une jeune femme venait de pousser la porte du jardin, une sorte de besace accrochée à l'épaule. Une grande rousse, aussi féminine que Jane Baron était masculine. Les cheveux au milieu du dos, vêtue d'une sorte de combinaison en tissu blanc qui n'arrivait pas à dissimuler une poitrine somptueuse. De grands yeux verts dans un visage lisse comme une très jeune fille. Elle posa sa besace et soupira :

– Quelle chaleur!

– Prends une douche! proposa Jane Baron. Sherry, je te présente un membre de notre association, Malko Linge. Il est venu voir ce que nous faisons au Cambodge. Malko, Sherry est une fille formidable. Elle a quitté la Californie pour ce pays pourri par pur idéalisme et pour 500 dollars par mois!

La « fille formidable » salua Malko d'un signe de tête plutôt sec et lui demanda :

– Qu'est-ce que vous êtes venu faire au Cambodge?

Il y avait tant d'agressivité dans sa voix qu'il n'en revint pas. Il se força néanmoins à sourire.

– Jane vous l'a dit, je dois effectuer un compte rendu de votre action.

– Qu'est-ce que c'est votre nom, déjà?

Malko le lui redit, en épelant. La charmante Sherry eut une moue presque dégoûtée.

– Vous n'êtes pas américain...

– Vous savez, nous sommes une organisation internationale, répliqua Malko, serein.

– OK, fit la jeune femme, alors vous devriez venir avec nous à Kompong Thom. Là vous verrez les *vrais* problèmes du Cambodge. Le couvre-feu à sept heures, trois heures d'électricité par jour, des attaques permanentes des Khmers rouges et de nouveaux amputés sans arrêt! Et ce n'est qu'à six heures de route de Phnom Penh. On part demain matin, si la route est ouverte.

– Malko n'a pas fini son enquête ici, coupa aussitôt Jane Baron, visiblement ultra-contrariée, mais ensuite, il ira sûrement.

Sherry lui lança un long regard entendu, avant de soupirer :

– OK, je vous laisse à vos petits secrets, je prends un bain.

Elle s'éloigna en balançant des hanches superbes et disparut dans la buanderie.

– Qu'est-ce qui lui prend? demanda Malko, suffoqué, quand elle eut disparu.

Jane Baron baissa la voix pour lui répondre.

– C'est une « pure ». Depuis le début, elle croit que je ne suis pas vraiment une philanthrope. Elle a même écrit à la direction, à Honolulu, pour dire que l'organisation se dévoyait en acceptant des « black sheeps » (1) comme moi qui font de l'espionnage sous couvert d'aide humanitaire. C'est dommage, elle est très belle. Vous avez vu sa poitrine. Les autres ONG l'ont surnommé « Big tits » (2).

– Et ça n'a pas été gênant?

Jane Baron eut un sourire amusé.

– Pourquoi? C'est la Company qui finance World Handicap. On lui a répondu une charmante lettre qui ne l'a pas calmée. Heureusement, elle s'en va demain matin... Bon, il est temps d'aller à votre rendez-vous...

(1) Les moutons noirs.
(2) Gros lolos.

– Attendez, fit Malko, je vais lui dire au revoir.

Avant qu'elle puisse l'en empêcher, il avait traversé le jardin, gagnant la buanderie. Il n'y avait pas de porte, ce qui lui évita de frapper... Sherry la pure était plongée dans une grande baignoire en pierre et on ne voyait son corps que jusqu'à la taille. Elle leva un regard qui se chargea de fureur en reconnaissant Malko.

– Qu'est-ce que vous faites là! glapit-elle.

Il lui adressa un sourire angélique.

– Je voulais vous souhaiter bonne chance à Kompong Thom, dit-il suavement.

Ajoutant aussitôt :

– Et aussi vous dire que vous avez une poitrine absolument fabuleuse.

– Salaud, maniaque, dégénéré!

Malko battit en retraite sous les glapissements de « big tits ». Jane Baron l'observait d'un air réprobateur.

– Vous êtes très mal élevé, dit-elle sèchement.

Malko s'inclina légèrement.

– Je suis désolé, mais comme vous m'aviez montré spontanément votre poitrine tout à l'heure, je pensais que c'était la coutume dans votre petite bande. A plus tard.

Chieng l'attendait en fumant ses éternelles cigarettes. Malko retrouva les ressorts défoncés de la Toyota presque avec soulagement.

– Nous allons rue 323, annonça-t-il.

Il n'avait pas parlé de la femme au chignon à Jane Baron, attendant d'en savoir plus.

Devant le numéro 61 de la rue 323, une cinquantaine de bonzes en robe safran, assis sur de minuscules tabourets, accompagnaient en tapant sur la boîte à riz accrochée sur leur estomac le chant nasillard et discordant qui sortait d'un haut-parleur. Celui-ci était fixé sur une modeste Nissan transformée en corbillard pour la circonstance. Malko aperçut quelques femmes aux yeux rougis, au visage attristé, des hommes accroupis. Il se mit dans un coin et attendit.

Drôle de rendez-vous...

Le chant s'arrêta brutalement et les invités commencèrent à distribuer aux bonzes ravis du riz pris dans de grandes bassines. Ceux-ci emplissaient à ras bord leur garde-manger ambulant. Lorsque cela fut terminé, ils entonnèrent une mélopée très lente, sans le haut-parleur, les mains jointes devant eux. On jeta des poignées de riz sur le cercueil et un des bonzes prononça quelques paroles visiblement adressées au mort...

Malko eut beau regarder autour de lui, il ne voyait pas le messager annoncé par Jane Baron... Finalement, on chargea le cercueil sur la Nissan qui sortit de la cour en marche arrière. Les bonzes commencèrent à se disperser. Avant de partir, chacun allait s'incliner devant une femme de petite taille vêtue à la cambodgienne, avec de grosses lunettes et une bouche épaisse.

La veuve... Mais de qui?

Tandis que les bonzes se dispersaient, Malko, à tout hasard, prit place dans la file qui avançait vers la veuve. Personne ne faisait attention à lui, comme s'il avait été transparent... Il arriva devant la veuve. Malko, comme tout le monde, fit le « sawadee » traditionnel, les mains jointes à plat devant sa poitrine, puis levées à la hauteur du visage.

La veuve lui rendit son salut, avançant les siennes. Leurs paumes se frôlèrent. Il sentit un très mince rouleau de papier glisser entre ses deux paumes serrées et fit attention de ne pas le laisser tomber en les disjoignant. Il s'éloigna et attendit d'être dans la Toyota pour dérouler le mince parchemin. Il n'y avait que quelques mots écrits en capitales, maladroitement. *Samaki.* Bungalow 7. 6 P.M. (1)

Le corbillard démarra dans un concert de chants

(1) 6 heures du soir.

larmoyants et aigus. Les bonzes s'égaillaient comme des moineaux, serrant contre leur cœur leurs précieuses boîtes à riz.

Malko se demanda sur quoi allait déboucher ce jeu de piste. Le meurtre de Phong en disait long sur la détermination et la férocité de ses adversaires, quels qu'ils soient. Et Chieng ne lui avait pas encore procuré d'arme, malgré sa promesse.

Le rendez-vous à la nuit tombée ne lui disait rien de bon.

CHAPITRE VIII

La piscine vide au revêtement écaillé ajoutait encore à l'atmosphère sinistre du *Samaki*. Malko s'arrêta devant le jardin où les bungalows ressemblaient à des cabanons de jardiniers. Seuls les bulbes des climatiseurs sur les murs signalaient qu'ils étaient habités.

Il lui semblait entendre les rires joyeux de tous ceux qui se trouvaient là en 75. Beaucoup étaient morts maintenant, ou disparus. Exilés, en fuite, en prison... Il se secoua et descendit les marches sous l'œil d'un jardinier indifférent. Aucun numéro sur les bungalows. Il frappa à une porte, puis à une autre. Sans succès. Enfin, à l'avant-dernier, il entendit des pas et la porte s'ouvrit. Sur une jeune femme vêtue d'une sorte de robe d'intérieur, pieds nus, le regard brouillé derrière d'énormes lunettes. Une Asiatique au visage rond encadré de cheveux raides. Sa bouche tremblait légèrement et Malko réalisa que ses yeux étaient humectés de larmes.

Derrière elle, une cassette jouait un air mélancolique.

Elle se força visiblement à sourire.

– Qui cherchez-vous?

Malko se contenta d'annoncer :

– Je pense que j'ai rendez-vous ici.

La femme le regarda avec une surprise non dissimulée.

– Ici ! Mais il n'y a que moi... Et je n'ai rendez-vous avec personne...

Ce fut au tour de Malko d'être surpris. Le papier était pourtant formel.

– C'est bien le bungalow 7?

– Oui. Mais avec qui avez-vous rendez-vous?

Difficile de lui dire la vérité.

– Tant pis, fit-il, il doit y avoir une erreur.

Il fit demi-tour, retraversant le jardin du *Samaki*, déjà plongé dans la pénombre. Perplexe et agacé. Comment allait-il renouer avec les gens de Pailin? Il était en train de monter le perron du bâtiment principal pour rejoindre les bureaux de World Handicap quand une silhouette se détacha du mur. Il devina dans l'ombre un Asiatique mince, vêtu d'une chemisette à carreaux et d'un pantalon de toile.

– *Lauk* Linge? demanda-t-il à voix basse avec le rauque accent khmer.

– Oui, répondit Malko, surpris et sur ses gardes.

– Je suis désolé, continua l'inconnu, il y a eu une erreur, il s'agissait du bungalow 8, pas du 7. Je suis très désolé. Vous voulez me suivre, s'il vous plaît?

Indiciblement soulagé, Malko lui emboîta le pas et se retrouva dans le bâtiment voisin de celui où il avait frappé. Son guide brancha une lampe si faible qu'on ne devait pas la voir de l'extérieur. Le climatiseur ne fonctionnait pas et il régnait dans la petite pièce sombre une chaleur étouffante. Le Cambodgien alluma une cigarette et prévint aussitôt :

– Il ne faudra jamais revenir ici, nous n'utilisons jamais deux fois de suite les mêmes endroits pour les rencontres. C'est trop dangereux. Les Vietnamiens sont trés méchants, n'est-ce pas. Quand ils nous prennent, ils nous torturent d'une façon horrible et ensuite ils nous tuent. On ne retrouve jamais les corps.

– Qu'en font-ils? ne put s'empêcher de demander Malko.

L'Asiatique eut un rire aigrelet.

– A côté de Siem Reap, il y a une ferme de crocodiles, pour les peaux. Ils sont très gras...

Un ange passa en claquant des mâchoires. L'homme tira sur sa cigarette et Malko discerna la crosse d'un pistolet glissé dans sa ceinture.

– Qui êtes-vous? demanda-t-il.

– Je m'appelle Chang, annonça son vis-à-vis, je suis responsable de la structure que nous possédons à Phnom Penh. C'est chez moi que devait résider Phong Ton. Malheureusement...

Il laissa sa phrase en suspens.

– Qui l'a tué? demanda Malko.

Chang hésita.

– Nous ne sommes pas encore certains. Peut-être les Vietnamiens.

– Pourtant, objecta Malko, vous êtes prêts à vous allier avec eux. C'est même l'objet de ma présence au Cambodge.

Le Cambodgien hocha gravement la tête.

– Les Vietnamiens ne sont pas tous du même avis entre eux, précisa-t-il. Mr Hun Sen a compris où était son intérêt, mais d'autres comme Chea-Sim ne veulent pas d'un accord. Lorsque tout sera réglé, nous aurons du travail pour éliminer des gens dangereux, s'ils ne sont pas déjà partis d'eux-mêmes.

Et une nouvelle guerre civile en perspective...

– Si ce n'étaient pas les Vietnamiens? demanda Malko.

Chang cilla à peine.

– Que voulez-vous dire? demanda-t-il poliment.

– Je crois qu'un des vôtres – Ta-Mok – refuse le compromis, avança Malko. Il a pu vouloir le saboter.

Visiblement, le Cambodgien était embarrassé. Il dissimula sa gêne sous un rire bref.

– C'est une possibilité. J'ai envoyé un messager à Pailin et mes camarades de l'Angkar vont effectuer leur enquête. Tout cela ne change en rien nos projets, n'est-ce pas?

Il semblait très désireux de rassurer Malko.

– Je prends acte de votre engagement, répondit ce dernier. Mais je suis autorisé à vous dire que les amis de Mr Hun Sen sont très inquiets de ce contretemps. Que puis-je leur transmettre comme message?

– Que rien n'est changé, affirma Chang. Mes camarades de Pailin s'apprêtent à vous envoyer un nouveau négociateur. Cela demande quelques jours, n'est-ce pas. Nous allons garder un contact permanent. Afin de vous prouver notre bonne foi, et pour simplifier les choses, je vais vous permettre de contacter directement un membre de notre réseau à Phnom Penh.

– Merci de votre confiance, dit Malko.

– Il s'agit d'un commerçant du marché de Toutophom. Un marchand de bijoux et d'antiquités. Il a le stand 24. Si vous désirez transmettre un message, allez le voir et demandez-lui s'il a reçu le gros rubis de cinq carats qu'il attendait de Pailin. Il vous fera revenir et vous communiquera alors un rendez-vous avec moi.

Malko avait tout noté mentalement et son interlocuteur semblait devenir nerveux, comme s'il était pressé de partir.

– Quand le nouvel envoyé de Pailin sera-t-il là?

Chang réfléchit rapidement.

– Passez dans trois jours au marché.

Il était déjà debout.

– Si c'était Ta-Mok qui soit derrière le meurtre de Phong Ton? demanda Malko.

– Nous gérerons cette situation, affirma Chang. Dites à vos amis que le prochain messager de Pailin apportera ce qu'ils ont demandé, en sus des propositions, d'accord?

– C'est-à-dire?

– La tête du camarade Ta-Mok, annonça paisiblement Chang.

Malko ne montra pas son dégoût.

– Comment vous y prendrez-vous pour le neutraliser, s'il est sur ses gardes?

Chang arbora un sourire à glacer une portée de crocodiles.

– Le camarade Ta-Mok est invité à une réunion plénière de l'Angkar, à Pailin. C'est là que nous le neutraliserons. Evidemment, si vous aviez pu vous y rendre, c'eût été plus facile...

Les Polpotistes auraient probablement offert à Malko un morceau de Ta-Mok comme on offre une cuisse de dinde... Il avait beau être habitué à l'Asie, il en avait la nausée. Il valait mieux ne pas mentionner Palin tant qu'il ne savait pas pour qui elle tuait. Il serait toujours temps de lâcher les féroces amis de Chang quand il aurait une certitude. Son interlocuteur lui tendit la main.

– 1990 était l'année du Cheval, dit-il, c'est, selon le calendrier chinois, celle où on prend des décisions. Cela va nous porter bonheur.

– Je le souhaite, dit Malko.

Avant de se glisser dans le jardin, et de retraverser le *Samaki*. Il retrouva Chieng en train de fumer une cigarette, arborant son impavide sourire.

– Nous allons chez Sopia Sen, annonça Malko.

– J'étais certaine que ce n'était qu'un contretemps, lança la belle Sopia de sa voix sucrée. Les gens de Pailin veulent vraiment faire la paix. Nous allons enfin débarrasser le Cambodge du communisme. Je vais transmettre cette bonne nouvelle.

Euphorique, elle prit une bouteille de Cointreau dans un petit bar, versa de la glace dans deux verres, y ajouta l'alcool et en tendit un à Malko :

– A notre succès!

L'arôme du Cointreau lui chatouilla agréablement les narines et il le laissa doucement glisser sur sa langue.

– Et le prince Sihanouk? interrogea-t-il.

Sopia Sen balaya le prince d'un revers dédaigneux.

– Ce vieux clown! Il fera ce que lui diront les Chinois, comme toujours. Il suffit de bien le nourrir, ce gros porc, pour qu'il signe n'importe quoi. S'il est sage, on lui donnera un poste honorifique.

Ils étaient assis très convenablement dans le petit bureau décoré de cartes. Sopia Sen paraissait avoir totalement oublié son intermède, tout à la politique... Elle dégustait son Cointreau avec la délicatesse d'un chat, drapée dans une blouse fermée jusqu'au cou et un sampot à carreaux. Leurs regards se croisèrent et elle sourit.

– Les Américains vont être contents de vous!

Malko eut un sourire modeste.

– Je n'ai pas encore fait grand-chose. Mais la situation va peut-être évoluer... J'ai retrouvé la meurtrière de Phong Ton.

Le regard de la Cambodgienne flamboya.

– Où est-elle? Nous allons détruire le réseau de Ta-Mok.

– Ce n'est peut-être pas Ta-Mok, coupa Malko.

Sopia Sen l'écouta, les traits figés, puis secoua la tête.

– C'est impossible que ce soient les Vietnamiens pro-Solution Rouge. Je connais le capitaine Jan Sarin. Il est de notre côté. Il doit y avoir une explication. Il faut capturer cette Palin et l'interroger.

– Pourquoi ne pas confier ce travail à votre ami Jan Sarin? suggéra Malko.

L'air réprobateur de Sopia Sen l'arrêta net.

– Non, fit-elle. On ne sait pas de quelles complicités cette femme dispose. Non. Je peux rassembler quelques hommes sûrs. Vous allez lui tendre un piège et me l'amener.

– Ici?

– Ici, confirma-t-elle, avec un sourire découvrant toutes ses gencives, ce qui lui donna l'air d'une hyène. Je m'en occuperai moi-même.

Malko en eut froid dans le dos. Pourtant, Palin la tueuse était en possession d'informations vitales : qui était le commanditaire du meurtre et comment celui-ci avait eu vent du rendez-vous entre Malko et Phong Ton.

– Et ensuite? dit-il. Il faudra bien la relâcher.

Sopia Sen haussa les épaules.

– On la relâchera au fond d'une rizière.

Devant l'air choqué de Malko, elle ajouta amèrement :

– S'ils vous attrapaient, ils vous feraient pire. Ce sont des sauvages.

Il préféra ne pas répondre. Dans ses moments de transe, Sopia lui glaçait le sang. Il sentit son regard posé sur lui et elle dit d'une voix plus détendue :

– Ce Chang vous a vraiment promis la tête de Ta-Mok?

– Oui.

Elle avala une gorgée de Cointreau, avec la même délectation que si c'était le sang de son ennemi, faisant ensuite tourner les glaçons dans son verre.

– Ce sera le plus beau jour de ma vie, soupira-t-elle. Je crois que je vais la garder dans la glace un bon moment, pour la regarder de temps en temps. Ensuite, je la donnerai à manger aux rats. Cela fait des années que je rêve de cela. Depuis 1975 exactement.

Malko chercha à sonder les prunelles sombres. Sans y parvenir.

– Pourquoi lui vouez-vous cette haine?

Sopia Sen le fixa longuement, puis alluma une cigarette qu'elle jeta aussitôt. Des larmes lui étaient montées aux yeux.

– Attendez, dit-elle, je ne peux pas parler de cela comme ça, c'est trop dur...

Elle jeta quelques mots au garde qui disparut et revint quelques instants plus tard avec une vieille pipe à opium en ivoire jauni, une lampe, des aiguilles d'acier et un petit flacon ventru plein d'une substance brune. Ils passèrent dans la pièce voisine et Sopia s'installa sur le lit-table, calée sur des coussins. Le Cambodgien alluma la lampe, prit un peu d'opium au bout de la fine aiguille et commença à la faire tourner au-dessus de la flamme.

Grésillements, petites bulles, puis l'odeur fade de l'opium remplit la pièce. Sopia regarda avidement la matière brune que son esclave fourrait dans le fourneau de la pipe. Dès qu'il fut plein, elle la prit avidement, la colla à ses lèvres et se mit à aspirer, les yeux fermés. Jusqu'à la dernière bouffée de fumée. Déjà le Cambodgien lui en préparait une autre... Elle en fuma six de suite en une vingtaine de minutes avant de rouvrir les yeux. Son regard avait changé, il était voilé, trouble, ailleurs. Sa voix aussi lorsqu'elle parla, comme dans un état second.

– Je venais d'avoir un enfant, dit-elle, quand les Khmers rouges sont entrés dans Phnom Penh. Mon mari était colonel dans l'armée de Lon Nol, je savais que je n'avais aucune chance. Le 16 avril 1975, j'ai traversé toute la ville dans ma voiture avec mon bébé pour atteindre l'ambassade de France. Elle était déjà cernée par les Khmers rouges. La grille cadenassée. Il y avait un diplomate derrière le portail. Je lui ai demandé de prendre au moins mon enfant. Il avait des larmes dans les yeux, mais il a refusé...

« Alors, je suis repartie. Les Polpotistes m'ont arrêtée tout de suite après et emmenée au QG de Ta-Mok, à Tuol Sleng. Il n'avait pas encore perdu sa jambe et se tenait très droit, le crâne rasé, sans aucune expression. Il savait qui j'étais. Il m'a appris que mon mari venait d'être exécuté. Je l'ai supplié de sauver mon enfant. Il n'a rien dit, est allé le prendre dans la voiture, l'a sorti par les pieds, et, à toute volée, lui a fracassé le crâne contre un arbre. Puis il a jeté le corps dans un fossé où pourrissaient déjà d'autres cadavres. Je vois encore les taches grises et rouges de sa cervelle sur l'écorce de l'arbre, un jacquier. Depuis, je ne peux plus voir un jacquier sans avoir envie de vomir.

Elle se tut. Le boy lui tendit une pipe pleine et elle tira dessus de longues minutes, serrant l'ivoire à deux mains comme si elle voulait le briser.

Malko avait la gorge serrée. Il touchait la réalité du génocide cambodgien avec cette femme désespérée et féroce. Quittant la théorie et les chiffres pour la souffrance.

– Ensuite, continua Sopia d'une voix rendue rauque par l'opium, cela a été la descente aux enfers... Ils nous ont emmenées dans la région de Battambang, à pied : cinq cents femmes. La moitié sont mortes en route. Les autres ont dû travailler dans la rizière quatorze heures par jour, presque sans être nourries. Moi, ils me haïssaient particulièrement, parce que j'étais jeune, belle et citadine. On me forçait à chiquer le bétel, les gardes s'amusaient à me réveiller la nuit pour me violer, à tour de rôle.

« Et il y a eu la comédie du mariage. Nous devions chacune épouser un de nos gardes pour faire des enfants à la Révolution. Une idée de Ta-Mok... J'avais encore un peu de dignité. J'ai refusé.

Elle se tut, la voix brisée.

– Que s'est-il passé? demanda Malko, effrayé d'avance de la réponse.

– Ceci, fit Sopia Sen.

Posant sa pipe, elle déboutonna son chemisier et l'écarta brusquement. Malko sentit ses cheveux se hérisser. Les pointes de ses seins et les aréoles avaient été déchiquetées, arrachées et il ne restait des mamelons que du tissu cicatriciel rosâtre... L'horreur absolue.

– Ils m'ont fait ça avec des tenailles, dit Sopia d'une voix sans timbre. Jusqu'à ce que j'accepte de coucher avec mon « mari »...

Les mains tremblantes, elle se reboutonnait. Malko avait une furieuse envie d'une vodka. Leurs regards se croisèrent et elle eut un sourire amer.

– Si vous aviez vu cela l'autre soir, vous n'auriez pas pu... C'est pour cela que je le fais toujours dans l'obscurité. Mais je suis heureuse, j'ai fait remplacer mes dents qui étaient tombées, je vis, je respire, je fais l'amour. Et je pense à me venger... Mes amies, celles du camp n° 15, n'ont pas cette chance... Lorsque les troupes vietnamiennes ont avancé vers Battambang, Ta-Mok a fait rassembler les cinq cents femmes de notre camp. En plein soleil. Il a donné un ordre à nos gardiens. Ils ont pris chacun une houe et ils ont commencé à nous massacrer. Systématiquement. Un coup à toute volée, qui brisait les vertèbres cervicales... Elles tombaient sans un mot, comme une masse.

– Mais vous n'avez pas cherché à fuir?

– Il y avait des gardes partout et aucun endroit où se cacher à part la rizière. Certaines ont voulu s'échapper, rattrapées tout de suite par une rafale. Ensuite, on les laissait agoniser dans la boue. Ou on les achevait à coups de baïonnette.

– Et vous?

De nouveau, elle tira sur la pipe de bambou avant de répondre.

– J'ai eu de la chance. Je faisais partie des dernières... Mon bourreau était fatigué. Il a frappé sur mes épaules, sans s'en rendre compte. Je suis tombée en avant et j'ai fait la morte. Ils étaient pressés, ils n'ont pas vérifié. Je suis restée couchée dans la rizière plus de huit heures. Jusqu'au moment où les blindés vietnamiens ont fait leur apparition. Ils n'en croyaient pas leurs yeux... Des cinq cents femmes, j'étais la seule survivante.

Le silence retomba dans la pièce. La lampe à opium grésillait toujours. Sopia acheva son Cointreau d'une seule gorgée. Malko avait la chair de poule.

– C'est vous qui avez exigé la tête de Ta-Mok? dit-il. Pas les Vietnamiens.

Elle eut un sourire cruel.

– Ils ont trouvé que c'était une bonne idée. Quand les gens de Pailin l'auront tué, ils ne pourront plus reculer et changer d'avis. Maintenant, nous allons nous occuper de cette Palin.

CHAPITRE IX

Une jeune Cambodgienne, maquillée jusqu'au bout des cheveux, les yeux étirés sur ses pommettes saillantes, des paillettes sur les paupières, sa grosse bouche en avant, la mini au ras des fesses, les jambes gainées d'un collant noir en dépit de la chaleur, appétissante sans être belle, ondulait en bordure de la piste à la façon des anciennes Asparas, les danseuses sacrées khmères. Mais la lueur qui brillait dans ses yeux n'avait rien de sacré... Délaissant son cavalier, un jeune homme filiforme à lunettes, elle se trémoussa devant Malko avec une expression sans équivoque.

Le fond de teint clair dont elle s'était enduit le visage pour dissimuler son teint sombre lui donnait des reflets violets.

Malko continua son chemin, examinant la salle du *Kleang Romsev*. Bourrée! La musique tonitruante semblait électriser les clients. A cause du couvre-feu, il fallait mettre les bouchées doubles et il était déjà 18 h 30.

Les Cambodgiens, après quinze ans d'horreur, se défonçaient comme des fous à grands coups de décibels.

Plusieurs filles seules étaient déjà discrètement installées dans des box répartis le long des murs, devant des verres auxquels elles ne touchaient pas. Les entraîneuses illégales. Malko les examina de loin, cherchant à discerner les traits de leurs visages dans la pénombre. C'est à son chignon qu'il repéra Palin. Seule dans un box sombre, vêtue d'une robe chinoise bleu électrique, en train de fumer une cigarette.

Malko retourna à la table où Chieng, le chauffeur, sirotait une bière.

– Comment fait-on pour avoir une entraîneuse? demanda-t-il.

– Ah! Très facile, expliqua le Cambodgien. Deux dollars maître d'hôtel pour choisir. Ensuite, cinq dollars pour elle. Si faire moyen « tac-tac », dix dollars.

– Arrangez-vous pour faire venir cette Palin.

– Tout de suite, affirma le stringer de la CIA.

Il était décidément efficace. Les années passées dans la rizière lui avaient donné le sens de la survie. Depuis quelques heures, Malko possédait enfin un Colt 45 automatique à peine rouillé et deux chargeurs. L'arme avait dû être enterrée, mais elle fonctionnait. Chieng n'avait réclamé que cent dollars. Ils étaient déjà revenus la veille au *Kleang Romsev*, mais Palin ne s'y trouvait pas.

Chieng réapparut, visiblement satisfait de lui.

– Elle moyen venir, annonça-t-il.

– Parfait, remercia Malko. Vous m'attendez dans la voiture et nous faisons comme prévu.

Chieng finit sa bière et s'éloigna vers la sortie. Malko était sur ses gardes. La femme à qui il allait tendre un piège était une tueuse. Or, il avait dû laisser le Colt dans la Toyota, incapable de le dissimuler sur lui. Certes, la mystérieuse Palin n'avait aucune raison de se méfier, mais on ne sait jamais.

Un menu incident avait inquiété Malko. Lorsqu'il était sorti de chez Sopia Sen la veille, un cyclo-pousse était garé en face, sans raison apparente... Jane Baron lui avait également signalé la présence de cyclo-pousses autour de chez elle, dans une rue écartée où ils n'avaient guère de chances de trouver un client. Pour une surveillance, c'était le moyen idéal : ils étaient des milliers à Phnom Penh.

Malko avait donc mis au point un plan très simple. Il proposerait à Palin de l'emmener chez lui et ils atterriraient chez Sopia Sen. Palin ne se méfierait pas : la plupart des ONG louaient des villas dans le quartier sud-est, la nouvelle zone résidentielle de Phnom Penh, là où les maisons avaient été fraîchement repeintes et où résidait le Premier ministre Hun Sen. Ensuite, il faudrait faire parler Palin. Cela risquait d'être plus délicat...

Malko espérait qu'elle craquerait devant la menace d'être livrée à la police cambodgienne. Sinon, il ne resterait plus qu'à l'emmener chez le capitaine Jan Sarin qui saurait sûrement lui arracher la vérité.

Il émergea brutalement de ses réflexions : hiératique comme une altesse royale, Palin traversait la salle, venant dans sa direction. Elle atteignit sa table, lui adressa un bref sourire et s'assit à côté de lui, posant près d'elle un paquet de cigarettes locales.

– Bonsoir, dit-elle, mon nom est Palin.

Elle avait la voix rauque des grands fumeurs et parlait très bien anglais.

– Vous parlez bien anglais, remarqua Malko.

– Je l'ai appris en Thaïlande, expliqua l'entraîneuse. Dans un camp de réfugiés. J'y suis restée deux ans. Quand les Polpotistes sont arrivés dans mon pays. Je continue à prendre des cours, mais cela coûte 35 riels chaque fois.

– Que voulez-vous boire? demanda Malko.

– Un Cointreau. *On ice.*

L'orchestre se déchaînait à nouveau et ils étaient obligés de hurler.

Il examina ses mains : fines, longues, aristocratiques, les ongles très rouges. Elle avait vraiment un port de tête royal. Son regard impénétrable restait fixé sur l'orchestre. On la sentait consciente de sa beauté. Sa poitrine tendait la soie bleue de sa longue robe. Sa peau était assez sombre, mais presque lumineuse, comme éclairée de l'intérieur.

– Vous habitiez Phnom Penh avant les événements?

demanda Malko lorsque le garçon eut apporté le Cointreau et une Stolychnaya.

– Oui, dit-elle, une très belle maison à côté de l'ambassade de France. Mes parents avaient des rizières et de la fortune. Maintenant, je campe dans une cabane de bois. Et je dois m'estimer heureuse d'être à Phnom Penh.

La ville avait été vidée de tous ses habitants en avril 75, à l'arrivée des Khmers rouges. Puis, en novembre 79, lorsque les Vietnamiens avaient chassé les Khmers rouges, le nouveau gouvernement avait distribué les villas et les immeubles vides d'abord aux membres du Parti pro-vietnamien et ensuite à leurs sympathisants. Les anciens propriétaires n'avaient plus aucun droit sur leurs biens. Certains habitaient des masures en face de leur ancienne maison attribuée à des amis du régime...

– Que sont devenus vos parents? demanda Malko.

– Morts, dit Palin, sans plus d'explication.

Elle alluma une cigarette comme si elle en avait trop dit. Le garçon déposa sur leur table plusieurs plats et Palin se mit à manger avec appétit. Devant eux, un jeune couple cambodgien se contorsionnait sur la piste en une parodie de rock n'roll... Palin eut une grimace de mépris.

– Les Américains ont fait beaucoup de mal à mon pays, grommela-t-elle. Ils ont tout pourri.

– Ce sont les Khmers rouges qui ont détruit le Cambodge, releva Malko.

Palin eut une mimique réprobative.

– Il n'y aurait jamais eu le génocide si les Américains n'avaient pas acheté ce salaud de Lon Nol pour faire la guerre. Vous ne semblez pas connaître l'histoire de ce pays. Que faites-vous à Phnom Penh?

– Je m'occupe d'acheminer du matériel médical pour les hôpitaux. Votre pays manque de tout.

Palin s'étrangla de fureur.

– Dans le parking de ce restaurant, il y a au moins trois Mercedes! Des voitures qui valent des millions de riels... Il y a six mois, il y avait deux Mercedes dans toute la ville. Maintenant il y en a cinquante! Vous avez vu, ils servent ici les meilleurs alcools français, du cognac Gaston de Lagrange, du Cointreau, du champagne Moët et Chandon. Tout en dollars. Importé de Thaïlande. Alors que les gens meurent de faim! La moitié de la population est au chômage. Il n'y a pas de médicaments dans les hôpitaux et un médecin gagne trente dollars par mois... Les gens de Hun Sen sont aussi pourris que l'étaient ceux de Lon Nol.

– Vous parlez très bien anglais, remarqua Malko, vous pourriez trouver un job dans un hôtel ou un restaurant.

Le regard de Palin s'assombrit de rage.

– Pour être payée quelques dollars par mois par des salauds de Chinois de Singapour qui, en plus, coucheraient avec moi! Je préfère encore faire ce que je fais.

– Je vous ai aperçue l'autre soir avec des gens très gais, dans la salle privée.

– Ce sont des porcs, cingla-t-elle. Ils se soûlent au cognac et au Johnny Walker et ensuite ils pensent qu'ils sont les maîtres du monde. Comme ils sont de la police, ils se croient tout permis.

Elle était déchaînée. Malko réalisa soudain ce que cette conversation avait de surréaliste. Palin était très probablement un tueur à la solde des Khmers rouges, ignorant sa véritable identité. Mais son anglais parfait et sa personnalité l'intriguaient : elle était plus qu'une exécutrice. Ou alors, Sam, le jeune amputé, l'avait mené dès le début sur une fausse piste.

Le rock avait fait place à une musique plus douce, et les couples se ruaient sur la piste.

– Dansons, proposa-t-il à Palin.

Elle se leva sans commentaire et ils se retrouvèrent enlacés pour un slow sirupeux. Palin dansait contre lui, la tête droite. Comme Malko, un bras passé autour de sa taille, l'attirait plus près, elle noua les mains autour de sa nuque et leva le visage vers lui.

– Vous avez envie de coucher avec moi? demanda-t-elle calmement.

Elle avait posé la question d'une façon parfaitement naturelle. Malko n'eut pas le temps de répondre.

– Les étrangers qui viennent ici cherchent des femmes, continua-t-elle. C'est normal. Tout le Cambodge est à vendre, nous sommes tellement pauvres. Si vous me donnez vingt dollars, je resterai avec vous après le couvre-feu.

Le slow s'arrêta, faisant place à une chanson khmère, douce et rythmée. Palin s'éloigna de Malko et se mit à onduler à un mètre de lui, avec une grâce extraordinaire, jouant de ses bras, de son cou, de ses hanches, de son ventre. Il ne lui manquait que le costume traditionnel des danseuses sacrées. Ses évolutions étaient infiniment plus érotiques que le frotti-frotta habituel des slows. Ses hanches se balançaient langoureusement, mimant l'amour. Elle fixait Malko avec une expression provocante, les mains jointes au-dessus de sa tête comme une Aspara à la cour du roi d'Angkor.

Quand ils revinrent à la table, Malko était de plus en plus perplexe. Palin se comportait comme n'importe quelle entraîneuse désireuse d'embarquer son client. Son visage hautain s'était adouci, ses pommettes en relief semblaient s'être effacées au profit de la grosse bouche rouge pleine de promesses. Malko consulta sa montre. Huit heures quarante-cinq.

– On y va, proposa-t-il, cela va bientôt fermer.

– Une seconde, dit Palin, qui se leva et disparut au fond de la salle.

On apporta à Malko une addition représentant un an de salaire d'un cyclo-pousse et Palin revint. Malko chassa une pensée désagréable : et s'il livrait à la féroce Sopia une innocente?

A la sortie du *Kleang Romsev*, il prit Palin par le bras pour l'entraîner vers la Toyota, mais elle se dégagea.

– Où voulez-vous aller?

– Dans la villa que j'occupe, rue 320.

Palin s'immobilisa.

– Non, je n'aime pas aller chez les étrangers. Il y a toujours des mouchards autour et ensuite la police risque de me déporter dans un camp de rééducation pour les éléments anti-sociaux.

Malko n'avait pas prévu ce contretemps.

– Où voulez-vous aller, dans ce cas? demanda-t-il.

Elle hésita un peu et laissa tomber :

– Chez moi. Ce n'est pas très confortable mais je serai plus tranquille.

– Bien, accepta Malko. Prenons ma voiture.

Tant pis, il en serait réduit à la menacer pour l'emmener de force. Là, c'était impossible, il y avait trop de monde.

– Non, dit Palin, il y a très peu de voitures dans mon quartier, cela se remarque. Nous allons prendre un pousse.

Sans attendre sa réponse, elle se dirigea vers plusieurs pousses alignés dans la cour. Elle monta dans le troisième, invitant Malko à prendre place à côté d'elle. Ils tenaient à peine dans l'étroite nacelle. Le cyclo s'ébranla immédiatement. Malko se retourna, souhaitant que Chieng ait la bonne idée de le suivre. Il n'aperçut pas le stringer de la CIA, déjà à son volant.

Le cyclo prenait une vitesse relative, glissant silencieusement dans une grande avenue aux boutiques déjà closes. Seuls quelques lumignons tremblotaient encore sur les trottoirs, signalant les marchands ambulants. Serrée contre Malko, Palin restait silencieuse. Il se dit qu'il allait en être quitte pour une aventure qu'il n'avait pas cherchée. Il lui faudrait trouver un autre moyen pour attirer Palin chez Sopia Sen. Mais en attendant, il était impossible de se dérober sous peine d'éveiller ses soupçons.

Un kilomètre plus loin, le cyclo tourna dans un chemin de terre bordé de maisons de bois et ensuite dans une ruelle encore plus étroite. Pas âme qui vive. Et pas la moindre trace de la Toyota. Le cyclo stoppa devant une petite maison avec une minuscule véranda entourée d'une barrière de bois.

– Nous sommes arrivés, annonça Palin en sautant gracieusement de l'engin. Venez.

Elle pénétra dans le jardinet envahi par un gros bananier. Le cyclo descendit de sa selle et poussa son engin le long du mur. Sans rien réclamer. Malko lui tendit un billet de 50 riels mais il le refusa.

– Il va attendre, dit Palin, il vous ramènera à l'hôtel. Vous le paierez à ce moment-là.

Elle était bien organisée. Ils pénétrèrent dans une pièce carrée, éclairée par une unique ampoule. Un coin cuisine, un vague cabinet de toilette, une table sur laquelle était posée une théière et un lit très bas avec une moustiquaire dans le coin le plus sombre. Des affiches découpées dans des magazines ornaient les murs. Palin sortit d'un placard une bouteille de Johnny Walker entamée.

– Je n'ai que cela.

– Non, merci, dit Malko.

Elle reposa la bouteille et s'approcha de lui. Le bassin collé au sien, elle entreprit de déboutonner sa chemise, la lui enlevant ensuite. Dès qu'il fut torse nu, elle commença un travail très consciencieux de sa bouche et de ses mains. Ses longs ongles durs faisaient merveille. Une vraie professionnelle. Lorsqu'elle le jugea assez excité, elle défit la ceinture de son pantalon, le fit glisser le long de ses jambes, le lui ôta, ainsi que ses chaussures.

– Venez, dit-elle.

Malko s'allongea sur le lit, uniquement vêtu de son slip. Palin s'agenouilla à côté de lui, à même le sol. Toujours entièrement habillée. Son chignon compliqué lui donnait l'air d'une geisha.

Elle recommença à le caresser, s'attardant cette fois à son ventre, effleurant l'intérieur de ses cuisses, agaçant sa poitrine. Elle agissait calmement, comme un dentiste, mais sa technique impeccable compensait le manque de passion. Sous ce ballet érotique, Malko commençait à se détendre, à profiter vraiment des circonstances. Dans la vie agitée qu'il menait, tout plaisir était bon à prendre. Son existence pouvait s'arrêter si brutalement.

Le sang affluait dans son sexe, comme pompé par les mains habiles de Palin. Malko se sentait basculer dans un état qu'il connaissait bien : quand il n'était plus tendu que vers la satisfaction immédiate de ses sens. Le Sida étant encore à peu près inconnu à Phnom Penh, il pouvait se laisser aller. De plus en plus, il se disait que Sam l'avait escroqué, que Palin n'était qu'une jolie femme essayant de survivre dans un pays dévasté.

Avec délicatesse, la jeune Cambodgienne fit descendre son slip le long de ses cuisses. Contemplant le membre rigide qui se dressait vers elle. Son regard remonta jusqu'au visage de Malko et ses lèvres épaisses s'ouvrirent sur un sourire plein de sensualité, découvrant de grandes dents jaunies par l'abus du tabac, mais impeccablement rangées.

– Maintenant, dit-elle, cela va être très bon. Il faut fermer les yeux pour bien apprécier.

Malko obéit, se concentrant sur son plaisir à venir. Il sentit les ongles de Palin jouer sur sa virilité avec une habileté diabolique, éraflant la peau à l'endroit le plus sensible. Une sensation si forte qu'elle était à la limite de la douleur. Ses reins se soulevèrent, il grogna d'aise. Les ongles cessèrent leur manège.

– Cela va être encore meilleur ! dit la voix rauque de Palin.

Il se raidit dans l'attente de sa bouche. Il l'imaginait déjà l'engloutissant d'un coup dans un étau de velours. Et puis brutalement, une pensée dérangeante bouscula son fantasme.

Les dents ! Palin avait des dents impeccables. Tous ceux qui avaient été déportés par les Khmers rouges avaient souffert de malnutrition et perdu la plupart de leurs dents. Comme Chieng.

Il ouvrit les yeux.

Palin était toujours agenouillée, mais ne se préparait

pas à le prendre dans sa bouche. Le torse très droit, ses deux mains étaient remontées à la hauteur de son chignon, retenu par deux grosses épingles terminées par des boules de métal argenté.

Son regard croisa le sien, brusquement obscurci par un éclair haineux.

Ses deux mains s'arrachèrent de sa tête en même temps, sa lèvre supérieure se retroussa sur ses grandes dents en un rictus féroce et il vit ce que le malheureux Phong Ton n'avait pas aperçu.

Les deux grosses épingles à cheveux brandies comme des poignards.

Une formidable poussée d'adrénaline faillit faire éclater ses artères. Avec un cri rageur, Palin abattait ses armes improvisées sur son visage.

CHAPITRE X

Réagissant en une fraction de seconde, Malko lança ses bras en avant, déviant les poignets de Palin. Les deux épingles à cheveux s'enfoncèrent dans le drap, de chaque côté de sa tête, manquant ses yeux de quelques centimètres. Il n'eut pas le temps de souffler. Avec une force inattendue, Palin s'était rejetée en arrière, échappant à sa prise. D'une manchette assenée de toutes ses forces sur son poignet droit, il réussit à lui faire lâcher une des épingles à cheveux, qui roula sous le lit.

Au même moment, son regard tomba sur l'endroit où une des épingles d'acier s'était enfoncée dans le drap : autour du trou minuscule, il y avait une auréole jaunâtre. L'extrémité de l'épingle d'acier était imprégnée d'un produit quelconque.

Un déclic se fit dans la tête de Malko.

Le datura!

Le poison utilisé souvent par le Vietcong durant la guerre du Viêt-nam. De la famille du curare, ce poison végétal vous tuait instantanément par paralysie des muscles respiratoires.

D'une détente désespérée, il arriva à saisir le poignet de Palin alors qu'elle se préparait à le frapper. Elle gronda comme un fauve, lança son genou en avant. Malko sentit son corps se couvrir de sueur en un clin d'œil. Un brutal éblouissement, accompagnant une douleur aiguë dans le bas-ventre! Palin venait d'écraser d'un coup de genou ce qu'elle soignait amoureusement quelques minutes plus tôt! Le souffle coupé, plié en deux par la douleur, Malko réussit à conserver assez de force pour ne pas lâcher le poignet gauche de la Cambodgienne.

Celle-ci, échevelée, ses longs cheveux noirs dans la figure, se débattait comme une tigresse, cherchant à égratigner Malko avec la pointe de l'épingle à cheveux qu'elle tenait encore. Une seule écorchure suffirait à le tuer. La douleur de son bas-ventre un peu atténuée, il noua son autre main autour du poignet de son adversaire et, d'une brutale torsion, réussit enfin à lui faire lâcher la tige d'acier.

A peine l'épingle fut-elle tombée à terre que Palin bondit comme un chat, plongeant à la recherche de la première. Lorsqu'elle se releva, elle la tenait pointée à l'horizontale, comme un poignard. Elle n'attendit pas une fraction de seconde avant de se ruer sur Malko.

Ce dernier roula sur lui-même, esquivant l'attaque, puis mit la table du milieu de la pièce entre lui et Palin. Celle-ci le guettait. D'un bond souple, elle monta sur la table, visiblement prête à sauter sur Malko. Ce dernier aperçut alors dans un coin une ombrelle, comme les Cambodgiennes en utilisent souvent pour se protéger du soleil. Il l'attrapa et s'en servit comme d'une épée, maintenant à distance la furie. Celle-ci, stoppée par la pointe de l'ombrelle dans le ventre, ne put parvenir à le frapper. Mais Malko était coincé : Palin se trouvait entre lui et la porte. A la longue, elle allait bien finir par l'atteindre.

Il eut une idée soudain. Attrapant la moustiquaire, il l'enroula autour de son bras et avança. Surprise, Palin n'eut pas le temps de réagir. En un éclair, Malko la lui jeta sur la tête, l'aveuglant.

Le temps qu'elle se débatte pour s'en débarrasser, il la ceintura par-derrière. Lui prenant le poignet des deux mains, il le cogna violemment contre le rebord de la table et Palin lâcha enfin prise avec un cri de douleur. D'un coup de pied, Malko balança la mortelle épingle à cheveux sous le lit. Déjà, Palin se ruait sur lui, les griffes en avant. Pendant une fraction de seconde, il repensa à la Chinoise aux ongles empoisonnés (1) puis réalisa que si cela avait été le cas, elle n'aurait pas eu à utiliser les aiguilles. Non, elle essayait simplement de lui crever les yeux...

Ce fut une lutte féroce. Palin avait une force prodigieuse, décochant des ruades d'une violence inouïe, griffant, mordant, les cheveux dans la figure, déchaînée, la bave littéralement aux lèvres. Malko n'arrivait pas à l'immobiliser sous lui.

Ils combattaient tous les deux sans un mot, cherchant seulement à neutraliser l'autre. Soudain, elle devint inerte dans ses bras, et tomba à terre. Surpris, croyant à un malaise, il se releva essoufflé. Juste pour la voir se ruer vers une mini-commode. Il la rejoignit au moment où, après avoir ouvert un tiroir, elle refermait les doigts sur un petit automatique noir... Cette fois, toute galanterie évanouie, il referma le tiroir sur son poignet d'un violent coup de pied. Palin poussa un hurlement. Malko en profita pour la saisir à la gorge, des deux mains. Le temps de trouver ses carotides, il appuya les pouces dessus.

Le meilleur moyen pour provoquer une syncope en quelques secondes... Palin lutta de toutes ses forces, puis ses yeux se révulsèrent et ses jambes se dérobèrent sous elle. Malko l'accompagna dans sa chute et, aussitôt, la retourna sur le ventre.

Déchirant la moustiquaire en bandes grossières, il lui ligota les poignets derrière le dos avec cette corde improvisée, puis les chevilles. Il était temps : elle reprenait connaissance et commençait à faire des bonds comme un poisson hors de l'eau. Malko se rhabilla à toute vitesse, puis vérifia que ses liens de fortune tenaient bien. Les yeux de Palin ressemblaient à des charbons ardents. Les muscles de son visage frémissaient sous sa peau. Malko ramassa les deux épingles à

(1) Voir *Les Amazones de Pyong-Yang*, SAS n° 91.

cheveux et le pistolet qu'il roula dans un morceau de tissu.

– Pourquoi avez-vous essayé de me tuer? demanda-t-il.

Palin ne répondit pas, le fixant d'un regard haineux. Un mur : elle semblait avoir oublié d'un coup tout son anglais.

– Bien, dit-il, je vais vous emmener à la police. On saura vous faire parler.

Une pensée désagréable lui trottait dans la tête : comment Palin l'avait-elle identifié? Pour vouloir le tuer, elle savait donc qui il était. Le cyclo-pousse qui les avait renseignés avait-il parlé? Ou bien, la surveillance discrète dont il était l'objet avait-elle permis à Palin de le repérer. Dans la masse asiatique, il était impossible de savoir qui était qui. Et il n'y avait aucune différence visible entre un honnête cyclo-pousse et un Polpotiste. Peut-être que l'interrogatoire de la Cambodgienne éclaircirait ce point essentiel.

Malko regarda sa montre. Neuf heures quarante-cinq. L'heure du couvre-feu était passée depuis longtemps.

Où pouvait bien être Chieng?

Il ouvrit la porte et sortit dans le jardinet. La ruelle était silencieuse. En face, il aperçut une masse sombre. Le cyclo-pousse qui attendait. Il était sauvé!

Il acheva de traverser le jardin et poussa le petit portail, hélant l'homme. Ce dernier se dressa brusquement. Il aperçut Malko, hésita quelques secondes, puis, sans crier gare, grimpa sur sa machine et s'éloigna dans l'obscurité à toute vitesse. Malko n'osa pas le poursuivre, pour ne pas laisser Palin seule. Il revint vers la maison, édifié. Toute l'affaire avait été bien préparée. Le cyclo était le complice de Palin. Elle l'avait probablement recruté pour se débarrasser du corps de Malko, une fois celui-ci empoisonné. Il contempla Palin qui roulait sur elle-même, comme un animal, avec des grognements de fureur.

Qu'allait-il en faire?

S'il la laissait sur place pour aller chercher de l'aide, elle risquait de disparaître, aidée par ses complices. Il lui était difficile de se lancer dans Phnom Penh, la nuit, une femme ligotée sur le dos. Avant la police, son objectif était de l'amener à Sopia...

Finalement, il prit sa décision. Peut-être que Chieng attendait dans l'avenue à l'entrée de la rue où le pousse s'était engouffré. Même si ce n'était pas le cas, il y avait de nombreux cyclo-pousses en maraude après le couvre-feu, rentrant chez eux ou cherchant un endroit pour dormir. Avec des dollars, il pourrait sûrement se faire conduire où il voulait.

Lorsqu'il se pencha pour attraper Palin, elle lui cracha au visage et réussit à lui échapper, à coups de ruades. Finalement, il parvint à l'asseoir sur la table, puis, de là, à la basculer sur son épaule comme un sac de pommes de terre. Elle lui lançait des injures en cambodgien, lui mordit l'épaule, mais dut se soumettre, impuissante. Malko avait replanté les deux épingles à cheveux dans la coiffure de Palin et mis le petit pistolet dans la poche de son pantalon, après avoir fait monter une balle dans le canon.

Il se mit en route dans la ruelle obscure. Il connaissait assez Phnom Penh pour retrouver son chemin. Comme dans une cité américaine, les rues se croisaient à angle droit et portaient des numéros.

Palin était légère et facile à porter, en dépit des coups de pied qu'elle essayait sans cesse de lui décocher. S'il parvenait à éviter les barrages des grands carrefours, il avait gagné.

Malko, suivant le trottoir du boulevard Sivutha, était presque arrivé au croisement avec la grande avenue nord-sud Acharmean, quand il entendit derrière lui la pétarade d'un moteur deux-temps. Il se retourna : une Honda avec deux hommes arrivait derrière lui. Premier signe de vie depuis son départ de chez Palin. Il n'eut pas le temps de se cacher. La Honda stoppa brusquement devant lui et l'occupant du siège arrière en bondit, un pistolet à la main, interpellant Malko en khmer, d'un ton peu amène. Aussitôt, Palin se mit à vociférer d'une voix aiguë, se tortillant comme une anguille...

Les yeux exorbités de surprise, le jeune homme au pistolet contemplait la scène. Son compagnon le rejoignit. La Honda portait une plaque rouge : c'étaient des policiers, probablement vietnamiens.

De toute évidence dépassés : ce n'était pas tous les jours qu'on croisait en pleine nuit un étranger, une Cambodgienne ligotée sur son épaule. Par gestes, le premier fit signe à Malko de la poser à terre. Ce dernier dut obtempérer. Palin protestait toujours. Un des policiers défit ses liens et l'autre fouilla Malko, trouvant le pistolet... La tension monta d'un cran. Les deux Vietnamiens, très excités, ne parlant que leur langue et le khmer, ne comprenaient pas. L'un d'eux prit un walkie-talkie à sa ceinture et lança un appel, au grand soulagement de Malko... Presque aussitôt, le ton de Palin changea : de virulent, il devint geignard. Elle commença à s'éloigner, mais un des policiers lui intima l'ordre de rester là. Malko n'avait qu'une crainte : qu'elle se serve de ses épingles à cheveux pour se débarrasser des deux hommes par surprise. La situation risquait alors de se compliquer sérieusement...

Sa crainte ne se matérialisa pas : quelques minutes plus tard, une vieille Volga avec un gyrophare sur le toit arriva à grands coups de sirène. Il en sortit deux policiers vert moutarde en casquette plate, revolver au côté. Ils commencèrent par écouter les explications de leurs collègues et de Palin. Puis le chef se tourna vers Malko.

– Cette femme dit que vous avez essayé de la violer et que vous la transportiez pour la jeter dans le Mékong... dit-il en mauvais anglais.

– C'est ridicule, contra Malko. Elle est dangereuse, c'est une Polpotiste, elle a essayé de me tuer. Les épingles à cheveux de son chignon sont empoisonnées.

Les quatre policiers se tournèrent d'un bloc vers Palin. Le mot « Polpotiste » avait fait l'effet d'un électro-choc... Le chef lui lança un ordre, réitéré, comme elle ne bronchait pas. Finalement, de mauvaise grâce, elle arracha les deux épingles à cheveux de sa tête et les jeta à terre... Aussitôt, un des policiers de la Honda lui attacha les mains derrière le dos avec des menottes.

– On a trouvé une arme sur vous, continua le policier. Qui êtes-vous?

– Cette arme appartient à cette femme, fit Malko. Je vous expliquerai tout : je suis un ami du capitaine Jan Sarin. Il faudrait le prévenir.

Le nom du policier détendit l'atmosphère. Mais ils passèrent quand même les menottes à Malko qu'on installa à l'arrière de la voiture, tandis que Palin prenait place à l'avant. Les deux policiers remontèrent sur leur Honda et le petit convoi se mit en route.

– Nous allons au quartier général de la police, boulevard Tousamuth, annonça le gradé.

Le ministère de l'Intérieur où se trouvait le QG de la police était une grosse villa coloniale jaunâtre isolée dans un jardin, au coin de la rue 214 et du boulevard Tousamuth, ex-Norodom. Quelques policiers bayaient aux corneilles dans la salle du rez-de-chaussée. Pas le moindre gradé en vue. Ils prêtèrent une attention modérée aux explications de leurs collègues, semblant beaucoup plus intéressés par le physique de Palin qui continuait à gémir et à se plaindre. On confisqua tout ce que Malko avait sur lui, puis un des policiers ouvrit une porte donnant sur un escalier menant au sous-sol. Il y fit descendre Malko. Cela sentait le renfermé et la crasse. Ils débouchèrent dans un couloir central éclairé d'une ampoule jaunâtre, desservant une vingtaine de portes. Le policier ouvrit la première et son collègue déposa Palin sur le sol de terre battue d'une cellule, sans même lui ôter ses menottes.

La suivante fut pour Malko à qui, quand même, on ôta les menottes. Pour gagner de la place, on avait élevé des cloisons de brique, créant des « cellules » de 1,50 m sur 3 m. Le minimum vital. Pas d'ouverture, à part la porte. Une vieille boîte de munitions comme seau hygiénique. Une vague natte noire de crasse et un cylindre de bois comme oreiller...

La porte claqua et Malko se retrouva dans le noir. De l'extérieur, les policiers venaient d'éteindre l'unique ampoule!

Depuis six heures du matin, Malko guettait les bruits du couloir. A cinq heures, un gardien lui avait apporté une soupe d'eau de riz très salée, à laquelle il n'avait même pas touché. Impossible de communiquer : personne ne parlait anglais, ni aucune des langues pratiquées par Malko. Des portes s'ouvraient et se fermaient, il entendait des cris, de violentes discussions en cambodgien, parfois le bruit mat d'un coup. Il se trouvait de toute évidence dans les caves de la gestapo locale. Comme ces policiers avaient été formés par les Vietnamiens et le KGB, il n'y avait rien de bon à en attendre.

Si personne ne prévenait Jan Sarin, Malko risquait de croupir un bon moment dans son cul-de-basse-fosse... La natte était si sale qu'il préférait se tenir debout...

Il appela, frappa à la porte et un policier cambodgien souriant finit par venir.

– *No scream!* (1) lança-t-il à Malko avant de refermer.

L'attente reprit. Heureusement, on ne lui avait pas ôté sa montre... Il était midi lorsque la porte s'ouvrit cette fois sur un gradé à épaulettes rouges. On lui fit signe de sortir et il grimpa avec soulagement l'escalier étroit et glissant. Ensuite, on le poussa vers les étages

(1) Ne criez pas!

supérieurs. Par les fenêtres, il aperçut des voitures dans la cour, une superbe moto jaune canari avec un haut-parleur sur le guidon. L'immeuble avait dû abriter jadis une riche famille de colons. Au second étage, c'était un peu moins sale... Son cerbère ouvrit une porte et le poussa à l'intérieur.

La première personne qu'il aperçut fut la pulpeuse Sopia Sen, installée sur une chaise, maquillée, bijoutée, très femme du monde, une cigarette à la main. Elle portait des escarpins et une jupe assez courte pour dévoiler ses longues jambes. Malgré lui, Malko reporta son regard sur la soie épaisse du chemisier beige qui dissimulait son horrible secret.

En face d'elle se trouvait une silhouette tassée sur une chaise collée au mur. Palin, vêtue de sa robe chinoise maculée de taches, pieds nus, un de ses poignets attaché à une menotte dont l'autre était passée autour d'un des pieds du bureau. Son visage semblait avoir doublé de volume, l'œil gauche était complètement fermé, du sang séchait sur ses grosses lèvres. Sa main gauche était enflée comme si on lui avait cassé tous les os. La tête sur la poitrine, elle semblait dans le coma et ne bougea même pas lorsque Malko pénétra dans la pièce.

Derrière le bureau se trouvait le capitaine Jan Sarin, l'air sévère.

Une bonne tête de boucher, avec le cheveu noir et gominé, sanglé ou pluôt boudiné dans une tenue kaki, les mains ornées de bagues. Devant lui, étaient posées les épingles à cheveux qui avaient failli tuer Malko.

– Je vous présente le capitaine Jan Sarin, annonça Sopia Sen de sa voix douce. Il commande le Deuxième Bureau et c'est un ami *personnel*.

Elle avait appuyé sur le mot personnel... Le capitaine fit le tour du bureau et serra vigoureusement la main de Malko, bredouillant quelques mots d'anglais pratiquement incompréhensibles.

– Le capitaine ne parle pas anglais, commenta suavement Sopia Sen, mais il vous remercie de l'avoir aidé à capturer cette femme qui est certainement dangereuse. On l'appelle la Princesse Rouge.

– Comment m'avez-vous retrouvé? demanda Malko.

– Chieng est venu me dire que vous aviez disparu. Je suis tout de suite entrée en contact avec le capitaine. Il avait votre dossier sur son bureau.

Chieng avait au moins servi à quelque chose... Un détail important intriguait Malko.

– J'ai déjà vu cette femme en compagnie du capitaine, dit-il. Il ignorait donc qui elle était?

Sopia traduisit sa question au policier qui hocha vigoureusement la tête, vexé comme un pou.

– Le capitaine est très en colère. Cette femme se faisait passer pour une entraîneuse sous un faux nom. En réalité, elle se nomme Palin Yukanthor, c'est une descendante d'une famille royale khmère qui a rallié les Polpotistes depuis longtemps. On la croyait morte.

Le capitaine se lança dans de grandes explications, traduites au fur et à mesure par Sopia.

– Depuis sept heures du matin, ils s'en occupent : ils ont perquisitionné sa maison et trouvé des documents très compromettants. Elle occupe un rang important dans les rangs des Polpotistes.

Il croisa le regard de Sopia Sen, qui, coupant le capitaine, s'empressa de préciser :

– Palin Yukanthor appartient au clan de Ta-Mok.

Le capitaine approuva gravement de la tête. Ainsi tout était clair. C'était le premier grain de sable dans la belle machinerie de la CIA. Le dénommé Ta-Mok n'attendait pas paisiblement qu'on lui mette la tête sur le billot. Le policier cambodgien saisit une des épingles à cheveux et l'agita devant Malko, avec un commentaire traduit aussitôt.

– Cette femme a déjà commis plusieurs meurtres avec cette méthode. Des gens qui nous informaient.

Autrement dit des mouchards...

– Le capitaine est très content, enchaîna Sopia Sen chaleureusement. Je lui ai expliqué le rôle important que vous jouiez dans la tentative de réconciliation nationale et le Premier ministre Hun Sen a bien voulu le lui confirmer...

Malko regarda Palin, immobile et muette comme un fantôme.

– C'est très grave que ce Ta-Mok soit au courant, dit-il. Cette femme n'est sûrement pas seule à Phnom Penh. Ses complices feront tout pour saborder notre accord.

Traduction, re-dialogue, puis la belle Sopia reprit la parole.

– Le capitaine a saisi chez elle des documents qui ne sont pas encore analysés. Quant à ses complices, elle n'a pas encore voulu nous livrer leurs noms, mais elle ne va pas tarder à changer d'avis. Nous avons les moyens de la convaincre... C'est sûrement une femme raisonnable. Nous avons récupéré une partie du matériel utilisé par les Polpotistes pour faire avouer leurs adversaires. Il n'est que justice qu'elle en profite aussi.

Jan Sarin se tourna vers Palin et l'apostropha d'un ton méprisant. La « Princesse Rouge » ne réagit même pas, comme si elle était déjà morte. Malko n'était pas à l'aise. Les Droits de l'Homme étaient une notion inconnue dans cet univers féroce.

Deux policiers entrèrent et s'approchèrent de Palin. Sopia Sen annonça aussitôt avec un sourire gourmand :

– Ils vont l'interroger. Il faut connaître tout le réseau de Ta-Mok à Phnom Penh, sinon, il nous posera des problèmes. Mais, rassurez-vous, elle parlera...

Un des policiers était en train de détacher la menotte passée autour du pied du bureau. L'autre maintenait Palin qui semblait tenir à peine debout... Le premier policier tira le poignet où la menotte libre était attachée pour lui relier les deux mains derrière le dos. Il ne put pas finir son geste. Palin, d'une détente foudroyante, venait de se redresser. Sa main alourdie de la menotte balaya l'air, écrasant le visage du second policier.

Elle se ramassa et parut soudain soulevée du sol

comme par un puissant ressort. Son pied se détendit à l'horizontale, frappant le premier policier à la gorge, lui broyant la trachée artère. Il tituba en arrière. Le capitaine essayait fiévreusement de sortir son pistolet de son étui. Sopia Sen, médusée, était paralysée.

Malko fit un pas en avant pour ceinturer Palin. Avec un cri féroce, elle le balaya d'une manchette qui lui coupa le souffle. Traînant toujours sa menotte, elle ouvrit la porte et bondit dans le couloir. Malko la vit plonger dans l'escalier... Le capitaine Jan Sarin avait récupéré son arme et son sang-froid. A son tour, il se précipita à ses trousses, arme au poing, braillant des ordres dans sa langue, Malko sur ses talons. Ils arrivèrent au rez-de-chaussée. Palin avait déjà disparu. Les policiers éberlués ne savaient plus très bien ce qui se passait. Le capitaine Sarin les rameuta à coups de gueule et c'est tout un groupe qui franchit la porte du ministère de l'Intérieur. Palin galopait à cent mètres d'eux sur le boulevard Tousamuth, traversant en biais au milieu des cyclos et des Honda. Un des flics en civil enfourcha la moto jaune et se jeta à sa poursuite. Le capitaine, Malko et d'autres préférèrent continuer à pied, bousculant les piétons, manquant dix fois se faire écraser. Bien qu'elle soit pieds nus, Palin courait à toute vitesse. Le flic en moto arriva derrière elle. Malko le vit saisir une arme dans sa ceinture et la brandir.

A côté de lui, le capitaine hurla quelque chose, mais son appel fut perdu dans les pétarades des Honda.

Tout à coup, Palin se retourna et aperçut le policier se rapprochant d'elle. S'arrêtant net, elle l'attendit. Il arriva à sa hauteur et sauta de sa machine presque en voltige. Au moment où il étendait la main pour la prendre au collet, Palin lui expédia un formidable coup de pied, le corps presque à l'horizontale, le déséquilibrant. Ensuite, d'un bond, elle sauta sur la moto jaune tandis qu'il tombait à terre.

Fou de rage, il se redressa, et, tenant son arme à deux mains, commença à tirer sur la fuyarde. Un cyclo qui zigzaguait devant reçut son projectile en plein front et alla percuter une Honda venant en sens inverse. Le policier continua à tirer, malgré les glapissements du capitaine Sarin.

Soudain, la moto chevauchée par Palin se mit en dérapage, pour finalement venir s'écraser contre une camionnette. La jeune fugitive fut projetée à terre, roula sur elle-même et demeura allongée sur le dos. Quand Malko et les policiers arrivèrent à sa hauteur, elle tremblait légèrement, les yeux ouverts fixant le ciel et une grande tache sombre s'agrandissait sur sa robe bleu électrique. Le capitaine Sarin se précipita et défit les boutons de la robe, découvrant un trou gros comme le poing, l'orifice de sortie, juste en dessous du sein gauche. De la mousse rosâtre commença à perler aux lèvres de Palin, sa tête remuait de droite et de gauche. Elle replia un de ses genoux en un mouvement réflexe.

Le policier qui avait tiré, son arme vide encore à bout de bras, regardait la scène stupidement. Il semblait terriblement jeune; les autres détournaient la circulation du corps étendu en plein milieu de la chaussée et de la moto couchée sur le côté.

– Elle va mourir, dit Malko.

Tout le monde semblait s'en moquer.

Accroupi près de la blessée, le capitaine Sarin tentait de lui parler. Avec un effort visiblement surhumain, elle tourna la tête vers lui et voulut lui cracher au visage. Elle avait cependant si peu de force que le crachat retomba, s'étalant autour de ses grosses lèvres qui semblaient violettes maintenant.

Sopia Sen arriva, essoufflée, décoiffée et apostropha violemment le capitaine qui lui répondit sur le même ton. Dans le lointain, on entendit enfin la sirène d'une ambulance. Malko regarda la blessée. Sa poitrine se soulevait de plus en plus faiblement, et la mousse rosâtre aux commissures des lèvres n'avait presque plus de consistance : elle agonisait.

– Quel est l'imbécile qui a tiré? demanda Sopia Sen au capitaine.

– Celui-là, dit le Cambodgien, désignant le policier.

Sans un mot, elle marcha sur lui et le gifla à toute volée, une fois, deux fois, l'injuriant en même temps. Tout à coup, il tomba à genoux sur le macadam, les deux mains jointes au-dessus de sa tête, bredouillant des mots indistincts, son arme posée à terre.

– Qu'est-ce qui se passe? demanda Malko.

– Je lui ai dit que le président Hun Sen le ferait fusiller, gronda la Cambodgienne. Nous avions absolument besoin des informations que cette femme nous aurait communiquées.

L'ambulance stoppa à côté d'eux dans un hurlement de pneus, et deux infirmiers en surgirent, fendant la foule compacte. Au moment où ils se baissaient pour mettre le corps sur un brancard, Palin Yukanthor eut un spasme ultime et demeura immobile.

Morte.

Le capitaine passa la main dans ses épais cheveux noirs. Accablé. Pas autant que Malko... Contrairement aux assurances de ses ex-amis, Ta-Mok ne se laissait pas faire. Derrière Palin Yukanthor, il y en avait d'autres. Et sa prochaine cible ne pouvait être que Malko.

CHAPITRE XI

– Les Polpotistes écrivent beaucoup, commenta Sopia Sen d'un ton acerbe. Les hommes du capitaine Sarin ont trouvé des documents très intéressants dans la maison de Palin Yukanthor. Des instructions personnelles de Ta-Mok. Qui confirment son désir de faire à tout prix échouer notre négociation.

– Comment? demanda Malko.

Ils étaient revenus dans le bureau du capitaine Jan Sarin, boulevard Tousamuth. L'officier était en train d'examiner les papiers trouvés enterrés dans le jardin de la « Princesse Rouge ». Une ambulance avait emporté le corps de Palin Yukanthor à l'hôpital du 17 Avril repris en main par les Bulgares depuis le départ des Allemands de l'Est.

– Cette Palin avait pour instructions d'éliminer physiquement tous les gens mêlés à la négociation se trouvant à Phnom Penh, expliqua Sopia Sen. Après vous, j'étais la suivante sur la liste...

– Nous ne sommes que des intermédiaires, objecta Malko.

– Ta-Mok espère de cette façon décourager nos partenaires cambodgiens qui sont divisés. Gagner du temps jusqu'à la prochaine offensive polpotiste qui rompra les pourparlers.

Malko repensa à l'optimiste de Chang, le messager des Khmers rouges de Pailin, rencontré dans le bungalow du *Samaki*. Il voyait mal comment ses ex-amis pourraient attirer Ta-Mok dans un piège, étant donné les circonstances. Le grain de sable se transformait en mur de béton...

Le capitaine leva la tête de ses papiers et lui adressa une longue phrase traduite aussitôt par Sopia Sen.

– Notre ami pense que cette Palin Yukanthor était la responsable du réseau polpotiste ici. Elle morte, le réseau va être paralysé.

– Acceptons-en l'augure, dit Malko, sans trop d'illusions.

Apparemment, la police ignorait l'existence du réseau parallèle des « bons » Khmers rouges... Sopia Sen se leva, visiblement très énervée.

– Venez, dit-elle, nous avons à parler. Allons déjeuner chez *Lipp*.

Un des restaurants les moins mauvais, en face de l'hôpital Calmette. Une tonnelle, des ventilateurs et du riz sans fourmis.

Ils prirent congé du capitaine Jan Sarin et, dans l'escalier, Malko demanda à la Cambodgienne :

– Comment Palin Yukanthor m'a-t-elle identifié?

– Je ne sais pas, avoua Sopia Sen. Nous sommes entourés d'ennemis. Il va falloir redoubler de précautions.

A part circuler dans un char, Malko ne voyait pas ce qu'il pouvait faire. Chieng attendait près de la Toyota et serra vigoureusement la main de Malko avec son sourire habituel.

– Où étiez-vous passé hier soir? demanda Malko.

– Vous partir, plus besoin de moi, dit le chauffeur, avec un grand sourire.

Décidément, il n'était pas doué pour les initiatives...

Sopia Sen attendit d'être attablée dans un box chez *Lipp* pour entrer dans le vif du sujet. Dans la salle principale, une télé hurlait à tue-tête, protégeant le secret de leur conversation.

– Cet incident ne change pas nos plans, proclama-t-elle avec assurance.

– Ce n'est pas mon avis, objecta Malko. Ta-Mok au courant, il y a peu de chance qu'il aille se jeter dans un piège. La seule façon de réaliser notre plan, c'est de renoncer à le supprimer et de faire un accord avec lui. Je vais essayer de contacter mes mandataires, faites-en autant de votre côté.

Sopia Sen croisa nerveusement les jambes.

– Pas question, cracha-t-elle. D'abord, il n'y a aucune chance de parvenir à un accord avec Ta-Mok. Il hait les Occidentaux et sait qu'il a une chance de faire prévaloir sa Solution Rouge si ses ex-amis n'arrivent pas à s'entendre avec les Vietnamiens modérés et les Américains. D'autre part, je veux sa tête.

Un lourd silence suivit son intervention. C'était l'impasse. Sopia trancha avec un sourire radieux.

– D'ailleurs, pourquoi vous tracasser? Chang, l'homme que vous avez rencontré, vous a bien dit qu'il vous apporterait la tête de Ta-Mok dans quelques jours. Laissez-les se débrouiller...

– Nous n'étions pas encore sûrs de l'implication directe de Ta-Mok.

Sopia eut une moue méprisante.

– Ils sont malins et Ta-Mok ne peut pas refuser d'assister à une réunion plénière de l'Angkar dont il est un des fondateurs. Pol Pot lui-même l'a convié.

« L'homme que vous avez rencontré au *Samaki* est le secrétaire de Pol Pot. C'est lui qui accomplit toutes les missions secrètes en Chine et en Thaïlande. Sa présence est la garantie que nous traitons au plus haut niveau.

– Il est encore à Phnom Penh?

– Je n'en sais rien. Il refuse d'avoir un contact direct avec moi... Mais votre amie Jane Baron le sait peut-être.

Malko se leva.

– J'en doute, mais je vais lui poser la question. De toute façon, il faut la mettre au courant pour hier soir.

La grosse Land Cruiser blanche portant l'inscription WORLD HANDICAP se trouvait devant la porte de la villa de Jane Baron. Malko poussa le portail de bois et traversa le jardin. Il trouva Jane Baron dans le bureau en train de remplir des papiers, la ravissante Sherry à ses côtés. Celle-ci, en voyant Malko, arbora immédiatement une expression outragée, ramassa ses documents et sortit de la pièce, sans avoir répondu à son bonjour. Jane Baron lui adressa un regard interrogateur.

– Du nouveau?

– Oui, dit Malko et pas du bon.

Lorsqu'il eut fini de lui raconter les événements de la nuit précédente, l'Américaine était décomposée.

– C'est une catastrophe, laissa-t-elle tomber. Il faut prévenir immédiatement les gens de Pailin.

– L'homme que vous m'avez envoyé voir, Chang, m'a laissé un contact, plus direct que le vôtre.

– Laissez votre chauffeur ici, dit-elle, je vais vous y emmener tout de suite.

Renvoyant Chieng au *Cambodiana*, Malko prit place dans la Land Cruiser blanche. Il leur fallut vingt minutes pour atteindre le petit marché de Toutophom. Ils trouvèrent facilement la cour des antiquaires et des marchands d'or. Le stand 24 faisait quatre mètres carrés et son propriétaire somnolait dans un hamac au-dessus d'une vitrine où s'entassaient des bouddahs, des bronzes et quelques porcelaines. Le marchand, un Cambodgien sans âge, avec des rides profondes et des cheveux trop longs, descendit de son perchoir sans trop de hâte. Les ONG n'achetaient pas grand-chose.

– Avez-vous reçu le rubis de Pailin, dit Malko. Celui de cinq carats... C'est urgent.

Le marchand, accroupi sur un tabouret, sembla ne pas entendre et sortit une petite boîte où s'étalaient sur du coton quelques rubis microscopiques. Malko leur jeta un coup d'œil. Si on les observait, ce n'était qu'une scène banale. Il repoussa les rubis vers leur propriétaire.

– Quand pouvez-vous m'obtenir le gros rubis? répéta-t-il. C'est très urgent.

Impassible, le marchand finit par annoncer en mauvais anglais :

– *Tomorrow. Six o'clock* (1).

Jane Baron déposa sur le comptoir une carte de visite où l'adresse de sa villa était notée en khmer.

– *This place*, compléta-t-elle.

Ils repartirent comme ils étaient venus. Il n'y avait plus qu'à attendre en espérant que Chang soit toujours à Phnom Penh. Malko avait coincé le Colt 45 dans sa ceinture sous sa chemise. C'était hélas presque impossible de prévoir un attentat avec les centaines de deux roues qui filaient dans tous les sens. Jane Baron semblait particulièrement nerveuse.

– Si nous n'y arrivons pas, fit-elle, nous irons à Pailin, nous-mêmes.

– J'espère que nous n'en viendrons pas là, soupira Malko.

Traverser le Cambodge dans ces conditions...

En rentrant du marché, Jane Baron avait déposé Malko au *Cambodiana*. Il en avait profité pour s'allonger à la piscine, face au Mékong. Un cargo vietnamien arriva en donnant des petits coups de sirène. La route Numéro 1 et le Mékong étaient les cordons ombilicaux du pays, les autres frontières vers le Viêt-nam étant plus ou moins tenues par les Khmers rouges.

Alors qu'il remontait dans sa chambre, un boy courut derrière lui pour lui remettre un papier plié. Il l'ouvrit et lut quelques lignes écrites en russe.

Pouvez-vous passer me voir à l'ambassade, quand vous voudrez. Le plus tôt sera le mieux. Vladimir Kartoff.

Il replia le papier, songeur. Il ne connaissait pas de Vladimir Kartoff, et pourtant le mot était bien adressé à son nom. Depuis la Perestroïka, il savait que les

(1) Demain. Six heures.

relations entre KGB et CIA s'étaient profondément modifiées. Au point de les faire collaborer parfois. Etant donné leur symbiose avec les Vietnamiens, les Soviétiques n'ignoraient sûrement pas sa présence à Phnom Penh.

Dans sa chambre, il se heurta à une nouvelle femme de chambre, les traits fins, maquillée, moulée dans un sampot mauve. Elle tourna un moment autour de lui, rangeant des choses, lui montrant comment faire marcher l'air conditionné, puis la télévision. Soudain, il eut une illumination : il avait déjà vu cette fille en hôtesse, au bar du rez-de-chaussée. Ou le personnel du *Cambodiana* était polyvalent, ou elle le surveillait.

La femme de chambre finit par s'en aller, après moult courbettes et il se changea. Chieng ne pipa pas lorsqu'il lui indiqua sa destination. Dans ce pays où les doubles et triples jeux étaient monnaie courante, quoi d'étonnant à ce qu'un agent de la CIA aille à l'ambassade d'URSS?

Malko cria son nom dans l'interphone scellé à côté de la grille en indiquant qui l'attendait et la porte s'ouvrit. Dans le hall, une matrone revêche, style anti-perestroïka, installée au standard, lui désigna un petit salon.

Pas vraiment engageant... Des murs verdâtres, aucune ouverture, à part la porte, pas une décoration, une table basse avec de vieilles revues soviétiques et deux canapés sans couleur rembourrés avec des noyaux de pêche ou des micros...

Il n'eut pas à patienter longtemps. Un grand blond d'une trentaine d'années, presque efféminé, pénétra dans la pièce, une petite sacoche noire à la main, et tendit la main à Malko, avant de s'asseoir.

– Vladimir Kartoff, Second Secrétaire.

– Nous n'avons pas le plaisir de nous connaître, répondit Malko en russe. Est-ce bien moi que vous désiriez voir?

– Absolument, confirma le diplomate soviétique. Bien sûr, nous ne nous sommes jamais rencontrés,

Mr. Linge, mais vous êtes très, très connu, place Dzerjinsky. Et apprécié.

Décidément, on aurait tout vu. Le Russe parlait d'une voix imperceptible, comme s'il craignait ses propres micros. Avec un sourire malheureux, il demanda :

– Vous ne parlez pas vietnamien, par hasard?

– Hélas non, répondit Malko. Pourquoi?

– Oh, je l'ai appris pendant six ans et au dernier moment, au lieu de Hanoï, on m'a envoyé ici où je n'ai pas beaucoup l'occasion de le parler... Heureusement, je me débrouille en anglais et je vois que vous parlez parfaitement notre langue.

– Merci, dit Malko. Y a-t-il quelque chose que je puisse faire pour vous?

Le Soviétique arbora un sourire ravi.

– Mais vous faites déjà beaucoup, Mr. Linge! Notre gouvernement suit avec intérêt et sympathie les efforts du vôtre pour régler le problème cambodgien. Je voulais d'abord vous assurer que vous ne trouverez aucun obstacle de ce côté-là.

– C'est ce que j'avais cru comprendre, reconnut Malko, mais la situation n'est pas facile. Est-ce que vos alliés vietnamiens veulent vraiment de notre solution, au lieu de la Solution Rouge?

Vladimir Kartoff frotta son menton imberbe.

– Nous essayons de convaincre nos amis de Hanoï, expliqua-t-il. Ils réalisent mal encore que c'est leur dernière chance de conserver un pied dans ce pays; parce que nous avons cessé toute aide économique à partir du 1er janvier 1991. Pour des raisons intérieures. Notre Centre Culturel va encore fonctionner six mois ici, puis nous le fermons. Moi-même j'ai déjà une prochaine affectation.

– Vous pensez que cette coalition Khmers rouges, Cambodgiens modérés et Américains est viable?

Le Soviétique eut un geste évasif.

– C'est la seule chance du Cambodge. Hun Sen est un modéré, les Polpotistes avec qui vous traitez ont perdu de leur hargne et les autres comme Sihanouk accepteront n'importe quoi. Bien sûr, au sein du Politburo de Hanoï, il y a de fortes résistances. Ce sont tous des gens âgés, des « Brejnevistes », entre soixante-dix et quatre-vingts ans. Leurs représentants travaillent ici dans la coulisse à la Solution Rouge. Il faut les prendre de vitesse.

– Et les Chinois qui soutiennent les Khmers rouges?

Le Soviétique eut un sourire navré.

– Ce sont aussi des vieillards. Ils ont des liens historiques avec ceux du Politburo vietnamien. Même si depuis, leurs intérêts ont divergé. Pour eux une solution authentiquement « socialiste » est préférable à n'importe quoi. D'autant que les Cambodgiens de Hun Sen disposent d'assez d'armes pour traiter d'égal à égal avec les Polpotistes. Seulement, sur le plan économique, coupé de sponsors, le Cambodge est condamné à une autarcie misérable qui le ramènera au rang de la Birmanie. Rien ne pourrait plus plaire au Khmers rouges dont c'était l'idéal en 1975...

Tout cela, Malko le savait...

– Je vous remercie de cette analyse, fit-il, mais...

Vladimir Kartoff alluma une cigarette.

– J'ai voulu vous voir à la suite de l'incident avec Palin Yukanthor. Nous avons des correspondants dans le Deuxième Bureau cambodgien qui nous tiennent au courant de beaucoup de choses. Soyez très prudent : même si les Cambodgiens modérés sont vos alliés, cette alliance pourrait se détériorer très vite en cas d'échec.

– C'est-à-dire?

Le Soviétique affecta une attitude détendue.

– Vous connaissez les petits travers du monde socialiste? Nous aimons bien effacer les erreurs de notre histoire officielle. Si la Solution Rouge devait prévaloir, je crains que Mr. Hun Sen et ses amis ne mettent un point d'honneur à faire disparaître les traces de leur « déviationisme ».

Il fallait comprendre à demi-mot : Le Cambodge

était une nasse d'où on ne pouvait sortir que par le Viêt-nam. Si les pré-négociations avec les Khmers rouges échouaient, les alliés de Malko risquaient d'être tentés de le faire disparaître.

Le Soviétique parlait d'une voix douce, à peine audible, comme un prêtre dans un confessionnal... L'atmosphère confinée de la petite pièce trop chaude renforçait encore l'impression de malaise.

– N'hésitez pas à me contacter, dit Vladimir Kartoff en se levant. J'ai reçu l'ordre de suivre ces négociations de très près. Peut-être même pourrai-je vous rendre service un jour. Vous ne disposez pas d'une très bonne infrastructure ici...

C'était un euphémisme...

Malko se trouvait donc sous la protection du KGB. Qui restait quand même le KGB... Il fallait prendre les bonnes paroles du Soviétique avec des pincettes... Mais dans cet univers fou, c'était mieux que rien.

Vladimir Kartoff raccompagna Malko jusqu'à la grille de l'ambassade et lui serra chaleureusement la main.

– Les temps ont bien changé, dit-il, je suis content que nos deux pays soient enfin parvenus à s'entendre. Essayons d'éviter au Cambodge cette Solution Rouge.

Malko écrasa un moustique qui venait de se poser sur son avant-bras. Ils pullulaient avec la tombée de la nuit. Installé sous la véranda de la villa de Jane Baron, il luttait contre la chaleur en se bourrant de lime juice glacé. A l'intérieur, c'était encore pire : toujours un seul ventilateur asthmatique. L'Américaine avait été appelée d'urgence au ministère de la Santé et Malko attendait le messager de Chang. Depuis la veille, après sa rencontre avec le diplomate soviétique, il rongeait son frein. Guettant une attaque possible.

Il n'avait pas jugé utile de mettre Jane Baron au courant de son rendez-vous avec Kartoff. Cela risquait de la choquer. Il hésitait entre la chaleur poisseuse du living-room et les assauts des moustiques lorsque le portail du jardin grinça. Il allongea instinctivement la main vers la sacoche contenant le Colt. Il eut un coup au cœur, mais ce n'était que la pulpeuse Sherry. En voyant Malko, elle marqua un temps d'arrêt.

– Qu'est-ce que vous faites là? demanda-t-elle, toujours aussi agressive.

– Et vous? Je vous croyais partie à Kompong Thom?

– La route est fermée, avoua-t-elle piteusement. Ces salauds de Khmers rouges. Il y a eu une embuscade avec onze morts.

– Moi, je garde la maison, annonça Malko. Jane est partie à une réunion.

La jeune femme se laissa tomber dans le fauteuil en face de lui.

– J'aurais bien pris un bain, soupira-t-elle. Je crève de chaud. Au *Monorom* où je suis, il y a juste une douche avec un filet d'eau sale.

– Qu'est-ce qui vous en empêche? demanda Malko.

Sherry lui jeta un regard noir.

– Vous! Je n'ai pas envie de vous voir surgir comme l'autre jour.

– Je ne suis plus à l'âge où on embrasse les filles de force, répliqua Malko avec un sourire angélique. Et j'attends quelqu'un.

Le regard de la jeune ONG s'assombrit et elle ricana :

– Un « spook » (1) sûrement! Je suis sûre que vous n'êtes pas ce que vous dites. Et Jane non plus. Vous faites de sales trucs au lieu d'aider ces malheureux Cambodgiens.

– Arrêtez de fantasmer, dit Malko agacé, et prenez votre bain. Je vous jure que je ne bougerai pas de ce fauteuil. Même si vous vous noyez.

Sans répliquer, Sherry se leva et disparut dans la maison, pour en ressortir quelques instants plus tard

(1) Type horrible.

enveloppée dans une serviette qui la cachait du haut de la poitrine aux chevilles. Très digne, elle traversa le patio pour disparaître dans l'annexe baptisée salle de bains. Malko reprit sa lutte contre les moustiques, comptant les minutes, lorsqu'un cri perçant le fit sursauter. Cela venait de l'annexe. Un second cri lui parvint, encore plus aigu.

Attrapant son Colt dans sa sacoche, il bondit vers la « salle de bains » et entra. D'abord, il ne vit que le torse de Sherry émergeant de l'eau. Son visage était crispé par la terreur. Son regard horrifié fixait le rebord de la baignoire de pierre. Il regarda à son tour et découvrit un gros scorpion noir en équilibre au-dessus de l'eau. Malko hésita. Les scorpions savent nager. S'il le chassait d'un coup de pied, l'insecte risquait de tomber dans l'eau et de piquer la jeune Américaine.

– Ne bougez pas! lança-t-il calmement.

Sherry en aurait été bien incapable, tétanisée de peur. Calant son Colt dans ses deux mains, Malko visa soigneusement le gros insecte et appuya sur la détente. La détonation fit trembler les murs. Le projectile du « 45 » pulvérisa littéralement le malheureux scorpion.

La menace à peine disparue, Sherry bondit de la baignoire comme poussée par un ressort, nue comme un ver. Malko eut le temps d'apercevoir une croupe somptueuse, une toison rousse et elle se jeta dans ses bras... Encore frissonnante de terreur. Malko referma un bras autour de sa taille et elle se serra contre lui à l'étouffer.

– *My God!* s'exclama-t-elle d'une voix blanche. Il est vraiment mort?

– Il y a des chances... dit Malko.

Ils demeurèrent quelques instants dans la même position puis elle s'arracha à lui, ramassa la serviette et s'enroula dedans.

– Pourquoi avez-vous un pistolet? demanda-t-elle brusquement.

Malko sourit.

– Pour toutes les sales bêtes...

Sherry haussa les épaules.

– Ne dites pas de bêtises. Vous êtes un espion!

Cela devenait une obsession. Malko aperçut un sein somptueux par l'entrebâillement de la serviette et dit pensivement :

– Vous avez vraiment une magnifique poitrine...

Elle fit un pas en avant pour sortir mais il referma ses bras autour d'elle, l'immobilisant.

– Arrêtez! fit Sherry, luttant mollement. Si Jane arrive, qu'est-ce qu'elle va penser?

– Que vous êtes redevenue humaine, dit-il d'un ton léger.

– Arrêtez! Dites-moi plutôt ce que vous faites au Cambodge.

Il lui ferma la bouche d'un baiser et fit mine de tirer sur la serviette. Sherry détourna la tête et poussa un cri bref.

– Vous êtes fou, partez!

– C'est vous qui m'avez appelé, fit-il remarquer.

– C'est vrai, reconnut-elle avec un soupir. J'ai eu horriblement peur...

Elle demeurait serrée contre lui et, avec douceur, il emprisonna un sein dans sa paume. Il était lourd et ferme et la pointe se dressa aussitôt, comme mue par un ressort secret. Le regard des yeux verts chavira.

– Salaud! lança Sherry. N'essayez pas de me violer.

Son attitude démentait ses paroles. Son bassin s'appuyait contre Malko et elle ne cherchait pas vraiment à lui échapper.

Il lâcha son sein pour épouser la courbe de ses reins à deux mains. Cette fois, Sherry se dégagea et, laissant tomber sa serviette, replongea dans le bain, exhibant quelques instants des fesses sublimes. Malko se demandait s'il allait l'y rejoindre lorsqu'il entendit des pas dans la véranda. Dissimulant son Colt sous sa chemise, il sortit. Un Cambodgien inconnu, d'une quarantaine d'années, attendait.

– Qui cherchez-vous? demanda Malko.

L'homme ébaucha un sourire et répondit :

– J'ai rendez-vous avec une personne qui désire un très beau rubis.

– C'est moi, dit Malko. Vous l'avez apporté?

Le Cambodgien se rapprocha de lui et annonça à voix basse :

– J'ai un message de *lauk* Chang. Il veut vous voir mercredi. Dans deux jours.

– Où? demanda Malko.

– Au temple Bayon, à Siem Reap. Au pied des quatre plus grandes tours à quatre faces.

C'est-à-dire à deux cents kilomètres de Phnom Penh! Le Bayon faisait partie de l'ensemble des temples d'Angkor.

– Pourquoi si loin? Il ne peut pas venir à Phom Penh?

– Je ne sais pas, monsieur, dit poliment le Cambodgien. *Lauk* Chang vous attend vers onze heures. Il a dit que vous demandiez la visite des temples comme si vous étiez un touriste. Il vous retrouvera facilement. Je dois m'en aller maintenant.

– Vous ne pouvez pas lui transmettre un message?

– Non, monsieur.

Il salua d'un signe de tête et s'éloigna dans le jardin. Malko le suivit à distance et inspecta la rue. Déserte. L'émissaire s'était déjà fondu dans l'obscurité. Il regagna la maison, pensif. Pourquoi Angkor? C'était proche de la zone contrôlée par Ta-Mok.

Ce rendez-vous lui semblait étrange. Si Chang avait quelque chose d'important à lui apprendre, pourquoi ne pas l'avoir contacté, *lui*? Car c'est Malko qui avait cherché à le joindre.

Chang pouvait-il s'être rallié à Ta-Mok?

En Asie, tout était possible. Dans ce cas, il attirait Malko dans un piège. Ou bien, pour une raison inconnue de Malko, il ne pouvait pas revenir à Phnom Penh et voulait savoir ce que Malko avait à lui dire.

De toute façon, Malko ne pouvait ignorer ce rendez-vous. Sa seule marge de manœuvre consistait à en minimiser les risques. Si c'était possible. Le lieu choisi pour le rendez-vous – un temple visité par les touristes – paraissait écarter un certain nombre de possibilités désagréables. Il ne serait pourtant fixé qu'en accomplissant le voyage de Siem Reap.

Sherry ressortit de la « salle de bains » et passa devant lui, dignement drapée dans sa serviette. La magie était rompue. Sans l'arrivée du messager de Chang, il l'aurait violée dans la baignoire. Mais ce n'était que partie remise. L'abandonnant à son sort, il sortit retrouver Chieng près de la Toyota.

– Comment va-t-on à Angkor? demanda-t-il. C'est loin par la route?

Le Cambodgien eut un rire poli.

– Non, non, pas loin, mais pas possible par la route. Beaucoup Polpotistes... aller avion. Matin. Revenir le soir. Vouloir visiter temples d'Angkor?

– Exactement, dit Malko.

Toutes les employées de Air Kampuchea étaient réunies autour d'une table basse, écoutant pérorer la plus âgée d'entre elles. Malko, qui attendait depuis déjà dix minutes, en eut assez et s'approcha.

– Je voudrais acheter un billet, dit-il.

Une des filles lui lança aussitôt d'un ton craintif :

– Attendez, monsieur, nous sommes en réunion politique pour définir la position des travailleurs de l'Aviation Civile de Kampuchea.

Ladite Aviation Civile se réduisant à deux vieux Antonov 24 offerts par les Russes et une antique Caravelle qui pourrissait sur l'aéroport de Bangkok depuis 1975... Une affiche récente d'Air France collée au mur annonçant les nouveaux vols Paris-Tokyo sans escale en Boeing 747.400, arrivée là Dieu sait comment, semblait le narguer.

Enfin, la réunion se termina et il put obtenir son billet en exhibant les autorisations nécessaires. Sopia Sen s'en était occupée le matin même. Il ressortit et rejoignit Jane Baron qui l'attendait dans sa Land Cruiser blanche.

– Je vous conduirai demain matin, proposa-t-elle. De toute façon, je dois aller chercher à l'aéroport quelqu'un qui arrive de Saïgon. A propos, qu'est-ce que vous avez fait à Sherry?

– Rien, hélas. Pourquoi?

– Elle m'a dit des choses très positives sur vous.

Chieng fonçait à travers les cyclos et les rares voitures, écrasant son klaxon. Jane Baron avait prévenu Malko au *Cambodiana* qu'elle avait un empêchement. Maintenant, il allait rater son avion. Donc son rendez-vous. Les dents serrées, il ne disait rien, comptant les minutes. Ils arrivèrent à la vieille aérogare à 8 h 28. L'avion partait à 8 h 30...

– Pas moyen de prendre Colt, avertit Chieng. Je garder pour vous. Beaucoup contrôles.

Malko n'avait pas envie de se séparer de son Colt. Négligeant l'avertissement de Chieng, il décida de tenter sa chance et il se précipita comme un fou, brandissant son billet, bousculant policiers et hôtesses. Il s'arrêta au bord de la piste : l'Antonov 24 était là, les moteurs tournaient et la porte était déjà fermée. On lui barra le passage. Dans le vrombissement des turbos, impossible de s'entendre. Le pilote observait la scène, de son cockpit. Malko brandit aussitôt un billet de 20 dollars dans sa direction. La réaction fut instantanée. Quelques instants plus tard, la porte se rouvrait et la passerelle s'abaissait.

A peine installé, alors que l'hôtesse qui lui avait ouvert remontait la passerelle, il vit soudain le chignon de Sopia Sen qui venait de surgir de la foule. La jeune femme gesticulait en criant, mais le bruit était trop fort.

Sa silhouette disparut, avalée par le déplacement de l'avion. L'Antonov commençait à rouler. Par un hublot, Malko aperçut encore Sopia Sen faisant de grands signes dans sa direction.

Que lui voulait-elle?

Envahi d'une angoisse nouvelle, il regarda les rizières se dérouler sous lui tandis que l'avion montait avec une sage lenteur. Le paysage était plat à perte de vue. Bientôt, une fumée blanche envahit l'appareil : la climatisation. Il essaya de se détendre, se demandant comment il retrouverait son correspondant. Et surtout pourquoi son alliée avait voulu l'empêcher de partir...

Dans son sac, le Colt 45 pesait d'un poids rassurant. Personne ne l'avait fouillé dans la pagaïe du départ.

CHAPITRE XII

Les eaux du Tonle Sap reflétaient les rayons du soleil, tache jaunâtre au milieu du patchwork de jungle clairsemée et de rizières, plat comme la main. Le grand lac qui s'étendait sur près de deux cents kilomètres au sud de la route Kampong Thom-Siem Reap semblait figé comme une mare au soleil. L'Antonov 24 descendait vers Siem Reap en tanguant dans l'air chaud.

Le petit aéroport n'était qu'une clairière entourée de jungle, défendue par quelques batteries anti-aériennes symboliques. L'avion roula jusqu'à la minuscule aérogare en ciment blanc, encore écorchée d'innombrables traces de projectiles divers. La plupart des vitres étaient cassées. Quelques soldats traînaient, cherchant un coin d'ombre.

Une impression de bout du monde.

Malko descendit, recevant le choc de la chaleur humide, beaucoup plus forte qu'à Phnom Penh. Les quelques touristes allemands et japonais et les rares Cambodgiens chargés comme des baudets descendirent de l'Antonov.

Un Cambodgien grassouillet s'approcha de lui, une liste à la main.

– *Lauk* Linge?

– Oui, dit Malko, un peu surpris.

– Votre ami qui réside au *Grand Hôtel d'Angkor* a tout organisé pour vous. Vous effectuerez la visite des temples avec une voiture particulière. Le prix est de cent dollars. Venez.

Un minibus attendait. Malko y prit place, avec les autres touristes, passant devant des bâtiments détruits par les Khmers rouges. Les rizières étaient entrecoupées de pans de jungle clairsemée et de bananeraies. Tout semblait calme. Ils arrivèrent vingt minutes plus tard au *Grand Hôtel d'Angkor*, petit bâtiment vieillot de style colonial avec d'inattendus volets bleus. Malko se rua à la réception, pour essayer d'entrer en contact avec Sopia Sen.

– Je voudrais téléphoner à Phnom Penh, annonça-t-il.

La Cambodgienne de service lui fit répéter deux fois avant de préciser avec un sourire très doux :

– C'est impossible, monsieur, le téléphone ne marche pas aujourd'hui. Peut-être ce soir...

Si tout se passait bien, il serait de retour à Phnom Penh avant la nuit. L'accueil du guide le rassurait : le messager de Chang ne l'avait pas envoyé à un rendez-vous bidon. Evidemment, il eut été plus simple de se retrouver au *Grand Hôtel d'Angkor*. Sauf si Chang voulait lui faire rencontrer quelqu'un...

Son guide réapparut. Malko aperçut devant le perron de l'hôtel une vieille Volga noire aux glaces protégées par des rideaux blancs. Il donna ses cent dollars et s'installa à l'arrière. Le guide monta à côté du chauffeur. On entendit soudain dans le lointain plusieurs explosions sourdes.

– Qu'est-ce que c'est? demanda Malko.

– Les Polpotistes, monsieur, expliqua le guide, ils sont dans la forêt. Pas très loin, mais ils ne viennent jamais s'attaquer aux touristes.

– Pourquoi?

Le Cambodgien dissimula son embarras sous un sourire.

– Ils en profitent aussi, dit-il.

Autrement dit, les dollars des Japonais et des Américains allaient soutenir l'effort de guerre de Pol Pot...

Les différents temples formant l'ensemble d'Angkor s'étalaient sur une zone de jungle de plusieurs dizaines de kilomètres carrés. A cause de la présence des Khmers rouges, la plupart ne recevaient plus depuis longtemps de touristes, ceux-ci se contentant de visiter les deux plus beaux : Angkor et le Bayon.

La Volga parcourut plusieurs kilomètres sur une route déserte avant de s'arrêter à l'entrée d'un imposant pont orné de chaque côté par des dizaines de statues de pierre, en plus ou moins bon état. Beaucoup avaient été décapitées. L'ouvrage enjambait l'immense douve enserrant le Bayon et se terminait par une arche gigantesque ornée d'un bouddha souriant. Dans des niches, de chaque côté, une douzaine de soldats somnolaient au milieu d'un invraisemblable capharnaüm d'armes et de vivres.

– Voici le Bayon, annonça fièrement le guide.

Ils passèrent sous l'arche, roulèrent encore un kilomètre dans une jungle clairsemée avant d'arriver au temple proprement dit.

De loin, il ressemblait à une gigantesque pièce montée avec ses cinquante-quatre tours de pierre à quatre faces portant chacune une représentation de Bouddah. Toutes n'étaient pas à la même hauteur, certaines avaient été détruites par des obus égarés, d'autres s'étaient écroulées au cours des siècles. L'ensemble dégageait encore une majesté austère, à cause du grès noirâtre rongé par l'humidité.

Sur un gigantesque quadrilatère de trois cents mètres de côté, s'entremêlaient les fresques, les statues, certaines colossales, les petits temples et les tours, le tout réuni par un entrelacs de couloirs et de galeries. Ceux-ci, ainsi que les cours intérieures, s'étalaient sur plusieurs niveaux, formant un véritable dédale.

Les racines de gigantesques banians avaient au fil des siècles soulevé les dalles, disloqué les murs, détruit les portiques, s'infiltrant partout avec une force lente mais irrésistible.

Malko descendit de la Volga et contempla cet

extraordinaire ensemble architectural. Personne en vue, mais un régiment pouvait se cacher dans ce labyrinthe. Chang était probablement en train de l'observer. D'où Malko se trouvait, il apercevait les quatre tours mentionnées par l'envoyé de Chang.

A part les oiseaux, le silence était absolu. Les autres touristes commençaient par Angkor. Tout autour, une jungle semée de blocs de pierre. Le guide s'approcha de lui, désignant plusieurs statues décapitées.

– Les Polpotistes ont coupé la tête de tous les bouddhas, expliqua-t-il. Ce sont des fous. S'ils avaient pu, ils auraient détruit les temples. Ils en ont fait sauter des petits à l'explosif, tout au fond. Votre ami n'est pas là. Voulez-vous commencer la visite?

Malko sortit un billet de dix dollars.

– Je vais commencer seul. Envoyez-le-moi quand il arrivera.

Le guide ne protesta que pour la forme, ravi, avant de remonter dans la Volga qui alla se garer à l'ombre d'un énorme bouddha moderne de plâtre doré. Malko s'enfonça dans une allée dallée de grandes pierres rectangulaires allant vers le centre du Bayon, se dirigeant au jugé vers les quatre tours. Il atteignit une première série de cours intérieures ornées de fresques rougeâtres. Le soleil tapait fort et le silence était impressionnant.

Allait-il trouver Chang?

Il continua un peu au hasard, zigzaguant entre les colonnes et les statues, changeant de niveau, s'enfonçant de plus en plus au cœur du temple. De la verdure sortait des pierres disjointes et un serpent lui fila soudain entre les jambes. Enfin, presque par surprise, il déboucha sur un espace découvert dominé par les quatre tours, croisant le regard énigmatique de quatre bouddhas de plusieurs mètres de haut s'élevant dans le même alignement, ornant des tours à quatre faces. L'endroit de son rendez-vous.

Personne.

Il regarda autour de lui et aperçut sur sa droite

l'entrée d'une galerie rectiligne ornée de quelques petits bouddhas non décapités. Au milieu se dressait un « linguam », la représentation du sexe de Vishnou. Sorte d'obélisque de pierre de 1,50 m de haut, scellé dans le sol. Un homme, debout, était appuyé contre le linguam. Trop loin pour qu'il distingue ses traits. Malko s'immobilisa, sur ses gardes. Si c'était Chang, pourquoi ne se manifestait-il pas? Il appela à mi-voix, de l'entrée de la galerie :

– Monsieur Chang?

Aucune réponse, aucun mouvement. L'estomac de Malko se chargea de plomb. Cette immobilité sentait la mort. Il examina de plus près les parois de la galerie où des dizaines de recoins pouvaient dissimuler un piège. Il attendit, guettant un bruit ou un mouvement. En vain. La silhouette immobile semblait le narguer. Aussi figée que le linguam de pierre auquel elle s'appuyait. Impossible de ne pas aller voir.

Il sortit son Colt de sa sacoche et l'arma, puis s'engagea avec précaution dans la galerie, surveillant particulièrement les grosses dalles disjointes du sol où on pouvait avoir coincé une grenade reliée à un fil invisible.

Dix mètres plus loin, il s'immobilisa en face de l'homme, l'estomac retourné d'horreur.

C'était bien Mr. Chang.

Il avait été empalé debout. Une énorme écharde de bambou s'enfonçait entre ses jambes, le maintenant en position verticale. L'autre extrémité du bambou était coincée entre deux dalles de pierre. Mais le plus horrible n'était pas là. Deux pointes de bambou avaient été enfoncées dans les yeux et le sang avait inondé tout le visage. Une fine cordelette enserrait encore son cou : on avait dû l'achever en l'étranglant... Une goutte de sang frais tomba de son menton et s'écrasa sur les pierres du sol.

La mort remontait à moins d'une demi-heure...

Malko, l'estomac noué, s'appuya au gros linguam rond, observant le temple à travers une ouverture.

Au-delà des bouddhas noirâtres et des statues il aperçut la Volga, à plus de deux cents mètres. Il comprit immédiatement la raison de cette mise en scène. Les assassins étaient toujours là. Comme souvent en Asie, on avait souhaité l'impressionner avant de lui régler son compte.

Il n'eut pas à attendre longtemps : une silhouette verdâtre apparut au bout de la galerie, puis une autre. Il se retourna : d'autres surgissaient par le côté où il était venu comme des insectes nuisibles. Des Khmers rouges en tenue chinoise armés de Kalachnikovs, silencieux sur leurs semelles de caoutchouc. Ils avançaient vers lui, le prenant en tenaille avec le visible espoir de le capturer vivant.

Il regarda autour de lui. L'ouverture carrée en face de lui donnait sur une cour de pierre, dix mètres plus bas. Impossible de sauter. Les soldats se rapprochaient. Il aperçut soudain une amorce de couloir et s'y engagea. Il se terminait quelques mètres plus loin par une fosse sombre. Malko, sans hésiter, s'y laissa tomber. En se recevant, il distingua une sorte de tunnel s'enfonçant horizontalement. Il s'y engouffra à quatre pattes, son Colt au poing, se retournant pour vérifier qu'il avait encore un peu d'avance. Soudain, il se trouva en face d'un mur.

Le tunnel était une impasse.

Derrière lui, un Khmer rouge en uniforme vert moutarde progressait comme une chenille. Malko ne se faisait guère d'illusion : à lui tout seul, il ne viendrait pas à bout de ses ennemis, mais il y avait les soldats qui gardaient le Bayon. Prenant son Colt, il tira au jugé dans la direction de son adversaire. La détonation, répercutée par les parois étroites du tunnel, lui vrilla les tympans.

L'autre s'écroula sur le sol et ne bougea plus. Mais déjà ses camarades arrivaient derrière, enjambant son corps, ne cherchant pas à se servir de leurs armes.

Accroupi, le dos collé au mur de pierre, Malko se mit à tirer sur la marée montante, assourdi par les puissantes détonations du Colt. C'était un massacre. Chaque projectile faisait mouche dans cet espace restreint. La culasse claqua, restant ouverte. Automatiquement, Malko remit son second chargeur, le dernier, et se prépara à tirer. Le silence l'arrêta.

Il n'y avait plus que des morts et des blessés dans le tunnel. Aucun nouveau Khmer rouge ne se montrait. Avec d'infinies précautions, Malko se déplaça, arrivant à la hauteur des corps. Le premier était mort, les yeux ouverts. Le second et le troisième aussi, la tête éclatée. En tout, ils étaient six. Disciplinés comme des fourmis, ils avaient essayé de remplir leur mission : capturer Malko vivant. Il y avait quelque chose d'effrayant dans ce sacrifice collectif. Plusieurs avaient des pistolets à leur ceinture ou une Kalach en bandoulière. Ils n'avaient même pas cherché à s'en servir.

Progessant encore, il arriva au puits et risqua un œil. Personne. Il sentit que les survivants s'étaient repliés. On n'avait pas dû prévoir qu'il serait armé. Grâce à des trous dans la paroi, il réussit à regagner le niveau de la galerie. Le cadavre de Chang était toujours là.

Se déplacer dans le temple représentait peut-être encore un risque. Il se contenta d'aller jusqu'au bout de la galerie et de se dissimuler dans une anfractuosité, après avoir remis le Colt dans sa sacoche. Les coups de feu avaient forcément été entendus. Le guide ne pouvait manquer de donner l'alerte.

Vingt minutes s'étaient écoulées lorsque le museau d'un M 16 pointa son nez à l'entrée de la galerie. Malko se mit à appeler en anglais. Quelques instants plus tard, un soldat cambodgien plus mort que vif s'arrêtait en face de lui. Il y en avait d'autres derrière, accompagnés du guide. Malko, ébouriffé, poussiéreux, joua parfaitement l'affolement. Racontant qu'il s'était trouvé nez à nez avec des Khmers rouges qui lui avaient tiré dessus et qu'il avait pu leur échapper.

Les cris d'horreur du guide qui venait de découvrir le cadavre mutilé le dispensèrent d'en dire plus.

Personne ne douta de son récit. Escorté d'une Jeep bourrée de soldats, il reprit la Volga noire direction le temple d'Angkor. Le guide semblait terrorisé.

– Vous avez eu de la chance, dit-il. Ils voulaient probablement vous kidnapper pour demander une rançon. Ils ont fait cela avec un autre ethnologue qui est resté six mois les fers aux pieds dans leur camp.

Malko eut beaucoup de mal à s'intéresser aux fresques d'Angkor... Un soleil de plomb tombait sur les temples noirâtres. Il avait hâte de se retrouver à Phnom Penh, pour essayer de sauver leur opération.

Ta-Mok était en train de mener une violente contre-offensive. La première victime avait été leur allié, le malheureux Chang. Croyant tendre un piège à Ta-Mok, c'est lui qui y était tombé.

Non seulement, le contact était rompu avec les gens de Pailin, mais l'offensive de Ta-Mok semblait de nature à tout remettre en question.

Malko débarqua avec les autres touristes vers cinq heures du soir à l'aéroport de Phnom Penh. Le souriant Chieng était là.

– Mrs. Sen veut vous voir tout de suite, annonça-t-il.

Le trajet parut très long à Malko. Lorsqu'on l'introduisit dans le grand bureau froid, Sopia Sen surgit comme une tornade et s'arrêta avec un sourire soulagé.

– Je pensais ne pas vous revoir! s'exclama-t-elle. Vous ne m'avez pas aperçue à l'aéroport ce matin?

– Si, admit Malko, mais je ne pouvais pas redescendre de l'avion. Après ce qui m'est arrivé là-bas, je comprends mieux ce que vous vouliez me dire...

Elle s'assit sur une des chaises chinoises, alluma une cigarette et lança :

– La guerre est ouverte. Je l'ai su très tôt ce matin par mes contacts dans les milieux vietnamiens. Ta-Mok a tout appris et prévenu les vieux bonzes de Hanoï qu'il allait exécuter l'envoyé de Pol Pot. Ils lui ont donné leur feu vert.

– J'ai failli subir le même sort, dit Malko, et je ne comprends pas pourquoi ils ne m'ont pas liquidé, c'était facile dans le Bayon.

– Ta-Mok ignore les détails de notre opération, expliqua la jeune femme. Il voulait vous interroger. Eviter de commettre des erreurs. Si nous ne réagissons pas rapidement, la Solution Rouge va se mettre en place.

– Les gens de Pailin sont-ils au courant du sort fait à leur envoyé?

– Pas encore.

– Ils vont l'apprendre. Et sûrement changer d'avis.

– C'est à nous de les en empêcher, fit fermement la Cambodgienne.

– Comment?

– En liquidant Ta-Mok.

Malko eut un sourire amer.

– Les Vietnamiens n'y sont pas arrivés avec plusieurs divisions blindées et de l'aviation. A moins d'utiliser l'arme nucléaire...

– Il faut lui tendre un piège, le faire sortir de sa tanière.

– Comment?

– Je n'en sais rien encore. On trouvera. En attendant, Jane Baron doit aller à Pailin les encourager, leur expliquer que les Américains et Hun Sen n'ont pas changé d'avis. Il y a peut-être encore une chance que Ta-Mok se rende à la réunion de l'Angkar. Il en est capable.

– Et s'il n'y va pas?

– J'ai une idée, fit-elle brusquement, je vais la mettre au point. Allez voir Jane Baron.

La villa de Jane Baron n'était pas éclairée. Malko en fut étonné, car la grosse Land Cruiser blanche se trouvait devant la porte. Il poussa le portail de bois et traversa le jardin. Personne dans le patio, à part les moustiques. La porte du living était ouverte, l'Américaine devait se trouver dans la maison. Il appela :

– Jane!

Aucune réponse.

Il alla explorer la chambre et le bureau, sans plus de succès et pensa enfin à la « salle de bains ». Elle était plongée elle aussi dans l'ombre, mais une odeur fade l'alerta, ainsi qu'un ronflement bizarre. Le pouls à 150, il alluma.

Jane Baron était dans la baignoire, le visage tourné vers le ciel. Elle avait eu la gorge tranchée d'un coup de coupe-coupe, d'une oreille à l'autre, et sa main droite avait laissé échapper un vibro-masseur avec lequel elle devait se donner du plaisir quand son assassin l'avait trouvée. C'est lui, qui, tombé sur le sol, continuait à fonctionner. Un petit pistolet 6,35 était posé sur une chaise, trop loin pour qu'elle ait pu l'atteindre.

La baignoire était rouge, comme un lac de cauchemar.

Malko entendit soudain des pas dans le jardin, puis une voix qui lança :

– Hello.

C'était Sherry.

Malko n'eut pas le temps de répondre : elle avait découvert la scène horrible... Son cri s'étrangla dans un sanglot nerveux et elle se laissa entraîner dans le living-room, hébétée. Ce ne fut qu'après que Malko lui eut servi un Johnny Walker sans eau qu'elle arriva à croiser son regard.

– Qu'est-ce que... Qui... Elle est morte?

Sherry secoua la tête, joignant les mains.

– Je savais que quelque chose comme ça arriverait... Je lui avais dit, mais elle me mentait.

– Qu'est-ce que vous saviez?

– Qu'elle n'était pas ce qu'elle prétendait être. J'avais surpris des choses bizarres. Elle m'avait emmenée à Pailin. J'ai bien vu qu'elle ne s'occupait pas que de problèmes humanitaires.

– C'est vrai, reconnut Malko, Jane et moi travaillions dans la même organisation...

– La CIA?

A ce stade, c'était inutile de mentir.

– Oui.

La jeune Américaine secoua ses cheveux roux avec une grimace de dégoût.

– Vous trouvez que vous n'avez pas fait assez de mal à ce malheureux pays! En 70, vous l'avez entraîné dans la guerre. Sans vous, Sihanouk serait toujours là et le Cambodge vivrait en paix.

– Peut-être, dit Malko, mais nous tentons maintenant de venir en aide au Cambodge. Je ne peux pas vous dire comment, mais si j'échoue, ce pays sombrera dans un communisme sans espoir. Avec le retour de Pol Pot et de ses horreurs.

La jeune Américaine le regardait d'un air absent. Comme si elle ne comprenait pas. Soudain, elle gémit.

– *My God*, où vais-je coucher? Je ne veux pas retourner au *Monorom.*

– Il n'y a rien à craindre.

Elle eut un haut-le-corps.

– Non. J'ai peur.

– Très bien, dit Malko, attendez-moi ici quelques instants.

Il abandonna la jeune femme devant son Johnny Walker et alla dans le bureau. En une demi-heure, il eut tout fouillé consciencieusement, sans rien trouver de compromettant. Dans la chambre, rien non plus. Surmontant son dégoût, il retourna dans la buanderie et récupéra le petit 6,35 qu'il mit dans sa poche. Lorsqu'il retrouva Sherry, elle n'avait pas bougé, complètement amorphe. Mais le verre de scotch était vide.

– Prenez vos affaires et venez, dit-il.

– Où?

– Où vous voudrez. Il vaut mieux que la police cambodgienne trouve le corps. La femme de ménage donnera l'alerte demain matin.

Elle se laissa guider comme une automate jusqu'à la vieille Toyota.

- Je vais vous prendre une chambre au *Samaki*, suggéra Malko, là où sont vos amis. Je pense qu'il vaut mieux que vous ne soyez officiellement au courant de rien...

– Non, sursauta la jeune femme, je ne veux pas aller au *Samaki*.

– Pourquoi?

– J'ai peur, je ne comprends pas, ils vont me tuer, moi aussi.

Chieng roulait lentement dans le boulevard Acharmean, attendant les instructions de Malko.

– Où voulez-vous aller dans ce cas? demanda-t-il à Sherry.

– Je veux rester avec vous.

– OK, allons au *Cambodiana*, il y a des chambres en pagaille.

Ils traversèrent Phnom Penh où la circulation avant le couvre-feu était particulièrement intense. Malko se dit qu'il se trouvait désormais en première ligne. Sauf s'il décidait de repartir immédiatement de Phnom Penh.

Malgré lui, il surveillait les deux roues... Un attentat était vite arrivé. Visiblement, Palin Yukanthor morte, le réseau polpotiste à Phnom Penh continuait à fonctionner. Et Ta-Mok avait décidé de se venger. Il pensa à Sopia. Elle se trouvait en danger, elle aussi...

Le portier chamarré du *Cambodiana* se précipita pour ouvrir la portière et il poussa Sherry dehors. La jeune femme titubait et il dut lui tenir le bras pour l'empêcher de tomber...

– Je vais vous prendre une chambre, proposa-t-il.

Elle secoua la tête avec obstination.

– Non, non, j'ai peur, je reste avec vous.

– Dans ma chambre?

– Oui.

Il n'insista pas et ils prirent l'ascenseur. A peine arrivée dans la chambre, elle se laissa tomber sur le lit. Malko se pencha vers elle.

– J'ai une course à faire. Reposez-vous.

Sherry le retint, s'accrochant à lui comme une noyée.

– Non, non, je veux aller avec vous. J'ai peur.

– Ici, vous ne risquez rien, assura Malko. N'ouvrez à personne qu'à moi.

Elle regarda autour d'elle.

– Où est le téléphone?

– Il n'y en a pas...

Tout à coup, elle sauta du lit, se jetant dans ses bras avec une violence inouïe, l'épousant de tout son corps.

– Je vous en prie, je sais que vous ne reviendrez pas...

– Mais si!

Il mit cinq minutes à la calmer avant de repartir. Il n'y avait plus une seconde à perdre. Chieng attendait paisiblement.

– Nous retournons chez Mrs. Sen, annonça Malko.

La belle Sopia Sen était sa dernière alliée.

CHAPITRE XIII

Le visage de marbre, Sopia Sen écoutait le récit de Malko. Elle eut un sourire ironique quand il souligna qu'elle était en danger.

– Cela fait longtemps que je le suis, affirma-t-elle. Mais il faut prendre Ta-Mok de vitesse. Sinon, nous sommes morts tous les deux.

– Si la fraction dure des Khmers rouges l'emporte, Hun Sen tentera de s'aligner sur eux et de faire croire qu'il était dès le début pour la Solution Rouge. Pour cela, il faut supprimer les témoins susceptibles de dire le contraire. Comme moi.

La situation n'était pas brillante. Ta-Mok avait liquidé l'envoyé spécial de Pol Pot puis Jane Baron. Il faisait le vide. Avant d'aller plus loin, il était urgent de savoir la position des Khmers rouges de Pailin, à la suite de ces nouveaux événements. Donc, entrer en contact avec eux. Le seul lien était le marchand d'or du marché Toutophom. Il s'ouvrit de sa suggestion à Sopia Sen qui n'hésita pas.

– C'est trop tard, remarqua-t-elle, il est près de huit heures, mais vous pouvez toujours essayer.

Le marché Toutophom était fermé. Sauf les deux restaurants éclairés par des lampes à pétrole. Le stand 24 n'offrait à la vue que des volets cadenassés, comme ses voisins. A six heures, tout s'arrêtait. Sopia Sen et Malko allaient rebrousser chemin quand la Cambodgienne aperçut un homme enroulé dans une couverture entre deux stands. Elle le réveilla et l'interrogea sur les propriétaires du stand 24. Miracle! Il connaissait cette famille et savait qu'elle habitait à deux rues de là, dans un immeuble collectif envahi par les squatters. Pour deux dollars, il consentit même à les y accompagner...

Ils se faufilèrent dans un escalier d'une saleté repoussante. Il ne restait guère que la carcasse de l'immeuble. Pas d'électricité, pas d'eau courante, les gens faisaient la cuisine sur des réchauds posés à même le sol. Les couloirs grouillaient d'enfants et de vieilles au crâne rasé, coltinant de la nourriture et des sacs de charbon de bois. Asphyxiés par la fumée qui sortait de partout, ils atteignirent le quatrième étage et poussèrent la porte de l'appartement indiqué par leur guide, déboulant devant une demi-douzaine de gens stupéfaits. Trois gosses jouaient à la guerre, une vieille touillait une marmite, une femme rapiéçait un sampot. Sopia échangea quelques mots avec elle.

– Celui qui nous intéresse est sur le balcon, annonça-t-elle.

Le balcon n'était plus qu'une plaque de ciment suspendue au-dessus du vide, la rambarde ayant disparu. Un homme, allongé sur le côté, fumait une cigarette. Malko reconnut le marchand de rubis. Ce dernier se dressa instantanément, torse nu, reconnaissant Malko. Sopia Sen engagea une brève conversation avec lui.

– Demandez-lui si c'est bien lui qui m'a envoyé il y a deux jours un message me demandant de rejoindre Chang à Siem Reap.

Sopia traduisit et le Cambodgien répliqua aussitôt brièvement.

– C'est lui, confirma-t-elle. Chang lui-même avait envoyé un messager de Siem Reap. Il demande si vous l'avez rencontré là-bas.

– Dites-lui la vérité, conseilla Malko. Et aussi que nous devons rétablir la liaison avec Pailin.

Sopia se lança dans son explication. En dépit de son impassibilité apparente, le Cambodgien parut secoué par l'annonce de la mort de Chang. Il répliqua ensuite d'une voix monocorde, sans enthousiasme. Sopia traduisit.

– Il dit que Pailin, c'est très loin, qu'il ne peut pas bouger de Phnom Penh. Il n'y a aucun moyen de communication, pas de téléphone. Les trains pour Battambang partent très irrégulièrement. Avec un camion, cela prendra plusieurs jours et il y a beaucoup de contrôles.

– Pourtant, il faut absolument renouer avec Pailin, insista Malko et trouver un autre interlocuteur.

Le marchand de rubis écoutait, l'air ailleurs. Visiblement, il n'avait pas envie de se lancer sur les routes dangereuses du Cambodge.

– J'ai une idée, dit soudain Malko. Si je trouvais une voiture d'ONG avec une autorisation, il pourrait partir?

Les seuls à voyager sans tracasseries étaient les ONG.

Traduction. Avec réticence, le Cambodgien finit par accepter le principe.

– Comment allez-vous faire sans Jane Baron? demanda-t-elle.

– J'ai récupéré Sherry, dit Malko. Au nom de son organisation, elle peut demander une autorisation.

Sopia Sen eut un haussement d'épaules méprisant.

– Sherry! Cette petite conne! Jamais elle ne voudra.

– Je peux essayer, plaida Malko. Si j'arrive à la convaincre, je reviendrai le voir demain. Combien de temps faut-il?

– Deux jours, si la route n'est pas coupée par une embuscade polpotiste.

– Bien.

Ils prirent congé du Cambodgien et retrouvèrent la

rue déserte. Dans une demi-heure, c'était le couvre-feu.

– Déposez-moi au marché central, demanda Malko. Je veux voir Sam.

– Pour quoi faire?

– J'ai repensé à quelque chose. Le pousse qui attendait devant chez Palin Yukanthor faisait sûrement partie de son réseau. Il faut le retrouver.

– Comment?

– Il avait autour du cou une breloque faite d'un serpent à sept têtes, en pierre blanche. Cela m'a frappé.

– C'est un Nâga, le serpent à sept têtes qui protège Bouddah, expliqua Sopia Sen. Un porte-bonheur.

– J'espère que cela suffira, dit Malko. Sam est super-débrouillard.

Sam, le jeune amputé, jouait aux cartes avec trois autres garçons sur le trottoir de la rue 130, à côté d'une énorme gerbe de fleurs fanées, en face des grilles du marché central. Ses béquilles posées en travers de son corps pour qu'on ne les lui vole pas. Malko l'avait retrouvé grâce aux gosses qui continuaient à mendier tout autour de l'hôtel *Monorom*. Ses « employés ».

En reconnaissant Malko, son visage s'éclaira et il posa ses cartes.

– Expliquez-lui ce que j'attends, demanda Malko à Sopia Sen.

La belle Sopia semblait dégoûtée par les haillons du jeune handicapé. De sa voix haut perchée, elle lui résuma la situation. Le gosse écouta attentivement et finit par poser une seule question.

– Il demande combien vous lui donnerez, dit-elle. Parce que c'est très dangereux. Si les Polpotistes apprennent qu'il collabore avec vous, ils le tueront et personne ne pourra le protéger.

– Cinq cents dollars, dit Malko, s'il nous amène à ce

cyclo. Il a l'habitude de travailler autour du *Kleang Romsev.*

Transmission et réponse.

– Il veut mille dollars et un pistolet, traduisit la Cambodgienne. Il va être obligé de sous-traiter, de donner de l'argent à des gens qui vont chercher pour lui.

Malko n'avait pas envie de discuter.

– D'accord.

Sam lança encore quelques mots.

– Il demande combien vaut une jambe artificielle et où on peut en trouver, traduisit Sopia Sen.

Malko pensa soudain à « International Handicap ». Au moins, Sherry allait pouvoir faire une bonne action. Il posa la main sur l'épaule du jeune amputé et dit :

– S'il le trouve, dites-lui que je lui offrirai en plus une jambe artificielle, ici à Phnom Penh.

Le regard de Sam le réchauffa. Puis il reprit sa partie après avoir fixé rendez-vous à Malko pour le lendemain à midi, au Phnom, le temple qui avait donné son nom à la ville.

Sopia expliqua à Malko :

– Les ONG fournissent des prothèses aux hôpitaux, mais ensuite, les médecins cambodgiens les revendent très cher aux Vietnamiens ou à ceux qui en ont besoin...

Il restait maintenant à convaincre Sherry de collaborer. Malko se dit qu'il s'était probablement avancé, mais n'en laissa rien paraître. De toute façon, avec la quantité de scotch qu'elle avait avalé, elle devait dormir.

Sherry ne dormait pas.

A peine Malko eut-il ouvert la porte de la chambre qu'une tornade se rua sur lui. La jeune Américaine, vêtue seulement d'un T-shirt qui lui arrivait à mi-cuisses, s'incrusta contre Malko dans une étreinte à la fois désespérée et pleine de sensualité. Il pouvait sentir tous les os de son corps. La bouche dans son cou, elle murmura :

– Oh, j'ai cru que vous ne reviendrez pas ! J'ai eu si peur. J'ai prié le Seigneur...

Bien qu'il soit visiblement là, elle continuait à s'accrocher à lui, ses seins s'écrasaient contre sa chemise de voile. Où était passée la jeune orgueilleuse du premier jour...

– Pourquoi vous abandonnerais-je ? demanda Malko.

Sherry leva vers lui un visage baigné de larmes, une lueur trouble au fond de ses yeux verts.

– *I was very mean!* (1) Je vous demande pardon, je ferai ce que vous voulez, mais ne me laissez pas...

Son corps était toujours pressé contre le sien et sa supplication était plus qu'équivoque. Il y a des limites à la galanterie. Malko plongea quelques instants dans les prunelles vertes à l'éclat ambigu puis, sans se presser, prit le bas du T-shirt de Sherry. Il le releva, découvrant sa poitrine, le faisant passer par-dessus sa tête. La jeune Américaine offrit à peu près autant de résistance qu'une jeune mariée. Vêtue d'un seul slip d'un blanc éblouissant, elle revint docilement dans les bras de Malko et noua ses bras autour de son cou. Toute sa rigueur morale semblait s'être évanouie d'un coup.

– Oh, *my God*, j'ai honte ! murmura-t-elle. Il y a trop de lumière.

Il se défit de son étreinte, alla éteindre, ne laissant allumé que l'écran de la télé où passait *Amadeus*. Sherry s'était couchée sur le lit. Malko se déshabilla et l'y rejoignit, s'allongea à côté d'elle et commença à la caresser, laissant descendre ses doigts le long de sa colonne vertébrale, suivant ensuite la courbe de sa croupe pour redescendre plus bas. Lorsqu'il atteignit ses cuisses, Sherry les écarta légèrement pour qu'il puisse en effleurer l'intérieur. La tête dans l'oreiller, ses cheveux roux épars, elle respirait lourdement.

(1) J'ai été très méchante.

Malko n'avait besoin d'aucune caresse pour éprouver un violent désir devant cette femelle épanouie, soudain consentante. S'agenouillant entre ses cuisses légèrement disjointes, il la prit aux hanches et la tira vers lui. Sherry résista, tournant vers lui un visage pourtant déjà noyé de plaisir.

– Oh, *please*, c'est trop bestial comme ça!

D'elle-même, elle s'était retournée. Attirant Malko contre elle, refermant ses bras dans son dos, l'embrassant à perdre le souffle. Son membre durci entra en contact avec l'ouverture brûlante et humide de la jeune femme, mais il n'y pénétra pas tout de suite. Savourant sa victoire. Si la pauvre Jane Baron avait pu voir son assistante...

– *Fuck me!*

Sherry avait parlé d'une voix très basse, mais distincte, les reins cambrés, ses genoux se relevant déjà. Malko la pénétra lentement, d'un seul coup de reins, d'une unique poussée inexorable qui l'enfouit au fond de son ventre. Sherry poussa un long râle et commença à bouger sous lui, ondulant des hanches et du bassin, collant encore plus son pubis au sien. Sa bouche le mordit à l'épaule, ses ongles arrachèrent la peau de sa nuque.

Il s'imposa des mouvements lents et réguliers, sentant monter le plaisir chez elle, essayant de ne pas exploser tout de suite. Sa patience fut récompensée. Sherry se mit à respirer de plus en plus vite, ses ongles s'incrustèrent plus profondément et soudain, son bassin fut secoué d'une houle incoercible tandis qu'un gémissement syncopé s'échappait de sa bouche entrouverte... Malko la laissa aller au bout de son orgasme, se retenant de toutes ses forces. La vague retomba, et, lui encore fiché en elle, Sherry demanda d'un ton inquiet :

– *You dit not come?* (1)

(1) Tu n'as pas joui?

– *Not yet* (1), fit Malko en se retirant avec douceur.

Cette fois, elle ne protesta pas lorsqu'il la retourna sur le ventre. Et encore moins quand il lui releva les hanches pour s'enfoncer en elle par-derrière. Apparemment, ce n'était plus bestial. Les doigts crochés dans les draps, Sherry gémissait sans arrêt, roulant des hanches comme une folle. Ce qui déchaîna les mauvais instincts de Malko. Sherry ne parut pas s'apercevoir qu'il s'était retiré de son ventre et que l'extrémité de son sexe caressait maintenant l'espace tout proche de ses reins. Lorsqu'il s'y arrêta, pesant légèrement, Sherry se raidit, ses mains se cramponnèrent aux draps, mais elle ne dit mot. Cette passivité acheva d'ôter ses derniers scrupules à Malko : sans s'enfoncer plus, il la prit solidement aux hanches, écartant légèrement les fesses somptueuses pour jouir du spectacle. Sherry se méprit sur ce temps mort. D'une voix que sa mère n'aurait pas reconnue, elle lui lança :

– *Do it!* (2)

Malko, le regard rivé à cette croupe qu'il s'apprêtait à violer, se cambra, se propulsant férocement en avant d'un puissant coup de reins, tandis que, d'une traction irrésistible, il attirait Sherry à lui. L'espace d'un instant, l'ouverture résista délicieusement, puis d'un coup, son membre s'enfonça tout entier. Sherry poussa un cri bref, comme pour saluer cette sodomisation totale, avant de murmurer :

– Doucement, c'est la première fois.

Il lui laissa quelques secondes pour s'habituer à cette sensation nouvelle, puis se retira en partie et revint. D'un balancement régulier, il se mit à violer ses reins de plus en plus plus fort. Sherry cria encore un peu, puis les mouvements de Malko devinrent aussi faciles que s'il lui faisait l'amour. Non seulement Sherry ne se défendait pas, mais elle donnait de grands coups de

(1) Pas encore.
(2) Vas-y!

hanches pour venir au-devant de lui. Malko, toute retenue oubliée, se propulsait en avant de tout son poids, de plus en plus vite, jusqu'à ce qu'il explose dans un éblouissement de plaisir, profitant jusqu'à la dernière seconde de l'étroit fourreau.

Tandis qu'il reprenait son souffle, la voix de Sherry brisa le silence.

– *Darling, I'm hungry.* (1)

Par les vastes baies vitrées, on apercevait les feux de position de quelques sampans traversant le Mékong. Les murs de l'énorme restaurant *Cambodiana* tremblaient sous les décibels crachés par de gigantesques haut-parleurs placés de part et d'autre de l'orchestre. Il était dix heures et quart et un panneau placé à côté de la piste de danse indiquait que toute activité ludique était interdite après le couvre-feu, ce qui ne semblait guère gêner les dizaines de couples enlacés. Pour la plupart des Chinois de Phnom Penh, très jeunes. Sherry n'avait pas lâché la main de Malko depuis leur arrivée, mâchant courageusement un canard laqué qui avait dû être champion de marathon. La jeune Américaine vida sa coupe de Moët et se pencha vers lui, l'embrassant sous l'oreille.

– Je crois que je t'aime, murmura-t-elle.

C'était flatteur, mais inattendu. Sherry, depuis leur étreinte, se comportait en amoureuse déchaînée. Vêtue d'un simple jean et d'un chemisier sous lequel ses seins énormes jouaient librement, elle ne cessait de toucher Malko, de l'embrasser, de poser la tête sur son épaule. Celui-ci avait réussi, à coup de dollars, à se faire apporter une bouteille de Moët et Chandon millésimé, importé en fraude de Thaïlande et glacée à souhait.

– Pourquoi dis-tu cela?

Elle se troubla légèrement.

– Sinon, je n'aurais jamais pu, tout à l'heure, expli-

(1) Chéri, j'ai faim.

qua-t-elle. C'était la première fois... Je savais que cela existait, mais... Mon fiancé avait essayé une fois, mais je n'avais pas voulu le voir pendant une semaine. Je ne sais pas ce qui m'a pris, tu dois me prendre pour une perverse, une...

Elle cherchait ses mots et il lui baisa la main... Voilà ce que donne le mélange de Johnny Walker et de terreur.

– Merci de ce beau cadeau, dit-il. C'était merveilleux. Et inattendu étant donné notre première rencontre.

Sherry eut un sourire enfantin et lumineux.

– Oh, il faut me comprendre! Lorsque je t'ai vu, tu m'as tout de suite attirée, mais je m'étais jurée de ne plus toucher à un homme. Il y en a eu un dans ma vie qui s'est très mal conduit. J'ai eu beaucoup de peine, c'est pour l'oublier que je suis venue ici. Et j'ai été déçue : j'admirais beaucoup Jane, je pensais qu'elle se dévouait aux gens qui souffraient, puis j'ai compris qu'elle avait d'autres motivations...

Elle lui jeta un regard en coin, mâtiné d'inquiétude.

– Cela n'a rien de déshonorant, dit Malko. Le Renseignement est un métier de Seigneur, c'est Bismarck qui l'a dit.

– Qui est Bismarck?

L'Amérique est encore très loin de l'Europe. Malko l'embrassa tendrement et l'entraîna sur la piste de danse où elle commença à se conduire comme une guenon en rut. Les Chinois n'en revenaient pas. Collée à Malko, Sherry balançait ses hanches imperceptiblement avec l'intention avouée de le faire exploser. Elle eut un rire nerveux.

– *My God*, je suis devenue folle! Je crois que je ferais n'importe quoi pour toi. J'ai l'impression de ne jamais avoir vécu. Mais tu me fais peur! Qu'est-ce qui va arriver?

– Je ne sais pas encore, fit Malko, mais j'aurais peut-être besoin que tu m'aides.

– Moi! sursauta-t-elle. Mais je ne connais rien à vos histoires.

– Oh, ce n'est pas difficile, expliqua-t-il. Est-ce que tu peux facilement obtenir des autorisations de voyage pour l'intérieur du Cambodge?

– Oui, dit-elle. Il faut donner quelques dollars, c'est tout. Pourquoi?

– Je voudrais que tu ailles à Pailin.

– Avec toi?

Il comprit à cet instant qu'il l'aurait emmenée en enfer.

– Non, avoua Malko, avec Chieng, mon chauffeur, et une autre personne. Si tu acceptes, je t'expliquerai pourquoi. Ce n'est pas dangereux, mais très important. Normalement, c'est Jane qui aurait dû y aller.

– Jane...

Visiblement la proposition de Malko n'enchantait pas Sherry. La musique s'arrêta et ils retournèrent à leur table. Malko lui reversa du Moët qu'elle but d'un trait.

– Ne parlons plus de cela! supplia Sherry en reposant son verre, je suis si heureuse ce soir! Je ne veux plus penser à rien.

Malko n'insista pas. Ils dansèrent encore un peu, puis partirent avec les derniers clients. A peine dans la chambre, Sherry se jeta sur lui et le caressa jusqu'à ce qu'il la prenne de nouveau. Ils s'endormirent comme des animaux, incrustés l'un dans l'autre. Entre-temps, il avait appris qu'elle venait d'une petite ville de la Californie du Sud, Los Gatos, qu'elle avait fait l'amour pour la première fois à vingt ans et qu'elle s'était préparée à épouser un businessman de Los Angeles qui avait oublié de lui dire qu'il était déjà marié. La raison de sa « fuite » au Cambodge.

La lumière filtrait à travers les rideaux orange, et, bien qu'il ne soit que six heures du matin, on se serait cru à midi. Malko s'éveilla et vit le regard de Sherry posé sur lui, pensif et amoureux. Elle lui caressa la poitrine et annonça :

– Je ferai ce que tu me demandes.

Il en fut tellement soulagé qu'il la prit dans ses bras. Aussitôt, elle s'y lova comme un chat et quelques minutes plus tard, il la chevauchait dans une étreinte passionnée. Cette fois, elle cria chaque fois qu'il la pilonnait et jouit avec un long feulement. Unc belle bête saine et sensuelle. En sortant de la douche, Malko lui expliqua :

– Il faudrait aller demander les autorisations tout de suite. Si on te parle de ce qui est arrivé à Jane Baron, tu n'es pas au courant. Je suis certain qu'ils ne savent rien de sa véritable activité.

Elle avait fini de s'habiller. Il repensa à la promesse faite à Sam.

– A propos, est-ce que tu pourras me procurer une jambe artificielle? demanda-t-il.

– Pour qui?

– Un garçon de dix ans.

Elle le regarda avec de grands yeux, soudain attendrie.

– C'est vrai! Ce n'est pas un joke?

– Il est en train de me rendre un grand service, expliqua-t-il.

Le visage de Sherry s'était assombri.

– C'est horrible. Il y a tant d'enfants dans ce cas ici. Bien sûr, je vais trouver ce qu'il faut dans mon stock, mais il faut que je le voie pour l'ajuster.

– A ton retour de Pailin, promit-il.

En voyant la grosse Land Cruiser blanche pénétrer dans le parking du *Cambodiana* deux heures plus tard, Malko sentit son cœur battre plus vite. Si Sherry n'avait pu obtenir son autorisation, le contact avec Pailin était rompu. Seuls les ONG pouvaient aller là-bas. Et même Sopia Sen ne pouvait pas en réclamer une au gouvernement. Cela serait revenu à reconnaître officiellement ses pourparlers avec les Khmers rouges. Il était à peine plus de huit heures et, à tout hasard, Chieng avait été prévenir le marchand de rubis de se tenir prêt. On le ferait passer pour un mécanicien chargé de l'entretien de la voiture. Les autorités cambodgiennes ne causaient pas de problèmes aux ONG dont ils avaient trop besoin.

Sherry sauta de la Land Cruiser et courut vers lui. Elle avait remis sa longue jupe et un corsage qui dissimulait ses formes, mais son visage portait encore les traces du plaisir et une lueur coquine flottait dans ses yeux verts.

– Ça y est! annonça-t-elle. Je peux partir.

– Ils ne t'ont pas parlé de Jane?

– Non. Ce ne sont pas des policiers, mais le ministère de la Santé. De temps en temps, on leur donne une prothèse et on a toutes les autorisations que l'on veut.

– Bravo, approuva Malko. Chieng t'attend. Vous allez partir tout de suite.

– Maintenant?

Elle semblait déçue.

– Oui.

– Je voudrais rester un peu seule avec toi, murmura-t-elle.

Il la prit par la main et ils remontèrent dans l'hôtel. A peine dans la chambre, elle se jeta dans ses bras.

– J'ai peur de partir sans toi et puis tu vas tellement me manquer! Tu es sûr de ne pas pouvoir venir?

– Hélas, oui, dit Malko. Mais tu peux être de retour demain soir ou après-demain au plus tard. Et tu n'as rien à faire. Il faut simplement transporter un message. Chieng veillera sur toi.

– Chieng, ton chauffeur?

– Il travaille aussi pour la Company, précisa Malko en souriant. Il est sûr. Ne crains rien.

Elle se serra encore une fois contre lui, l'embrassa à lui faire éclater les lèvres et sortit de la chambre. Portant tous ses espoirs. S'il ne reprenait pas langue avec Pailin, sa mission tombait à l'eau. Parallèlement il fallait neutraliser les tueurs de Ta-Mok encore à Phnom Penh.

Malko s'apprêtait à monter dans la Toyota laissée par Chieng dans le parking du *Cambodiana* lorsque deux Honda l'interceptèrent. Des policiers qui descendirent de leur machine avec un sourire rassurant. Presque similaires : visages creux, pommettes saillantes, chemises trop grandes pour cacher le pistolet accroché à la ceinture et une petite serviette de cuir bouilli. L'un d'eux s'approcha de Malko.

– Monsieur, le capitaine Sarin voir vous, dit-il en mauvais anglais. Tousamuth...

Au ministère de l'Intérieur.

Se doutant de la raison de cette convocation, Malko se félicita que Sherry soit déjà partie.

– Je viens, dit-il à ses anges gardiens.

Escorté par les deux policiers, il prit la direction du boulevard Tousamuth. On l'y attendait et un planton en casquette plate le conduisit immédiatement dans le bureau du capitaine Jan Sarin. Le policier cambodgien lui serra chaleureusement la main, mais son visage un peu gras était empreint de gravité. Malko remarqua qu'un des murs disparaissait sous des photos de Polpotistes recherchés.

Un policier fluet comme un gamin se glissa humblement dans la pièce, annonça qu'il parlait anglais et le dialogue commença par son intermédiaire. Sans fioritures inutiles.

– Vous savez ce qui est arrivé à cette Américaine, Jane Baron? demanda le capitaine.

– Oui, dit Malko.

Inutile de jouer au plus fin avec son interlocuteur.

– Pourquoi a-t-elle été assassinée?

– Pour les mêmes raisons que Phong Ton, répliqua Malko. Certains Khmers rouges sont opposés à la solution que j'essaie de mettre en place. Moi-même, j'ai été victime d'une tentative de meurtre comme vous le savez, ici, à Phnom Penh et on a failli me kidnapper à Siem Reap.

– Je l'ai appris, dit le capitaine Sarin. On m'a relaté cet incident par radio. Que comptez-vous faire?

– Continuer, fit Malko. Si nos adversaires n'arrivent pas à nous éliminer, Mrs. Sen et moi-même. Je suis en train de reprendre des contacts.

Le capitaine Jan Sarin le contempla longuement en silence, sans poser de questions sur ces « contacts », puis annonça par la voix de son interprète :

– J'ai reçu l'ordre de la Présidence de vous donner une protection. Désormais, deux policiers vous accompagneront dans tous vos déplacements. Ils sont armés et ont l'ordre de s'opposer par la force à toute agression.

C'était également une façon pratique de surveiller ses faits et gestes.

– Vous ne pouvez pas décapiter le réseau responsable de ces actions? demanda Malko.

La question à peine traduite, le capitaine Jan Sarin se renfrogna et se lança dans une réponse filandreuse, traduite au fur et à mesure.

– Nous pensions qu'il n'y avait plus de réseaux polpotistes à Phnom Penh. Notre système de contrôle est très strict, avec un responsable pour chaque immeuble, qui en surveille tous les habitants. Il est interdit d'héberger quelqu'un, même une nuit, sans le signaler immédiatement au ministère de l'Intérieur. En plus, les habitants ont très peur des Polpotistes. Ils dénoncent parfois pour rien. Il ne doit pas y avoir un vrai réseau, mais seulement quelques individus demeurant ici et qui ont échappé à nos enquêtes. Nous allons les trouver.

Tous les policiers du monde étaient pareils...

Malko échangea une poignée de main avec le capitaine Sarin et retrouva en bas ses deux anges gardiens. L'un d'eux s'enquit respectueusement de l'endroit où il allait pour ne pas risquer de le perdre.

– Je vais au Phnom, annonça Malko.

Là où il avait rendez-vous avec Sam. Le plus vieux temple de Phnom Penh, au bout de la rue 92, perpendiculaire au boulevard Acharmean. Il reprit sa voiture et descendit vers le centre par le boulevard Tousamuth. Entre son Colt et ses deux « baby-sitters », il se sentait plus tranquille. Evidemment, ils ne valaient pas Chris Jones et Milton Brabeck.

Pourvu que Sam arrive à retrouver le cyclo-pousse au Nâga. Sans Chieng, il allait avoir du mal à communiquer avec le jeune amputé.

Le quartier du Phnom était demeuré le même, avec sa colline se dressant au bout d'une avenue bordée de vieux bâtiments coloniaux. Malko se gara sur le terre-plein entourant la colline et s'engagea dans l'escalier de pierre défendu par deux dragons menant à la pagode. Quelques photographes bayaient aux corneilles, attendant d'improbables touristes.

Des singes jouaient avec des cris aigus dans les grands banians arrivant à la hauteur de la plate-forme principale.

Malko fit le tour du temple proprement dit. Quelques Cambodgiens étaient en prières devant les petits autels semés un peu partout; l'air sentait bon l'encens et la verdure. Pas de Sam. Il redescendit par le grand escalier car il faisait trop chaud en haut. Mieux valait attendre le jeune amputé dans la Toyota. Les deux policiers avaient garé leurs Honda et attendaient, accroupis sur leurs talons.

Il atteignait la Toyota lorsque trois bonzes en robe safran surgirent d'une avenue latérale, marchant à la queue leu leu, leur boîte à riz accrochée sur le ventre. Spectacle de nouveau courant à Phnom Penh, depuis le départ des Khmers rouges. Ils avaient la tête rasée, avançaient en regardant le sol, indifférents au monde extérieur. Arrivé presque à la Toyota, celui qui marchait en tête bifurqua soudain et se dirigea vers Malko qui le vit ouvrir sa boîte à riz et plonger sa main dedans.

Il crut que le bonze voulait la charité et mit la main à sa poche pour lui donner quelques riels.

A ce moment, un « plouf » sourd suivi d'un cri le fit se retourner; le sang se glaça dans ses veines. Les deux autres bonzes brandissaient chacun un pistolet prolongé d'un silencieux, vraisemblablement tiré de leur boîte à riz. Avec un sang-froid glacial, ils étaient en train de vider leur chargeur sur les deux policiers.

CHAPITRE XIV

Malko demeura figé une fraction de seconde, tant la scène était irréelle! Les douilles sautaient en l'air et les cris des singes couvraient pratiquement les détonations étouffées par les silencieux. Les policiers n'eurent même pas le temps de saisir leur arme. L'un était déjà probablement mort, couché en chien de fusil et un des faux bonzes continuait à tirer; il s'approcha, et, presque à bout touchant, lui logea une balle dans l'oreille qui l'acheva.

L'autre policier, à genoux, blessé, la poitrine en sang, se mit à crier d'une voix suppliante, les mains levées à la hauteur de son visage. Pour toute réponse, le bonze lui tira une balle en plein front, qui le rejeta en arrière, mort.

Malko plongea vers la Toyota où se trouvait le Colt. Il eut tout juste le temps d'ouvrir la portière : le canon d'un pistolet se posa sur sa nuque. Le chef des bonzes lui jeta en mauvais anglais :

– *Quick! Inside.* (1)

En même temps, il le poussait à l'intérieur du véhicule. Malko fut projeté sur le plancher arrière et le faux bonze atterrit sur lui. Installé sur la banquette, il maintint le canon de l'arme appuyé sur la nuque de Malko, continuant à le menacer. Les deux autres ayant

(1) Vite! A l'intérieur.

terminé leur exécution bondirent à leur tour dans la Toyota.

L'un d'eux prit le volant et démarra immédiatement, sous le regard ébahi des photographes et de quelques passants.

Malko ne voyait plus rien. Il sentit un peu plus loin que la voiture tournait à gauche en arrivant le long du Mékong. Elle fila ensuite vers le pont sur le Mékong détruit pendant la guerre à la fin du boulevard Achar Mean. Les trois hommes ne parlaient pas. Il perdit très vite le sens de la direction de cette course folle. Puis, le conducteur ralentit, la voiture cahota et s'arrêta.

– *Out!*

Pas moyen de désobéir. Il sortit, l'arme toujours collée à sa nuque, et découvrit qu'il était dans une sorte de cimetière d'autobus et de camions. Partout des épaves sur une hauteur de plusieurs mètres.

Déjà, les deux autres bonzes se dépouillaient de leurs défroques, sous lesquelles ils étaient habillés normalement. Ils étaient très jeunes, sûrs d'eux et ne regardaient même pas Malko. Ce dernier aperçut une charrette à bras comme on en croisait partout dans Phnom Penh, croulant sous des dizaines d'énormes papayes. Les deux faux bonzes y prirent un grand sac de jute et, par gestes, lui firent signe d'y entrer. Comme il se débattait, on le lui passa sur la tête, et il reçut un violent coup de crosse.

En un instant, il disparut à l'intérieur. Maintenant, le chef houspillait les deux autres. Il sentit qu'on le soulevait et qu'on le jetait sur la charrette. Puis, des choses atterrirent sur lui : des papayes. Ainsi, il était invisible.

La charrette s'ébranla. Presque aussitôt, il sentit qu'on le piquait à la nuque. La voix du chef des « bonzes » l'avertit.

– Si crier, tuer.

Il avait glissé une baïonnette à plat sous les papayes, appuyée contre la nuque de Malko. Il lui suffisait d'un léger coup de poignet pour lui sectionner les vertèbres cervicales... Malko se tint coi, impuissant. Le silence fit place à la rumeur de la ville, puis après un temps assez long, de nouveau, à un silence relatif. Les cahots étaient effroyables; le trajet dura presque une heure. Malko respirait à peine, l'estomac serré; si les Polpotistes l'avaient capturé vivant, ce n'était pas par hasard : ils voulaient obtenir de lui les informations qui leur manquaient... Ce qui signifiait, à coup sûr, la torture.

La charrette s'arrêta et bascula vers l'avant. Malko perçut une vague lueur et fut jeté à terre. Le sac fut ouvert d'un coup de couteau et il aperçut les trois hommes qui l'avaient kidnappé. Il se trouvait dans la cour d'une sorte de ferme, en bordure d'un canal, avec à perte de vue des rizières et des palmiers à sucre. Probablement dans la proche banlieue de Phnom Penh.

Le chef le poussa à la pointe de son pistolet et le fit entrer dans le bâtiment. Une trappe était relevée et on l'obligea brutalement à descendre un escalier de bois, jusqu'à un sous-sol de terre battue. Ce dernier était divisé en quatre, avec un couloir au milieu : des cellules minuscules. Pendant que deux hommes le tenaient, le chef lui passa des colliers de fer autour des chevilles, réunis par une barre rectiligne; le tout maintenu par des rivets mobiles. C'est en sautillant qu'il dut gagner sa cellule. Où une bourrade le jeta à terre.

Il se trouvait dans une prison secrète des Polpotistes et nul ne savait où. Il se releva et tenta de se tenir debout. Au bout de cinq minutes, la douleur était insupportable... Il se rassit. Le dos contre le mur humide, se demandant quand allait commencer son calvaire.

Sopia Sen regardait la Toyota autour de laquelle s'affairaient une dizaine de policiers; le meurtre de deux des leurs avaient donné l'alerte et aussitôt des patrouilles avaient commencé à ratisser Phnom Penh. En vain.

Grâce à des témoins, on avait seulement retrouvé la Toyota vide.

– Qu'allez-vous faire? demanda la jeune femme au capitaine Jan Sarin en train de donner des ordres.

Il se retourna, l'air mauvais.

– Vous savez très bien que je ne peux pas grand-chose...

– Il s'agit d'une affaire importante au plus haut niveau, insista la Cambodgienne. Le Premier ministre suit lui-même le dossier. Il faut retrouver cet homme. Et vite...

– Il est déjà mort.

Sopia Sen frappa presque du pied.

– Sûrement pas. Les hommes de Ta-Mok l'ont enlevé pour l'interroger. Ils doivent ignorer une grande partie de nos intentions. S'il parle, ils en sauront assez pour nous contrer. Et vous savez ce que cela signifie...

Le policier lissa ses cheveux calamistrés.

– Nous savons qu'il y a des réseaux « dormants » polpotistes, reconnut-il, mais nous ne les avons pas décelés. Mais votre Premier ministre devrait pouvoir vous aider...

Sur cette flèche du Parthe, il remonta dans sa Jeep. Tout le monde savait que le Premier ministre pro-vietnamien Hun Sen, le modéré, était un ancien colonel polpotiste... Sopia regarda la Jeep s'éloigner. Elle ne se faisait guère d'illusions. Ceux qui en voulaient le plus aux Khmers rouges étaient les policiers vietnamiens détachés à Phnom Penh; comme les deux qui avaient été abattus. Mais ils ne possédaient aucune source d'information. Sans en avoir la preuve, elle était persuadée que le capitaine Sarin ne mettait pas une énergie farouche à traquer les Khmers rouges.

Sinon, il aurait été assassiné depuis longtemps.

Un jeune policier s'approcha d'elle : un copain des deux morts. Il avait entendu la conversation.

– Si vous découvrez quelque chose, dit-il, vous me le

dites. Nous pourrons peut-être vous aider. Je m'appelle Van Loc.

– Merci, dit Sopia, je m'en souviendrai.

Elle remonta dans sa Mercedes. Sherry était partie pour Pailin avec Chieng et on ne la reverrait pas avant le lendemain. Dans un sens, c'était plutôt un bien. Si les gens de Pailin apprenaient que l'envoyé de la CIA avait été kidnappé par Ta-Mok, cela n'arrangerait pas les choses... Il n'y avait plus qu'à essayer de retrouver Sam qui, d'après les témoins, n'était pas sur les lieux au moment de l'enlèvement. Tous ses espoirs reposaient sur lui. Sauf s'il avait changé de camp, ce qui expliquerait à la fois l'attentat et son absence...

Un jeune homme en sampot, la crosse d'un pistolet dépassant de sa ceinture, ouvrit la porte de la cellule de Malko. Son visage juvénile arborait une expression féroce, étonnante chez un être aussi jeune... Il lui fit signe de se lever et de le suivre. Comme Malko n'obtempérait pas assez vite, le jeune homme se baissa et empoigna la barre de fer liant ses deux chevilles, le faisant ainsi basculer en arrière.

Ensuite, faisant preuve d'une force étonnante pour un corps aussi frêle, il le traîna ainsi, forçant Malko à s'appuyer sur les mains, dans une position horriblement humiliante. Comme les nazis, les Khmers rouges s'acharnaient à briser leurs adversaires moralement aussi bien que physiquement. A leur faire oublier qu'ils étaient des êtres humains... Il lâcha Malko au fond du couloir et celui-ci aperçut alors une grande cuve rectangulaire en bois, posée sur des cales. A côté, il y avait un établi avec une chaise devant et quelque chose qui ressemblait à un étau. Des taches brunes suspectes et surtout un ongle tombé à terre lui apprirent ce dont il s'agissait.

Il se trouvait dans la salle de torture de la prison secrète... L'étau était destiné à maintenir la main du supplicié pendant qu'on lui arrachait les ongles. Le jeune Polpotiste croisa son regard et lui adressa un sourire venimeux.

Deux autres descendirent l'escalier. Les « bonzes ». Sur leur ordre, le jeune homme se pencha et attacha les poignets de Malko derrière son dos avec des menottes artisanales qui s'enfoncèrent dans sa chair. Puis, il défit celles qui immobilisaient ses chevilles. Le répit fut de courte durée. On le força à se mettre debout et on le poussa vers la grande cuve de bois. Par gestes, ses bourreaux lui firent signe d'y basculer. Comme il résistait, ils le prirent à bras-le-corps et l'y jetèrent.

Sa tête heurta durement le fond et il perdit connaissance quelques secondes. Deux des hommes avaient sauté dans la cuve. Ils le retournèrent à plat ventre. Il sentit qu'on lui prenait une jambe et un fer scellé au fond de la cuve se referma autour de sa cheville gauche. Puis ce fut le tour de la droite. Une courroie de cuir usé était fixée au fond de la cuve. On la lui passa autour du torse, fermant la boucle dans son dos pour qu'il ne puisse l'atteindre. Lorsqu'il se redressait, la courroie le retenait, l'empêchant de s'agenouiller ou de se relever complètement. Alors, seulement, on lui défit ses menottes.

De cette façon, il était maintenu par les chevilles et pouvait juste se mettre sur les avant-bras, comme un lézard au soleil...

Il n'eut pas le temps de se demander longtemps en quoi allait consister la torture. Le plus jeune Polpotiste revint avec un seau d'eau et le jeta sur lui. Le liquide tiédasse, vraisemblablement puisé dans la rizière, lui fit presque du bien, mais il comprit : ils allaient remplir cette baignoire rectangulaire. Au fur et à mesure que l'eau monterait, il devrait s'appuyer sur ses avant-bras pour ne pas suffoquer.

Quand la fatigue viendrait à bout de lui, il se noierait, comme un rat, ses pieds retenus au fond l'empêchant de bouger.

Il resta là, cherchant désespérément un plan pour échapper à cette horreur, aspergé régulièrement par les seaux d'eau... Le niveau atteignit trente centimètres et on le saisit soudain par les cheveux. Il tourna la tête et découvrit un inconnu, beaucoup plus âgé que ceux qui l'avaient enlevé. Des cheveux gris, vêtu d'une chemise bien repassée, avec un beau visage lisse d'intellectuel. Il toisa Malko pendant un certain temps, comme un entomologiste regarde un insecte particulièrement répugnant puis dit en excellent anglais :

– Nous savons qui vous êtes et vous savez qui nous sommes. Inutile donc de perdre du temps.

– Que voulez-vous? demanda Malko.

Tout aussi calme, dissimulant ce qu'il éprouvait.

– Un certain nombre d'informations, répliqua l'homme aux cheveux gris. Si vous nous les communiquez de bon gré, tout se passera bien. Vous serez ensuite ramené dans votre cellule, le temps que nous vérifiions. Ensuite, il vous sera administré une fin agréable ou peut-être même vous laissera-t-on la vie sauve. Cela dépend de l'Angkar.

Il parlait sans passion, d'un ton détaché.

– Je n'ai rien à vous dire, répliqua Malko.

L'autre ne releva même pas.

– Je dois préparer mon questionnaire, fit-il simplement. Je reviendrai lorsque vous serez prêt.

Malko ne comprenait pas très bien ce qu'il voulait dire. Pour se reposer, il s'appuya sur ses coudes, arrosé comme un géranium. Cherchant à se vider le cerveau.

Les prochaines heures allaient être difficiles.

Sopia Sen et Sam bavardaient à voix basse à l'entrée du marché. Le jeune infirme venait d'arriver à son lieu habituel de travail. Il avait raté le rendez-vous du temple Phnom car il avait réussi à localiser partiellement le cyclo-pousse recherché, grâce à ses copains. L'homme vivait et travaillait dans le quartier du stade.

C'était peu, mais mieux que rien.

– Demain, j'en saurai plus, promit le jeune amputé.

Sopia secoua la tête.

– Demain, c'est trop tard. Je t'emmène dans ma voiture et nous allons chercher ensemble.

Il ne se fit pas prier. Sur la route, la Cambodgienne stoppa au QG de la police et y demanda Van Loc, le policier vietnamien. Il n'était pas là, mais un de ses collègues finit par lui apprendre qu'il devait comme tous les après-midi boire une bière avec un de ses informateurs en face du Palais royal.

Demi-tour. Scrutant le trottoir, Sopia aperçut Van Loc en train de siroter du jus de canne à l'aide d'une paille dans un sachet en plastique. En compagnie de deux autres policiers et d'un homme plus âgé. Elle s'arrêta au bord du trottoir d'en face et donna un léger coup de klaxon. Le policier la vit et vint aussitôt se pencher à la glace ouverte. Sam se recroquevilla à l'arrière, pas rassuré.

– J'ai peut-être une piste, annonça Sopia, mais cela doit rester entre vous et moi.

Une lueur féroce passa sur le visage de Van Loc.

– Que voulez-vous?

– Vous me suivez, on verra ensuite.

Abandonnant leur informateur, les trois policiers sautèrent sur leurs Honda et lui emboîtèrent le pas. Ils traversèrent toute la ville pour arriver au stade, dans l'ouest. Des dizaines de cyclo-pousses faisaient leur sieste au soleil, au bord de la grande place. Comme on lâche un faucon, ils lancèrent Sam à l'assaut, attendant anxieusement le résultat. Pour ne pas se faire remarquer, la Mercedes se mit à faire des tours dans les rues avoisinantes, laissant les trois hommes en planque. Près d'une heure s'écoula avant que Sam ne réapparaisse. Sopia Sen venait juste de s'arrêter. L'amputé était radieux.

– Je l'ai retrouvé, annonça-t-il. Il habite chez son père qui travaille au nettoyage de la piscine du stade.

Autrement dit, à deux pas...

Dans le stade il n'y avait que quelques ouvriers en train de réparer le revêtement, ils connaissaient très bien le vieil employé. L'un d'eux dessina sur un bout de papier l'endroit où il habitait.

Sopia bouillait. Ils tournèrent vingt minutes dans des ruelles sans nom pour découvrir enfin une petite maison en bois et tôle ondulée. Un vieil homme très maigre, avec un bon sourire sur ses dents en argent, leur ouvrit la porte, et faillit refermer en voyant les policiers. Il avait l'allure d'un garçonnet et mâchait un bout de canne à sucre.

– Nous cherchons votre fils, Tong, annonça un des policiers avec un sourire bien faux. Il a été témoin d'un accident avec cette dame. Nous avons besoin de l'entendre.

L'autre, absolument terrorisé, eut du mal à répondre. Il finit par bredouiller :

– Mon fils travaille. Il avait des dettes, alors il a engagé son cyclo-pousse pour 50 000 riels. Il est au restaurant voisin, comme serveur.

Ils étaient déjà partis. Le « restaurant » se composait d'une dizaine de tables installées à même le trottoir, avec des tabourets minuscules. La cuisine tenait dans un placard et une sorte de vitrine exposait des mets peu ragoûtants. Il y avait quelques clients. Sam s'agita soudain.

– C'est lui !

Un serveur en T-shirt d'une saleté repoussante était en train de poser un plat de calamars sur une table. A son cou pendait une breloque en pierre représentant le Nâga, le serpent à sept têtes. Entouré par deux des policiers vietnamiens, il fut littéralement soulevé du sol et traîné vers la Mercedes. Le troisième exhiba sa carte rouge au patron qui disparut sous terre. Sans un mot, Sopia ouvrit le coffre. Les deux Vietnamiens y précipitèrent l'ex-cyclo-pousse qui s'était mis à brailler comme une sirène.

Le coffre claqua sur lui comme le couvercle d'un cercueil. Tout s'était déroulé en moins d'une minute.

Les clients du restaurant s'appliquaient à manger

sans lever le nez de leur assiette. Le Vietnamien se tourna vers Sopia, ennuyé.

– On ne peut pas aller boulevard Tousamuth...

– On va chez moi, coupa Sopia d'un ton sans réplique.

Dès que la voiture s'arrêta, Sam sauta à terre sur son unique jambe et annonça à Sopia :

– Il faut que je retourne travailler.

– A bientôt, fit-elle simplement.

Une fois le portail refermé, on ouvrit le coffre. Le cyclo n'avait pas belle allure... Les Vietnamiens le tirèrent jusqu'à la grande pièce où Sopia chassa le boy d'un aboiement. D'une bourrade, on installa le prisonnier sur la grande table basse.

Les Vietnamiens lui tordirent les poignets, le maintenant à plat. Puis le troisième sortit son pistolet et l'appuya sur sa tempe.

– Tu travailles avec les Polpotistes! dit-il. Tu vas nous dire où ils sont, autrement on te tue.

L'autre se mit à baragouiner des supplications. A l'entendre, il ne savait même pas qui était Pol Pot. Le Vietnamien l'empoigna par les cheveux et lui colla le canon de l'arme dans l'oreille.

– Je te fais sauter le cerveau, *A-eng* (1), puisque tu ne sers à rien, lança-t-il. Tu parles ou pas?

L'autre avala sa salive et gémit sans rien dire. Van Loc appuya sur la détente, déviant le canon au dernier moment, mais le fracas de la détonation perfora le tympan du cyclo qui se redressa avec un hurlement. Déjà le Vietnamien enfonçait le canon du pistolet dans sa bouche édentée.

– C'était ta dernière chance, *boukak* (2), cria-t-il. Maintenant, je te tue pour de bon! Dis-moi où sont tes complices. Ceux qui ont enlevé l'étranger.

Le cyclo secoua la tête de gauche à droite, sans répondre, les yeux agrandis de terreur. Mais quelque

(1) Ducon.
(2) Cochon.

chose d'intrépide dans son regard noir alerta Sopia qui était revenue assister à la scène. Celui-là ne parlerait pas facilement. Sous son aspect lamentable, c'était sûrement un dur, un cadre polpotiste, un homme habitué à la souffrance... Elle eut un haussement d'épaules méprisant à l'intention du policier qui hésitait évidemment à mettre sa menace à exécution.

– Tu n'y arriveras pas comme ça!

Elle sortit de la pièce et revint quelques instants plus tard, un marteau à la main.

– Allonge-le, ordonna-t-elle au Vietnamien.

Ce dernier retira son arme de la bouche du prisonnier qui tenta aussitôt de les noyer sous un flot de paroles. Un des Viets s'assit sur son ventre, l'autre sur ses chevilles.

Sopia prit son élan et, de toutes ses forces, abattit le marteau sur le genou gauche du prisonnier, lui faisant éclater le ménisque!

Même les Vietnamiens, pourtant habitués à l'horreur, sentirent leur peau se ratatiner devant l'écœurant bruit d'os brisés. Quant au hurlement du cyclo, il dut s'entendre jusqu'à Angkor. Le souffle coupé, il perdit connaissance. Le genou ressemblait à un énorme potiron gorgé de sang contrastant avec le visage blême du supplicié.

Sopia alla inspecter le trou provoqué par le projectile du pistolet, puis retourna à la cuisine et revint avec une bouteille de vinaigre, dont elle déversa le contenu sur le visage du prisonnier. Ce dernier se redressa en sursaut, glapissant de douleur. Sopia le fixa d'un air écœuré et lui lança :

– Eux, ils ne connaissent pas les gens de l'Angkar. Moi, je suis restée cinq ans avec vous, je sais comment vous fonctionnez. Tu as encore une toute petite chance de sauver ta vie. Seulement, si tu ne parles pas assez vite, tu te traîneras comme une chenille dans les rues de Phnom Penh, parce que je vais te briser tous les os, les uns après les autres. Je te donne une minute pour réfléchir.

Sherry freina brutalement. Une douzaine de soldats en uniforme venaient de surgir du virage et barraient la route. Depuis qu'ils avaient quitté Battambang, c'était le premier barrage militaire. La zone qu'ils traversaient était presque déserte, de rares villages, et très peu de gens. Dans le lointain, on apercevait les sommets bleutés du massif des Cardamomes, à cheval entre le Cambodge et la Thaïlande. Chieng se redressa et dit d'une voix douce :

– Ce n'est pas un barrage.

La jeune Américaine réalisa soudain que l'uniforme des soldats était d'un vert différent des gouvernementaux. Son cœur se mit à battre plus vite : elle se trouvait en face de Khmers rouges. Tous très jeunes, le visage fermé, ils entouraient le véhicule. Chieng se retourna vers leur passager et lui jeta quelques mots.

Aussitôt, ce dernier sauta à terre et entraîna un des soldats à l'écart. La conversation dura une bonne dizaine de minutes, puis il revint à la Land Cruiser et ouvrit la portière. Trois des soldats se tassèrent à l'arrière avec leur Kalachnikov et leur lance-grenades. Les autres disparurent dans la jungle. Il commençait à pleuvoir et le ciel très bas rendait l'atmosphère encore plus sinistre.

Sherry conduisait comme une automate. Plus personne. Ils traversaient le no man's land entre la zone gouvernementale et celle des Polpotistes. Encore quelques soldats, près d'une batterie anti-aérienne. La jeune femme se tourna vers Chieng. Nerveuse.

– Vous savez où nous allons?

– Oui, dit-il, au quartier général des Polpotistes, mais ne craignez rien, ce sont nos amis.

Ils roulèrent encore près de deux heures, contournant la ville de Pailin. Arrêtés trois fois par des barrages. Puis, un des soldats fit signe de tourner à droite dans un sentier s'enfonçant dans la jungle. Il faisait horriblement chaud et les moustiques s'écrasaient sur le pare-brise. La Land-Cruiser cahotait dans de profondes ornières. Soudain, elle dut stopper devant des chevaux de frise, renforçant un fossé anti-chars. Une déviation avec des chicanes permettait de passer.

Dans l'ombre des bois, Sherry aperçut la silhouette d'un T.62, char lourd offert par les Chinois aux Khmers rouges. Cela grouillait d'uniformes. Chieng se tourna vers elle avec un sourire radieux.

– Nous sommes arrivés au QG de l'Angkar.

CHAPITRE XV

Malko n'arrivait maintenant à tenir la tête hors de l'eau qu'en se redressant sur ses bras en extension. La douleur musculaire était encore supportable. Inlassablement, le faux bonze continuait à ajouter de l'eau...

Celle-ci clapotait déjà à la hauteur du menton de Malko. Sentant l'ankylose gagner ses bras, celui-ci, bloquant son souffle, plongea la tête sous l'eau, pour se reposer comme il l'avait déjà fait à plusieurs reprises.

Au moment où il remontait, quelque chose pesa soudain sur sa tête. Il crut qu'on avait posé un couvercle sur la baignoire avant de réaliser que c'était une main humaine! Tout simplement, on était en train de le noyer. Bandant ses muscles, il tenta en vain de sortir la tête de l'eau. La panique le submergea. La noyade était une mort atroce. Il avait beau se répéter qu'ils avaient besoin de lui vivant, la pression se maintenait... Les poumons prêts à éclater, il ouvrit la bouche et avala plusieurs gorgées d'eau saumâtre, s'étranglant aussitôt. La trachée encombrée de liquide, il fut pris d'une effroyable quinte de toux et perdit connaissance.

Lorsqu'il revint à lui, encore hoquetant, il aperçut les cheveux gris de son « interrogateur » debout à côté de la baignoire. Malko était maintenu hors de l'eau par deux des jeunes gens au crâne rasé. Dès qu'ils le virent reprendre connaissance, ils le lâchèrent et il replongea sous la surface. Mais, cette fois, personne ne l'empêcha de ressortir la tête de l'eau. En équilibre sur ses bras tendus, il entendit la voix douce du Cambodgien aux cheveux gris.

– Votre interrogatoire a commencé. Je vous conseille d'être raisonnable. Qui sont vos complices dans la clique de Pailin?

Les mots parvinrent faiblement à son cerveau. C'était évidemment la seule question à laquelle il ne pouvait pas répondre, mais il fallait gagner du temps.

– Demandez à Jane Baron, répondit-il.

L'interrogateur n'éleva pas la voix.

– Ne faites pas l'imbécile. Jane Baron est morte, nous l'avons exécutée et vous le savez très bien.

Une lueur furieuse traversa fugitivement les yeux noirs de son interlocuteur. Il jeta un ordre à un des jeunes bonzes qui, immédiatement, pesa sur les épaules de Malko.

De nouveau, ce fut la noyade, les poumons serrés, la poitrine prête à éclater, puis l'eau dans les bronches... Cette fois, ils le remontèrent avant qu'il n'ait perdu connaissance... Il s'ébrouait encore quand la seconde question tomba :

– Du côté des fantoches pro-vietnamiens, qui sont ceux qui poussent à cet accord?

– Je n'en sais rien.

De nouveau le rictus haineux, mais cette fois Malko n'eut pas droit à la noyade.

– Quand et où doit se signer le protocole consacrant la trahison des valets de l'impérialisme? demanda le Khmer rouge d'un ton plutôt pompeux.

Si Malko n'avait pas été à moitié noyé, il aurait éclaté de rire... C'était une question à laquelle il pouvait répondre.

– Celui que vous avez torturé et assassiné à Siem Reap, Chang, devait m'apporter la réponse à cette question, dit-il. Je pense que cela devait se faire à Phnom Penh.

Cela, Ta-Mok le savait déjà...

– Et pourquoi ici et non pas à Bangkok, par exemple? demanda l'interrogateur d'une voix doucereuse.

– Je ne sais pas.

L'explosion fut brève et violente.

– Menteur! Sale Impérialiste! hurla l'homme aux cheveux gris. Parce que les fantoches de Hun Sen ont réclamé la tête du camarade Ta-Mok! Que vous allez leur remettre. Vous, un Américain!

Il se mit à vociférer en cambodgien et ses sbires replongèrent Malko dans l'eau. A nouveau l'horreur... Le temps lui parut infiniment long; puis il émergea, encore un peu plus faible. Le petit Polpotiste avait continué à verser ses seaux et, maintenant, seules ses narines affleuraient hors de l'eau. Et encore, parce qu'il se maintenait en équilibre sur la pointe de ses doigts. Les chaînes entourant ses chevilles s'enfonçaient douloureusement dans sa chair, et la courroie reliant son torse au fond de la baignoire était tendue à craquer.

Enfin, il eut un peu de répit, un des Khmers rouges lui maintenant la tête hors de l'eau en le tirant par les cheveux.

Il avait honte, il se sentait un animal, une loque avec comme seule idée : ne pas suffoquer.

– Très bien, fit de son ton mielleux son interrogateur, vous êtes très stupide. Vous pensez que l'entraînement de la CIA vous a endurci pour toutes les épreuves, mais vous vous trompez... Vous allez mourir d'une façon particulièrement désagréable. Sauf si vous acceptez de collaborer à un accord.

– Comment? cracha Malko, la bouche pleine d'eau.

– Je vous propose un échange : votre vie contre celle de cette Sopia Sen. Elle est plus coupable que vous, car il ne s'agit pas de votre peuple. Nous allons vous ramener à Phnom Penh et vous lui donnerez rendez-vous...

– Non, répondit Malko d'un ton ferme.

L'interrogateur referma posément son petit carnet et le remit dans la poche de sa chemise avec son stylo.

– Très bien, dit-il sans élever le ton.

Il lui tourna le dos et s'éloigna dans le couloir séparant les cellules. Celui qui tenait les cheveux de Malko les lâcha. Celui-ci plongea la tête dans l'eau et réussit tout juste à la redresser. On ne rajoutait plus d'eau... Les deux Polpotistes au crâne rasé le surveillaient avec intérêt. Dans quelques minutes, les muscles de ses bras allaient flancher et il enfoncerait son visage dans l'eau. Il réussirait sûrement à remonter deux ou trois fois. Mais la fatigue finirait par l'empêcher de se maintenir assez haut pour respirer.

A ce moment, comme l'avait prévu le Khmer rouge, il allait mourir comme un rat noyé dans un baquet.

*

Les pourparlers duraient depuis quatre heures au moins. La nuit était tombée et Sherry consacrait l'essentiel de son énergie à lutter contre les moustiques. Ils attaquaient par centaines, en vol vrombissant, cherchant chaque centimètre de peau nue. Avec terreur, elle se souvenait du dicton cambodgien : « Dans les Cardamomes, tout ce qui vole tue! » Ces moustiques-là véhiculaient la forme de malaria la plus dangereuse, sans compter la dingue et la fièvre jaune...

Accroupis le long des murs, la Kalach entre les genoux, l'air mortellement sérieux et le regard fixé sur une modeste porte, des soldats adolescents semblaient ne pas sentir les piqûres. Certains grignotaient discrètement une banane ou un letchi. Ils paraissaient en mauvaise santé, moroses. Derrière la porte se trouvaient les principaux chefs de l'Angkar, ceux qui avaient soumis le Cambodge à un effroyable génocide... dix ans plus tôt.

Pol Pot en personne était arrivé dans une Range Rover blindée avec ses vingt gardes du corps, les yeux dissimulés derrière des lunettes noires. Seul, Ta-Mok manquait, et pour cause.

Sherry sursauta. La porte venait de se rouvrir sur un homme charmant et souriant, à la silhouette épaisse :

Khieu Sampan, le porte-parole des Khmers rouges et leur ministre itinérant des Affaires étrangères. Il vint s'asseoir à côté de la jeune Américaine et engagea la conversation en excellent anglais, évoquant ses souvenirs de New York, citant des restaurants qu'il fréquentait du temps où il siégeait aux Nations Unies. Au fond de cette jungle sauvage et inhospitalière, dans cette ambiance guerrière, c'était totalement surréaliste... Il s'excusa brusquement, un des gardes venait de chuchoter quelques mots à son oreille.

– Je dois vous quitter, dit-il.

Encore une demi-heure de palabres secrètes. Puis le marchand de rubis du marché Toutophom réapparut. Il alla échanger quelques mots avec Chieng, accroupi lui aussi dans un coin de la pièce. Le chauffeur s'approcha de Sherry et annonça :

– Tout va bien, nous repartirons demain matin très tôt pour arriver à Phnom Penh dans la soirée.

– Parfait, approuva Sherry, soulagée.

Elle n'osa pas demander ce qui s'était passé.

Khieu Sampan réapparut à son tour et glissa dans la main de la jeune Américaine un petit paquet avec un sourire ravi.

– Ceci est un modeste cadeau de la part du camarade Pol Pot, annonça-t-il. Il apprécie beaucoup le fait que vous soyez venue jusqu'ici et votre contribution à la réconciliation nationale. Nous considérons les Etats-Unis comme une grande puissance amicale.

Sherry regarda le paquet, tétanisée. C'est un peu comme si Hitler lui avait offert des boucles d'oreilles. Sous le regard paternel du Khmer rouge, elle l'ouvrit et retint un cri de stupéfaction.

C'était un rubis d'une eau admirable – sang de pigeon – de cinq ou six carats... Un cadeau princier. Elle croisa le regard amusé de Khieu Sampan.

– Cette région produit beaucoup de pierres précieuses, expliqua-t-il. Leur vente a servi à maintenir notre effort de guerre. Venez, je vais vous conduire à votre bungalow.

Elle sortit à sa suite. Le camp, en pleine jungle, au nord de Pailin, comportait de grands bâtiments de bois pour les soldats, un pavillon central et une douzaine de bungalows d'invités... Celui de Sherry était éclairé par une unique ampoule jaunâtre. Un seau d'eau faisait office de salle de bains. Khieu Sampan mit en route un ventilateur rouillé et la quitta avec un sourire.

– Bonne nuit et bon retour!

Restée seule, Sherry s'allongea sur le lit, contemplant son rubis. La tête lui tournait : tant de choses avaient basculé dans sa vie depuis qu'elle avait découvert le cadavre de Jane Baron. Elle se trouvait projetée dans un monde qu'elle avait à peine soupçonné, où les gentlemen pratiquaient la sodomie, où les criminels de guerre vous offraient des pierres précieuses et où les enfants amputés faisaient de l'espionnage.

Elle ferma les yeux, pensant à Malko. Instinctivement, elle commença à frotter ses cuisses légèrement l'une contre l'autre, revivant sa première étreinte avec lui. Certes, Sherry avait eu un certain nombre d'amants, mais n'avait ressenti avec aucun la violence de l'autre soir. Elle en frémissait encore d'une honte délicieuse, repensant au moment où il s'était emparé de ce qu'elle n'aurait jamais pensé offrir à un homme.

Un jour, elle avait lu dans un journal qu'un voyou avait sodomisé une femme et sa mère lui avait dit que des individus pareils devraient être castrés. Jamais, elle n'oserait lui raconter son aventure... Pourtant, en fermant les yeux, elle y pensait encore avec un trouble exquis. Tellement que, dès qu'elle eut posé la main sur le bas de son ventre, presque sans bouger les doigts, un picotement exquis monta de ses cuisses, suivi d'une secousse plus forte qui la laissa pantelante. Elle regarda vers la porte, honteuse, comme si quelqu'un avait pu surprendre son orgasme secret.

C'était bien la première fois qu'elle jouissait ainsi, sans même se caresser vraiment. Elle réalisa soudain que tout ce qu'elle souhaitait, c'était de retrouver son amant et de faire l'amour avec lui, de toutes les façons.

Pour être sûre qu'elle n'avait pas rêvé.

Elle allait compter les heures. Si seulement, elle avait eu un téléphone! Mais elle se trouvait au bout du monde, en pleine jungle. De nouveau, elle ferma les yeux, se demandant ce que faisait Malko. En proie déjà à la jalousie. Il y avait tant de Cambodgiennes disponibles à Phnom Penh.

Malko ouvrit les yeux. Il était allongé à même le sol de la salle de torture, avec de nouveau les anneaux de fer aux chevilles. Sa poitrine le brûlait. Il était trempé et avait presque froid en dépit de la chaleur moite du sous-sol. Il lui fallut quelques secondes pour réaliser qu'on l'avait arraché à la mort à la dernière seconde, alors qu'il avait coulé au fond de la sinistre baignoire.

Evidemment : mort, il ne servait plus à rien. Il se sentait tellement épuisé qu'il regretta presque qu'on ne l'ait pas laissé se noyer. Puis l'instinct de conservation reprit le dessus. Quelle nouvelle horreur l'attendait?

Il avait perdu la notion du temps.

Quelqu'un se pencha sur lui et le saisit par les épaules. Il entendit un échange en cambodgien et aperçut dans son champ visuel l'interrogateur et un des « bonzes ». Les deux autres le mirent debout, le soutenant pour qu'il ne tombe pas. Avec ses fers, il ne pouvait se déplacer seul. On le traîna donc jusqu'au tabouret installé derrière l'établi, et on l'y assit. Puis, un de ses bourreaux lui saisit le poignet, le glissant de force dans l'étau.

Un tour de vis et il fut immobilisé, le métal mordant sa chair.

De l'autre côté, une plaque métallique forçait sa main à demeurer à plat, facilitant la tâche du tortionnaire. La conscience lui revenait et, avec elle, la peur; on a beau se dire qu'on peut très bien vivre sans ongles, il y a un moment difficile à passer quand on commence à vous les arracher. Malko se concentra de toutes ses forces pour maîtriser les battements de son cœur et l'angoisse lui nouant l'estomac. Pensant et repensant à Alexandra, cherchant les moments d'extase qui pointaient hors de ses innombrables souvenirs érotiques.

Avec un ricanement, un des « bonzes » lui prit l'index et lui caressa l'ongle... Chez les Khmers rouges, on apprenait la cruauté avant l'alphabet... Il se demandait pourquoi ils ne commençaient pas la séance. Peut-être pour éprouver ses nerfs. Jusqu'au moment où il réalisa que le sinistre interrogateur n'était pas là... Ce qui lui donnait un faible répit.

Sopia Sen contemplait d'un air dégoûté ce qui restait du conducteur de cyclo-pousse. Il ne risquait pas de remonter en selle, les jambes brisées en plusieurs endroits. Le sang de ses blessures avait coulé de la table, inondant le carrelage, rouge par bonheur. L'hypothèse de Malko s'était révélée exacte : il faisait bien partie du réseau Ta-Mok à Phnom Penh. En qualité de messager, ce qui lui avait permis de connaître toutes les planques utilisées par les hommes de Ta-Mok. Evidemment, sa confession n'était pas sortie facilement...

– Dépêchez-vous!

Sopia houspillait les policiers vietnamiens en train de traîner la loque humaine à travers la pièce.

La révélation la plus importante de Tong était l'emplacement d'une prison secrète réservée aux « traîtres ». C'était là que Malko avait dû être emmené. Il était peut-être encore temps de le sauver.

On bascula le corps inanimé du cyclo dans le coffre de la Mercedes et Sopia Sen se glissa au volant. Dans son sac, il y avait un Colt 45 et les trois Vietnamiens étaient armés de pistolets. A Phnom Penh, les Polpotistes ne devaient pas disposer d'armement lourd... Comme un des Viets enfourchait sa Honda, Sopia l'arrêta.

– Venez dans la voiture, vous êtes trop reconnaissable avec ça.

Ils obéirent aussitôt et elle prit à droite, filant vers le sud de la ville, là où devait se trouver la prison. Si le cyclo avait menti, ils l'avaient sous la main pour un petit interrogatoire supplémentaire...

Pas un mot ne fut prononcé durant le trajet. La circulation devint rapidement fluide et des rizières entrecoupées de petits bois et de bananeraies remplacèrent les maisons. Sopia s'engagea dans un chemin longeant un canal d'irrigation, suivant les points de repère du cyclo. On était en pleine campagne, à cinq kilomètres de Phnom Penh. Soudain, la maison décrite par leur prisonnier apparut, très basse, avec son petit jardinet, et un gros banian dans le jardin.

– C'est là, dit Sopia, la gorge serrée.

Les Viets s'étaient tendus, on voyait les muscles jouer sous leurs mâchoires maigres. Les Khmers rouges avaient toujours été des adversaires redoutables, mais, là, ils bénéficiaient de la surprise...

La Mercedes s'arrêta et les quatre occupants jaillirent pratiquement ensemble des portières. Ce n'était plus le moment de finasser. Sopia pénétra la première dans le jardin. Au même moment, la porte s'ouvrit sur un jeune garçon vêtu comme un paysan, mais le crâne rasé... Il examina les intrus une seconde puis, sans dire un mot, et sans même tenter de refermer la porte, disparut à l'intérieur.

Ce fut probablement la plus mauvaise et en tout cas la dernière décision de sa vie.

Sopia, sans viser, se mit à tirer sur la silhouette qui avait plongé dans un escalier menant à un sous-sol. Les détonations firent trembler les murs de la cabane et les projectiles du Colt déchiquetèrent le dos du jeune homme qui atterrit, mort, au pied de l'escalier.

Les trois Vietnamiens bondirent sur ses talons comme des chats, pistolet au poing. Un autre crâne rasé se dressa devant eux, cherchant une arme. Un des Vietnamiens le foudroya d'une courte rafale de pistolet.

Ses deux compagnons arrivèrent au bout du couloir. A gauche se trouvait Malko, la main emprisonnée dans l'étau. A droite, un jeune homme fouillait dans une caisse. Il se redressa, une Kalachnikov au poing.

Il lui manqua une seconde pour actionner la culasse.

Les Vietnamiens tiraient comme des fous, sans réfléchir. Le Khmer rouge recula sous les impacts et s'effondra contre le mur, glissant lentement comme un pantin dont on coupe les fils. L'âcre odeur de la cordite rendait l'atmosphère irrespirable. Van Loc inspecta les cellules, toutes vides tandis que ses deux collègues achevaient les blessés en leur tirant une balle derrière l'oreille avec un sérieux d'expert-comptable. Sopia était en train de défaire l'étau maintenant la main de Malko qui parvint à lui sourire.

– Je crois que vous êtes arrivés à temps.

– Remerciez Sam, dit la jeune femme. C'est lui qui a retrouvé le cyclo-pousse.

Les Vietnamiens fouillaient tout, en commençant par les cadavres. Ils découvrirent des armes, des explosifs et un RPG 7 soigneusement enveloppé dans du papier huilé. Des traces de sang dans les cellules montraient qu'elles avaient été utilisées. Dix ans après leur départ de Phnom Penh, les Khmers rouges faisaient encore régner la terreur dans la capitale cambodgienne! Les trois policiers s'approchèrent.

– Il n'y en avait pas d'autres?

Malko pensa soudain à l'homme aux cheveux gris.

– Si, dit-il, sûrement le plus dangereux.

Sopia Sen échangea quelques mots avec Van Loc.

– Nous allons établir une planque, annonça-t-elle. Deux policiers vont rester ici et je vais vous ramener en ville, vous devez avoir besoin de vous reposer.

Il avait surtout mal aux chevilles et l'impression que tout son tube digestif le brûlait. Ils remontèrent à la surface et Sofia jeta quelques mots aux policiers. Ceux-ci ouvrirent le coffre. Malko s'approcha et frémit d'horreur : la loque sanglante tassée à l'intérieur bougeait faiblement.

Avec une exclamation de fureur, un des Vietnamiens sortit un pistolet, l'appuya contre la tempe du mourant et appuya deux fois sur la détente. Ensuite, il ne bougea plus...

A deux, ils sortirent le corps du coffre, le traînant jusqu'à la rizière proche. Sofia eut un ricanement assez cruel.

– Il va servir d'engrais! C'est bien son tour.

On prétendait à Phnom Penh qu'au pied de chaque cocotier planté par les Polpotistes, il y avait un cadavre... Malko prit place dans la Mercedes qui s'éloigna de la ferme en cahotant.

Peut-être que l'homme aux cheveux gris reviendrait. Lui en savait sûrement beaucoup sur Ta-Mok. Sopia se tourna vers lui.

– Que voulaient-ils savoir?

Il le lui dit et elle hocha la tête.

– Les gens de Pailin ont sous-estimé Ta-Mok. Il est le seul, apparemment, à posséder encore un réseau structuré à Phnom Penh. Et encore, nous ne savons pas tout.

– Que va-t-il se passer?

– Ça dépend de Pailin. Ta-Mok n'ira sûrement pas là-bas, maintenant. Et il est difficile d'aller le chercher. J'ai peur que notre histoire s'arrête là, conclut-elle sombrement. Hun Sen ne peut pas tenir tête indéfiniment aux vieux crabes de Hanoï s'il n'a rien de concret à leur offrir.

– Pas de nouvelles de Chieng et de Sherry?

– Aucune.

La tête lui tournait, il avait hâte de s'étendre dans un lit, de se soigner. Pourvu que Sherry réapparaisse. Avec de bonnes nouvelles.

CHAPITRE XVI

Malko éprouva un pincement de cœur en pénétrant dans le parking du *Cambodiana* : la Land Cruiser blanche était là ! Sopia Sen l'avait vue aussi. Elle poussa un soupir de soulagement.

– J'espère qu'ils ont de bonnes nouvelles...

C'est Chieng qui leur ouvrit la portière, souriant à son habitude. Trente secondes plus tard, Sherry se jetait dans les bras de Malko sous le regard intéressé des portiers. Sopia avait déjà entraîné Chieng à l'écart et bavardait avec le Cambodgien à voix basse. Sherry se recula un peu.

– *My God!* J'ai cru ne jamais te revoir. Viens vite, je veux être avec toi.

Elle le tirait par la main. Malko résista et se rapprocha de Sopia Sen. En dépit de son mauvais état physique, il avait hâte de connaître le résultat du voyage.

La Cambodgienne chuchotait à voix basse avec Chieng. A son visage fermé, Malko se dit que les nouvelles n'étaient pas bonnes... Au bout de quelques minutes, elle se retourna vers lui avec un rictus plein d'amertume.

– Le camarade Ta-Mok a été exclu du Comité Central de l'Angkar, annonça-t-elle. La nouvelle va être rendue publique.

– C'est excellent, fit Malko.

– Ça, c'est la *bonne* nouvelle, continua Sopia Sen. La mauvaise, c'est que les gens de Pailin gèlent nos négociations tant que Ta-Mok est toujours vivant. Ils refusent désormais de se charger de son élimination.

La méga-tuile. Sopia Sen écumait visiblement de fureur. Seuls les Khmers rouges avaient la possibilité de se débarrasser de Ta-Mok. L'armée cambodgienne, à supposer qu'on lui en donne l'ordre, n'en était pas capable. Autrement dit, le projet tombait à l'eau. Laissant la place à la Solution Rouge. Tous les efforts de Malko pour arracher le Cambodge au communisme avaient été vains.

– Que vont dire vos alliés vietnamiens? demanda-t-il à Sopia Sen.

Elle le foudroya du regard.

– Que voulez-vous qu'ils disent? Les Polpotistes se défilent. Ils ont peur de Ta-Mok.

Malko n'en pouvait plus, rêvant d'un lit comme un chien rêve d'un os.

– Nous ferons le point demain matin, proposa-t-il. Je ne suis pas très frais.

La Cambodgienne remonta dans sa Mercedes sans un mot. Sherry le tirait par le bras et il se laissa faire. A peine dans la chambre, elle l'enlaça. Malko tenait tout juste debout, un horrible vertige lui donnait la nausée.

– Qu'est-ce que tu as? demanda-t-elle, intriguée. Tu es vert...

Il commença à se déshabiller sans répondre. Lorsqu'elle aperçut les marques à vif sur ses chevilles, elle poussa une exclamation horrifiée.

– Qu'est-ce qui t'est arrivé?

Malko le lui expliqua. Sherry, bouleversée, choquée, le dévisageait comme s'il était un Martien... Son regard allait des stigmates de ses chevilles à son visage. Des larmes emplirent ses grands yeux verts.

– J'ai peur! Je ne comprends pas le monde où tu vis, c'est effroyable, balbutia-t-elle.

Elle le fixait avec un mélange d'horreur et de fascination. De nouveau pris de vertiges, il s'allongea.

– Ce sont les risques de mon métier, dit-il. Raconte-moi plutôt ton voyage.

Sherry n'en avait visiblement pas envie. Elle le rejoignit et il la prit dans ses bras. Elle répondit aussitôt à son étreinte, pour murmurer finalement d'une voix inquiète :

– Tu peux quand même faire l'amour?

Sa main posée sur Malko lui apporta une réponse rassurante. Comme pour se faire pardonner son émotion, elle la remplaça très vite par sa bouche. C'était la première fois qu'elle caressait Malko ainsi. Il fut surpris de sa science et de sa furia. A tel point qu'à l'issue d'un moment exquis, Malko ne put se retenir et explosa dans sa bouche. Sherry le but courageusement. Un peu plus tard, comme il la complimentait sur ses dons, elle devint d'abord écarlate, avant de murmurer :

– A UCLA (1), j'étais très sollicitée par les garçons. Mais je ne voulais pas faire l'amour avec n'importe qui. J'étais encore vierge. Alors des copines m'ont expliqué que c'était le meilleur moyen pour garder ses « dates ». Finalement, mes flirts ne se plaignaient pas trop.

Malko les comprenait...

Il n'arriva pas ensuite à s'endormir, se demandant comment sa mission allait évoluer et même s'il reverrait un jour son château de Liezen et Alexandra. Avant de partir, passant par Paris, il avait commandé chez Claude Dalle un superbe cabinet en palissandre pour sa bibliothèque. Il risquait bien de ne jamais en profiter...

Impossible d'entrer en contact avec la CIA.

Normalement, il devrait décrocher, mais il se souvenait de l'avertissement de Vladimir Kartoff. Si les Vietnamiens renonçaient à la solution modérée, ils risquaient de le liquider. Tant qu'il ne bougeait pas de Phnom Penh, ils pouvaient encore se faire des illusions.

(1) University Campus of Los Angeles.

Cependant, il avait beau se creuser la tête, il ne voyait pas comment se substituer aux Khmers rouges de Pailin, pour l'élimination physique de Ta-Mok.

Un soleil de plomb inondait la piscine du *Cambodiana*. Malko n'arrivait pas à se baigner. Il avait même l'impression de se noyer rien qu'en regardant l'eau où s'ébattait Sherry, moulée dans un deux-pièces minuscule d'où ses seins semblaient prêts à s'échapper. Un bel animal plein de santé. Elle cessa de nager, grimpa l'échelle de la piscine et s'y immobilisa, de profil par rapport à lui, le buste en avant, et la croupe volontairement cambrée en une pose agressivement suggestive. Puis elle tourna la tête et lui sourit. Malko sentit son ventre s'embraser devant cette provocation muette. A l'insu des gens autour d'eux, elle lui rappelait son fantasme.

Une silhouette apparut soudain derrière elle, un homme qui venait d'émerger de l'hôtel. De taille moyenne, les cheveux gris en brosse, des espadrilles, une chemisette, une serviette à la main. Le pouls de Malko s'emballa. C'était son « interrogateur » de la prison secrète!

L'homme se dirigeait vers lui, très calme. Malko se redressa sur sa chaise longue. Le Colt se trouvait à ses pieds dans sa sacoche. Sherry, son exhibition terminée, arrivait derrière le Cambodgien en balançant ses hanches, un sourire amoureux aux lèvres. C'était une superposition cauchemardesque... Malko était debout lorsque l'homme arriva à sa hauteur. Celui-ci le salua d'un bref signe de tête et dit tout de suite :

– Ne craignez rien. Je désire m'entretenir avec vous.

Sans attendre la réponse de Malko, il attira une chaise à lui et s'installa. Sherry regardait le nouveau venu, intriguée. Pourquoi Malko ne la présentait-il pas? Vexée, elle fit demi-tour et replongea dans la piscine.

L'interrogateur attendit qu'elle se soit éloignée pour dire simplement :

– Ne tentez rien contre moi, je ne suis pas venu en ennemi. Je suis désolé pour ce qui s'est passé, mais j'obéissais aux ordres.

– Que voulez-vous? demanda Malko, la main posée sur sa sacoche.

– Vous transmettre un message du camarade Ta-Mok.

C'était fou.

– Il souhaite vous rencontrer.

Malko scruta son visage, se demandant ce que cela cachait. Mais l'homme aux cheveux gris demeura impassible, se contentant de préciser :

– Le camarade Ta-Mok ne se considère pas comme l'ennemi des Etats-Unis, mais rejette la politique révisionniste de l'Angkar dont il est un des fondateurs.

– Dans ce cas, dit Malko, je ne vois pas ce qu'il peut avoir à me dire.

Le silence se prolongea quelques instants. Sherry était ressortie de la piscine et se promenait autour, déclenchant des flots de mauvaises pensées chez les ONG allongés sur les bords.

Malko se dit qu'il lui suffisait de prendre son arme et d'appeler ensuite les Vietnamiens pour que la carrière et probablement la vie de l'interrogateur s'arrêtent net. Ce dernier, conscient peut-être du danger, reprit d'un ton neutre :

– Le camarade Ta-Mok entend protéger les intérêts des masses populaires chinoises qui l'ont toujours soutenu.

Un déclic se fit tout à coup dans la tête de Malko. Ta-Mok ignorait encore la décision des Khmers rouges de Pailin de stopper les négociations avec la CIA et les Vietnamiens, tant que lui, Ta-Mok, ne serait pas éliminé. Il craignait donc d'être marginalisé si l'accord se faisait sans lui. Sa soi-disant défense des masses populaires chinoises n'était qu'un habillage pour sauver la face.

Malko eut quelques secondes de jubilation intérieure. S'il arrivait à amener à la table de négociation les gens de Pailin, Ta-Mok et les Vietnamiens, sa mission était un succès. Et Ta-Mok ne serait pas le premier révolutionnaire pur et dur à mettre de l'eau dans son vin.

– Admettons que j'accepte le principe d'une telle rencontre, répliqua Malko, je dois avoir une idée, *avant*, de ce qu'il souhaite.

– La paix, répondit aussitôt l'homme aux cheveux gris. Le camarade Ta-Mok a toujours combattu pour la paix. Il désire pouvoir contrôler l'application éventuelle d'un accord entre les parties cambodgiennes, de façon à éviter toute dérive révisionniste.

Traduit de la dialectique communiste, cela signifiait qu'il réclamait un strapontin dans le futur gouvernement de coalition modérée, probablement pour y défendre les intérêts des Chinois qui devaient se sentir trahis par les autres Khmers rouges. Tout devenait logique. Mais, comme dit le proverbe allemand : « Pour dîner avec le diable, il faut une longue cuillère. » Or, Ta-Mok était un « diable » particulièrement redoutable et Malko avait toutes les raisons de s'en méfier.

– Où comptez-vous organiser une telle rencontre? demanda-t-il. Il est hors de question que je quitte Phnom Penh.

– La rencontre peut se dérouler à Phnom Penh, affirma sans broncher l'homme aux cheveux gris. Si vous me donnez votre accord de principe, je vous communiquerai le moment et le lieu quelques heures avant.

Son regard traversa sans la voir la superbe anatomie de Sherry revenue s'allonger à côté de Malko.

– Je suis d'accord, fit ce dernier, mais je vais en parler, bien entendu, à mes partenaires vietnamiens.

– Très bien, approuva le Cambodgien. Je vais transmettre votre réponse au camarade Ta-Mok.

Il se leva, raide comme la justice, salua d'une légère inclinaison de tête et s'éloigna vers l'hôtel. Pas un mot des quelques morts qui avaient jalonné le début de leur

« dialogue ». Aux poubelles de l'histoire, Phong Ton, Palin Yukanthor, Jane Baron, Chang, le cyclo-pousse, les faux bonzes...

Sherry se pencha vers Malko.

– Qui est ce bonhomme? Encore un de tes « spooks »?

– Tout à fait, dit Malko. C'est le Khmer rouge qui m'a torturé.

L'Américaine bondit comme si un scorpion l'avait piquée.

– Qu'est-ce qu'il faisait là? Pourquoi tu ne l'as pas tué? Tu es armé.

Malko la calma d'un sourire patient.

– Tu ne connais pas encore toutes les règles de ce jeu. Il venait en émissaire de paix.

Sherry secoua ses cheveux roux, accablée. Décidément, ce monde lui échappait. Malko avait hâte de communiquer à Sopia Sen ce rebondissement. Peut-être le début du succès.

Sopia Sen bouillait de rage impuissante, tirant nerveusement sur sa cigarette, aussi rigide que le dossier de la chaise chinoise sur laquelle elle était assise.

– C'est un piège, explosa-t-elle. Il fallait s'emparer de cet homme. Nous l'aurions interrogé, fait parler.

– Pour apprendre quoi? objecta Malko. Où se trouve Ta-Mok? Cela ne servirait à rien. Par contre, si ce qu'il propose est réel, c'est peut-être la fin de nos problèmes. Je comprends vos sentiments à l'égard de Ta-Mok. Mais nous avons pour but d'épargner au Cambodge un nouveau génocide, pas d'assouvir une vengeance personnelle.

Sopia Sen bondit.

– Ce n'est pas une vengeance personnelle! Ta-Mok est un assassin, il hait le monde occidental. Il nous tend un piège.

Si on ne négociait pas avec les assassins en politique,

les salles de conférences seraient vides. Le tout était de ne pas assassiner à contretemps.

– Peut-être, reconnut-il, mais c'est aussi un homme intelligent. Il s'est rendu compte qu'il était minoritaire, il essaie de prendre le train en marche.

La Cambodgienne lui jeta un regard apitoyé.

– Vous ne le connaissez pas comme moi. Je le hais, mais je reconnais son courage physique et son désintéressement. Cela fait des années qu'il n'a plus de vie privée. Il est dévoué corps et âme à l'Angkar.

« Il n'a jamais rien volé, même pas une radio! Lorsqu'il avait des dizaines de femmes à sa disposition, il ne s'en servait pas. Il dort sur un lit de camp, vit sans aucun confort. Seule compte la Cause.

– Sa proposition est peut-être une façon à ses yeux de continuer à la servir, remarqua-t-il. C'est peut-être aussi un piège. Nous verrons.

Sopia se tourna vers lui, presque suppliante.

– Il faut me croire, ce ne peut être qu'un piège... Il faut lui en tendre un à notre tour. Dès que vous aurez des nouvelles de ce Polpotiste, dites-le-moi. Il veut vous tuer.

La Cambodgienne secoua la tête.

– Vous représentez les Etats-Unis. Le danger. En vous liquidant, il ferme définitivement la porte, se disant que les Américains ne tenteront plus rien, dégoûtés. C'est l'explication de la cruauté avec laquelle il a agi envers Phong, Chang et vous-même. Il tue et envoie un message de paix en même temps.

« Il y a un élément supplémentaire. Vous lui avez porté des coups très durs et vous lui avez échappé. Il est vexé. C'est devenu une affaire personnelle à ses yeux. Nous sommes en Asie. Vous lui avez fait perdre la face. Ce n'est qu'en vous tuant qu'il la retrouvera.

– Vous avez peut-être raison, dit Malko, en se levant. L'avenir nous départagera.

Il savait que Sopia Sen avait raison : il y avait 90 % de chances que le rendez-vous de Ta-Mok soit un piège. Seulement, on était en Asie où les retournements sont fréquents et il ne pouvait pas négliger les 10 % de chances restantes. Même au péril de sa vie. C'était à lui de prendre toutes les précautions nécessaires pour qu'un éventuel traquenard tendu par Ta-Mok échoue.

Il avait maintenant hâte de récupérer Sherry au *Samaki* où elle devait l'attendre avec Sam.

Le regard de Sam allait sans arrêt de Malko à Sherry en train d'ajuster sa jambe artificielle sur son moignon. Ses yeux étaient pleins de larmes qu'il essuyait sans cesse d'un geste automatique. Un prothésiste de WORLD HANDICAP assistait la jeune Américaine. Malko détourna le regard : le spectacle de ce bambin affligé de cette prothèse était horrible. Et pourtant, Sam semblait ne jamais avoir été aussi heureux de sa vie.

A peine eut-on fixé la dernière courroie qu'il sauta de sa chaise et faillit perdre l'équilibre. Il se rattrapa et fit le tour de la pièce en marchant d'une façon bizarre, toujours au bord de la chute, mais sans ses béquilles.

– Il lui faudrait une canne, conseilla Sherry, émue aux larmes elle aussi.

Sam claudiquait d'une façon désastreuse, le visage rayonnant de bonheur. Il jeta une phrase au prothésiste, très excité.

– Il va s'acheter au marché un pantalon et des chaussettes, comme cela, on croira qu'il a une vraie jambe... traduisit-il.

Sam se rassit et, tranquillement, défit les courroies fixant sa prothèse.

– Qu'est-ce qu'il fait? demanda Malko, ébahi.

Traduction et réponse ravie.

– Il va mendier maintenant. Avec sa nouvelle jambe, il ferait moins d'argent. Il ne la mettra que pour se détendre.

Sam sortit de la pièce sur ses béquilles, sa jambe sous le bras, fier comme Artaban.

L'homme aux cheveux gris surgit trois jours plus tard, dans la même tenue, tout aussi grave, à la piscine du *Cambodiana*. Sherry était en train de commenter à Malko un reportage sur le décorateur Claude Dalle qui occupait huit pages d'un grand magazine. Instinctivement, Sherry, allongée à côté de Malko, lui prit la main et la serra. Elle le suppliait tous les jours de quitter Phnom Penh avec elle. Il avait refusé, arguant d'obligations professionnelles, sans mentionner le rendez-vous avec Ta-Mok.

– Il me fait peur, dit-elle à voix basse.

L'envoyé de Ta-Mok s'arrêta devant eux et Malko se leva, l'entraînant à quelques mètres.

– Le camarade Ta-Mok a accepté votre offre de le rencontrer à Phnom Penh, annonça le Cambodgien.

CHAPITRE XVII

Malgré son habitude du danger, Malko éprouva un léger picotement au creux de l'estomac. Ta-Mok avait déjà essayé de le tuer deux fois. Il avait intérêt à prendre beaucoup de précautions pour cette rencontre. Impassible, le Khmer aux cheveux gris attendait la réponse.

– Quand et où? demanda Malko.

– Ce soir au *Tong-Kea*, à huit heures.

– Où est-ce?

– C'est un des restaurants flottants sur le Mékong, presque en face du Palais royal, à la hauteur de la rue 178. Est-ce que l'endroit vous convient?

Malko revit mentalement la topographie de la ville. Amarrés au quai parallèle au boulevard Lénine se trouvaient deux restaurants flottants connus pour la médiocrité de leur cuisine, la plupart du temps vides. En pleine ville, le long d'une promenade très fréquentée le soir. Il serait facile d'y placer un dispositif de sécurité important. Là où le bât blessait, c'est qu'il était obligé de faire appel à Sopia Sen ou au capitaine Sarin. Or, ceux-ci risquaient de ne pas se borner à protéger Malko... même si le Khmer rouge n'avait pas de mauvaises intentions. S'ils déclenchaient les hostilités, cela risquait de très mal finir : Ta-Mok ne viendrait sûrement pas seul...

– L'endroit ne vous convient pas? demanda l'homme aux cheveux gris, intrigué par le silence de Malko.

– Si, si, affirma ce dernier, je m'étonne seulement que votre chef se rende à Phnom Penh.

Un très faible sourire éclaira le visage grave de son interlocuteur.

– Le camarade Ta-Mok a toujours su apprécier les risques. C'est un homme d'expérience. Nous vous attendrons donc au *Tong-Kea* à huit heures. Si nos conversations se déroulent bien, nous demanderons à Mrs. Sen de se joindre à nous.

Il s'éloigna de son pas tranquille. Malko revint vers Sherry et lui expliqua ce qui se passait. Elle l'écouta, terrorisée.

– Tu ne vas pas aller à ce rendez-vous! s'exclama-t-elle.

– J'y suis obligé, répondit Malko.

Il se leva et s'habilla. Le temps allait passer très vite jusqu'au soir.

Le visage de Sopia Sen semblait taillé dans de l'ivoire. Toute sa vie s'était réfugiée dans ses prunelles noires.

– C'est une occasion unique! dit-elle lentement. Je vais prévenir le capitaine Sarin. Il a assez d'hommes sûrs pour que nous ne prenions aucun risque. Il n'est pas question de laisser Ta-Mok repartir de Phnom Penh vivant.

C'était évidemment la solution la plus séduisante et la plus simple. Mais Malko avait peu à peu acquis la certitude que l'élimination physique de Ta-Mok était une vengeance personnelle de Sopia Sen, qui l'avait fait endosser à ses alliés. Bien sûr, le vieux chef khmer rouge haïssait l'Occident et il avait lutté contre le plan américain par idéologie. Cependant, s'il ne pouvait être éliminé, il valait mieux trouver une solution avec lui que pas de solution du tout. Minoritaire, il perdrait beaucoup de sa capacité de nuisance.

– Gardons deux fers au feu, suggéra Malko. Puisque vous êtes conviée aussi, vous pourrez vous rendre compte de la réalité. S'il nous tend un piège, nous ferons tout pour le liquider.

Sopia Sen sembla se radoucir et se rallier à cette thèse.

– D'accord, dit-elle. Voilà comment nous allons procéder. Aucun de nos hommes ne se trouvera sur le *Tong-Kea.* On les regroupera dans des bateaux échoués un peu plus haut sur le Mékong et derrière l'enceinte du Palais royal de l'autre côté du boulevard Lénine. Moi, je resterai ici pour attendre votre éventuel signal. Si les choses se passent bien, vous m'envoyez Chieng.

« Nous aurons des guetteurs sur le quai, équipés de talkie-walkie. Si vous vous sentez en danger, allumez une cigarette. Dans ce cas, les hommes du capitaine Sarin investiront immédiatement le *Tong-Kea.*

Malko réfléchit quelques instants. Il lui suffisait de se placer à une table située face au quai pour être parfaitement visible de l'extérieur. Il serait armé et sur ses gardes. Ce qui évitait une surprise trop brutale.

– D'accord, mais vous me promettez de respecter vos engagements?

– Je vous le promets.

Sopia Sen se leva et vint vers lui.

– Si vous me permettez de me venger de Ta-Mok, d'une façon ou d'une autre, je vous en serai toujours reconnaissante, murmura-t-elle.

Toute la dureté de ses traits s'était effacée, faisant place au visage sensuel de la pulpeuse veuve. Il sentit contre lui la houle de son ventre et comprit qu'elle tenait à le récompenser d'avance. D'ailleurs, les mains qui couraient sur son corps étaient encore plus éloquentes. Après quelques brèves caresses, elle l'entraîna vers le grand lit-table. Sans même se déshabiller, elle s'y allongea et remonta son sampot sur ses hanches, découvrant son ventre nu. Quand Malko s'y enfonça, il découvrit que l'idée de se venger de Ta-Mok l'avait inondée. Il la pilonna sans retenue, tandis qu'elle gémissait, les cuisses ouvertes, les bras autour de lui. Elle devança de peu son orgasme, puis se redressa un peu plus tard, les yeux brillants, et rabaissa son sampot.

– J'aime faire l'amour à l'impromptu, dit-elle, quand j'en ai brutalement envie. Ce soir, si tout se passe bien, nous prendrons notre temps et je vous ferai une surprise.

– Laquelle? demanda Malko.

Sopia eut un sourire salace.

– J'ai une nièce très belle et très docile. Vous lui ferez tout ce que vous voulez et je regarderai. Maintenant, nous avons du travail.

Malko avait choisi une table du côté du quai, face au Palais royal. Le *Tong-Kea* était pratiquement vide, comme presque toujours en semaine. Le restaurant était installé sur une grosse barge et on y accédait par deux passerelles peintes de couleurs criardes. La cuisine et les logements du personnel se trouvaient au niveau inférieur, presque à hauteur de l'eau. La salle du restaurant était surélevée par rapport au quai. Au fond, une radio déversait de la musique traditionnelle cambodgienne. Face à une bière trop chaude, Malko attendait, tous ses sens en alerte.

Seules deux autres tables étaient occupées, par des couples cambodgiens. Les promeneurs du quai semblaient eux aussi bien innocents. Quelques cyclos bayaient aux corneilles, en face du Palais royal, comme le personnel aligné au fond du restaurant. Les guirlandes d'ampoules multicolores décorant le *Tong-Kea* n'arrivaient pas à lui donner l'air gai...

Sherry attendait au *Cambodiana*. Folle d'angoisse. Il avait repris sa première méthode pour la tranquilliser : une grande bouteille de Johnny Walker Carte Noire. Quand au dispositif mis en place par le capitaine Sarin, il était rigoureusement invisible. Malko se reversa un peu de bière. Huit heures quarante. Et si c'était un coup de bluff de Ta-Mok?

Sopia Sen attendait chez elle un éventuel signal de Malko... Sa bière terminée, il en recommanda une autre. Pour tromper son impatience, il se mit à scruter la rive à sa droite et éprouva une sensation bizarre. Le Palais royal semblait s'être déplacé! Il n'en voyait plus qu'une moitié. Il crut une fraction de seconde être le jouet d'une hallucination avant de réaliser la vérité toute bête : la barge qui supportait le *Tong-Kea* avait coupé ses amarres et dérivait en direction du sud. Il se leva brusquement et se précipita vers le bastingage. Une dizaine de mètres d'eau noire le séparait déjà de la berge en pente!

– Mr. Linge!

Il se retourna d'un bloc. Le Khmer aux cheveux gris avait surgi de nulle part, toujours aussi calme. D'un coup, Malko remarqua les visages figés des serveurs et de la caissière au fond du restaurant. Immobiles comme des mannequins.

Plusieurs hommes, en tenue noire, armés de Kalachnikov apparurent derrière le messager de Ta-Mok. Deux d'entre eux forcèrent les deux couples cambodgiens qui achevaient de dîner à quitter leur table, les entraînant dans la coursive inférieure. Les autres, silencieusement, prirent place aux coins de la salle.

– Qu'est-ce que cela signifie? demanda Malko.

Le Cambodgien eut son sourire parcimonieux.

– Le camarade Ta-Mok est très prudent. Il a certes confiance en vous, mais pas en votre entourage.

Malko regarda la berge qui s'éloignait. Que devaient penser les hommes du capitaine Jan Sarin? Avaient-ils prévu un dispositif sur le fleuve? Le courant, très fort, entraînait le restaurant vers la sortie de la ville. Déjà, on ne distinguait presque plus le Palais royal. Comme s'il avait deviné les pensées de Malko, l'homme aux cheveux gris précisa suavement :

– Une vingtaine de nos hommes sont montés à bord et ont neutralisé les éléments hostiles qui s'y trouvaient. Avant de couper les deux amarres qui retenaient le *Tong-Kea* au quai. Maintenant, nous sommes tranquilles pour bavarder.

Il s'assit en face de Malko. Un des soldats houspilla les serveurs pour qu'ils descendent au pont inférieur. Il ne restait plus dans le restaurant désert, mais toujours illuminé de guirlandes d'ampoules multicolores, que les soldats silencieux et presque invisibles dans la pénombre. Le silence était absolu : la barge dérivait sans bruit sur l'eau boueuse du Mékong. Un sampan passa près d'eux, un fanal jaunâtre à l'avant. Malko essaya de se remémorer la topographie des lieux. Environ quatre à cinq kilomètres plus loin, après le *Cambodiana*, le Mékong passait sous l'unique pont l'enjambant en 2 000 kilomètres, menant à la route N° 1, vers le Viêt-nam.

– Où se trouve Ta-Mok? demanda Malko.

– Vous allez bientôt le rencontrer.

Il était partagé entre la tension et la curiosité. Il s'était attendu à une astuce de la part du vieux Khmer rouge et ce qui se passait ne l'étonnait pas outre-mesure. Ta-Mok n'avait pas voulu se jeter dans le piège qu'il devinait, mais cela ne préjugeait en rien de ses intentions réelles. L'homme aux cheveux gris, parfaitement calme, n'avait pas une attitude hostile. S'il avait voulu tuer Malko, cela aurait pu être fait depuis un quart d'heure. Ce n'était pas le Colt 45 passé dans sa ceinture qui pesait lourd devant les Kalachnikovs des soldats en tenue noire.

– Où allons-nous?

Son vis-à-vis eut un sourire énigmatique.

– Où le courant nous porte. Quelques-uns de nos hommes nous guident avec des gaffes.

Les hommes du capitaine Sarin allaient sûrement réagir. Une route courait le long du Mékong et toute la région se trouvait sous contrôle gouvernemental. Quelle nouvelle astuce Ta-Mok pouvait bien avoir trouvée pour éviter le danger? Bien que l'armée cambodgienne ne possède que des hélicoptères lourds MI 26, les policiers pouvaient monter une opération avec les vedettes fluviales stationnées le long des quais. Les lumières du *Cambodiana* apparurent dans le lointain, sur leur droite. A cet endroit, le Mékong avait plus de deux kilomètres de largeur et la barge s'éloignait vers l'autre rive.

Malko croisa le regard de son interlocuteur. Le Cambodgien eut un hochement de tête amusé.

– Je vois que vous êtes impatient! Je vais donc vous remettre tout de suite un cadeau de la part du camarade Ta-Mok, en signe de réconciliation.

Il se retourna et héla un des soldats. Ce dernier disparut aussitôt dans l'escalier menant à la coursive inférieure. Malko attendait, intrigué. Le silence n'était troublé que par le bruissement de l'eau le long de la coque. Puis des pas firent trembler l'échelle métallique et le soldat réapparut. Il portait un sac de jute à la main et vint le déposer sans un mot à côté du vis-à-vis de Malko. Ce dernier le ramassa, le posa sur ses genoux et l'ouvrit. Toujours impassible.

Malko guettait ses gestes, pris d'une brutale angoisse. Tout cela était trop poli, trop léché... La main du Cambodgien émergea du sac, tenant une poignée de cheveux tressés en natte. Puis apparut le visage figé de Sopia Sen, les yeux encore ouverts. Sa tête avait été tranchée juste sous le menton.

– Voici le cadeau du camarade Ta-Mok! entendit Malko dans un brouillard. J'espère que c'est une bonne surprise.

Malko se força à regarder l'horrible dépouille que l'homme aux cheveux gris venait de poser sur la table, face à lui, retenant de toutes ses forces une incoercible nausée. Quelques heures plus tôt, cette bouche inerte et froide l'embrassait, ces yeux pétillaient d'intelligence. Il sentait son univers mental basculer devant cette cruauté froide. L'Asie lui réserverait toujours des surprises.

– C'est abominable! fit-il d'une voix blanche.

Le Khmer rouge l'observait d'un regard glacé, presque amusé.

– Mrs. Sen était une imbécile, lança-t-il d'une voix cinglante. Elle a trahi tout le monde et se croyait plus forte que nous. Elle a été très surprise de me voir.

– C'est vous qui...

Son interlocuteur inclina la tête affirmativement.

– J'ai obéi scrupuleusement aux instructions du camarade Ta-Mok. Cela a été facile de pénétrer dans sa maison. Elle s'y trouvait seule stupidement et n'a même pas eu le temps de résister. Mais elle a beaucoup supplié ensuite... Elle a même proposé de nous échanger sa vie contre la vôtre...

– Vous êtes ignoble, dit Malko, détournant le regard du macabre débris posé en face de lui.

Certes, Sopia Sen voulait, elle aussi, la tête du vieux Ta-Mok. Mais de la voir là, fraîchement décapitée, cela lui retournait le cœur. Ainsi, pendant que le capitaine Sarin mettait son dispositif en place, les hommes de Ta-Mok assassinaient la Cambodgienne.

La suite ne faisait aucun doute. Après Sopia Sen, ce serait lui. Son regard balaya rapidement les soldats embusqués sur le pont : ils le guettaient, prêts à faire feu au moindre mouvement.

Il releva la tête et croisa le regard de l'homme aux cheveux gris. Plein d'ironie et d'une haine méprisante. S'attendant visiblement à ce que Malko fasse quelque chose pour l'abattre sur-le-champ. La tension était palpable. Il fallait gagner du temps, faire assaut de cynisme, et profiter ensuite d'un relâchement passager de ceux qui le surveillaient. Sinon, il allait subir le sort de Sopia Sen. Une seule solution : convaincre son vis-à-vis qu'il croyait encore à la négociation...

Se penchant, il prit le sac de jute et, surmontant son dégoût, attrapa la tête décapitée par les cheveux pour l'y remettre. Le contact des cheveux gras et froids lui donna la chair de poule. Il laissa tomber la tête dans le sac et referma ce dernier, le posant sur le plancher. L'homme aux cheveux gris l'observait comme un cobra guette un lapin qu'il se prépare à engloutir.

– J'apprécie le cadeau de votre chef à sa juste valeur, fit Malko d'une voix cinglante. Mais quand allons-nous retrouver Ta-Mok ?

Une lueur de surprise passa dans les yeux de son vis-à-vis. Visiblement, le Cambodgien ne s'attendait pas à trouver un tel sang-froid chez Malko. Ce dernier perçut au même moment un bruit de moteur lointain, derrière eux sur le fleuve. Est-ce que les hommes de Jan Sarin se remuaient enfin ? L'homme aux cheveux gris semblait ne rien avoir entendu. Revenu de sa surprise, il répliqua avec un sourire glacial :

– Il y a un petit contretemps, dit-il. Le camarade Ta-Mok n'a pas voulu prendre le risque de se déplacer. Je vais donc vous amener jusqu'à lui.

– Il n'en est pas question, dit Malko.

Le Khmer rouge eut un geste apaisant.

– Oh, mais il n'est pas question de vous faire voyager. Ce serait trop difficile. Il est plus facile de ne transporter que votre tête. Il y a encore de la place dans ce sac.

Ses traits s'étaient durcis et il émanait de lui une cruauté abominable, en dépit de la voix trop douce. Malko leva les yeux et sentit une coulée glaciale le long de sa colonne vertébrale. Un homme torse nu, un coupe-coupe à la main, avançait silencieusement dans sa direction.

Il allait subir le sort de Sopia Sen : on allait le décapiter.

CHAPITRE XVIII

Le regard de Malko balaya le pont. Les soldats en noir avaient relâché leur attention, voyant qu'il ne se passait rien. Maintenant, tous regardaient l'homme au coupe-coupe. Malko sentit qu'il disposait de quelques secondes pour tenter quelque chose. Ensuite, ce serait trop tard. Avec son « 45 », il pourrait peut-être abattre quelques-uns de ses adversaires, mais pas tous. Cet instant de grâce n'allait pas durer.

Il souriait encore à l'homme aux cheveux gris lorsque, d'une seule détente, il se leva et plongea par-dessus le bastingage du *Tong-Kea*. Pris de vitesse, les soldats n'eurent même pas le temps de tirer. Malko vit monter vers lui l'eau noire du Mékong, puis heurta la surface du fleuve avec un « plouf » sonore. Très vaguement, il entendit une détonation, puis s'enfonça dans l'eau tiède. Quelques secondes plus tard, il refaisait surface et son visage heurtait une masse végétale : un des innombrables nénuphars qui dérivaient dans le courant. Il aperçut les lumières du *Tong-Kea* qui s'éloignaient et des points lumineux en jaillirent. Un petit geyser s'éleva à côté de lui. Une balle venait de frapper la surface de l'eau. Il replongea aussitôt, s'efforçant de rester entre deux eaux. Lorsqu'il refit surface, le restaurant s'était encore éloigné. Une ultime rafale troua le silence de la nuit.

Il était trop loin pour qu'ils puissent viser convenablement. Il se mit alors à nager vers la rive, luttant contre le fort courant. Au même moment, il entendit le ululement d'une sirène et aperçut une vedette descendant le courant à toute vitesse, grouillant d'hommes sur le pont : le capitaine Sarin s'était enfin lancé à la poursuite de Ta-Mok... Mais cela ne concernait plus Malko. Son Colt toujours glissé dans sa ceinture, il continua à nager, essayant d'effacer de sa rétine l'image de la tête décapitée de Sopia Sen. Quelques instants plus tard, une violente fusillade se fit entendre, un peu plus bas sur le fleuve, juste à la hauteur du pont. Il y eut des éclairs, une boule rouge, et il perçut une violente explosion sourde.

Une roquette antichar. Impossible de savoir qui l'avait tirée. Il se remit à nager, amer et épuisé. Sa mission était définitivement fichue. Il lui fallut plus de vingt minutes, à cause du courant, pour atteindre la rive marécageuse. Epuisé et amer, il se hissa sur la route déserte et se mit à marcher comme un automate vers le *Cambodiana*.

Le soleil radieux n'arrivait pas à effacer de la rétine de Malko la vision d'horreur de la nuit précédente.

La tête décapitée de Sopia Sen se superposait à travers la baie vitrée aux sampans fendant les eaux limoneuses du Mékong. Il revenait tout juste d'une entrevue tendue chez le capitaine Jan Sarin, qui avait cru Malko noyé. Dans les débris du *Tong-Kea* qui avait brûlé, on n'avait en effet retrouvé que la tête de Sopia Sen. Tous les Khmers rouges du commando avaient été exterminés par la patrouille fluviale, qui, dans sa fureur, avait aussi liquidé le personnel du restaurant, soupçonné de complicité passive.

Depuis la veille, le capitaine Jan Sarin ne décolérait pas contre ses hommes qui avaient été incapables de déceler l'infiltration des « Polpotistes ».

Ceux-ci avaient agi avec une astuce diabolique. Un des leurs, venant soi-disant de la part de Malko, avait demandé à Chieng d'aller chercher Sopia chez elle. Ils s'étaient glissés à sa suite dans la villa et l'avaient exécutée et décapitée sur place tandis que Chieng essayait de trouver du secours. Lorsqu'il avait ramené des policiers vietnamiens, c'était trop tard et le *Tong-Kea* voguait déjà sur les eaux du Mékong. Pour la première fois, lorsque Malko était descendu pour aller chez Jan Sarin, Chieng n'arborait pas son sourire habituel.

Malko broyait du noir en contemplant le Mékong tandis que Sherry prenait une douche. Les événements de la veille au soir sonnaient le glas de sa mission. Ta-Mok avait gagné sur toute la ligne. Il avait frappé avec une précision prouvant qu'il était remarquablement renseigné. Comme Palin Yukanthor l'avait été, ayant identifié Malko alors que celui-ci croyait lui tendre un piège.

Qui avait pu le renseigner, dans les deux cas?

Le téléphone sonna, interrompant sa réflexion.

– Comment allez-vous, *gospodine* Linge?

C'était la voix douce et le léger accent de Vladimir Kartoff.

– Pas trop mal, répondit Malko. Quel bon vent vous amène?

– J'ai pensé que ce serait sympathique de déjeuner ensemble, proposa le diplomate soviétique.

– Avec plaisir.

– Alors, à une heure, au restaurant de la Faculté.

Après avoir raccroché, Malko se dit que Vladimir Kartoff avait dû avoir vent des événements de la soirée précédente. Il venait aux nouvelles. Sherry sortait de la salle de bains, enroulée dans une serviette.

– Nous allons déjeuner avec un ami, annonça-t-il.

Elle se rembrunit.

– Encore un « spook »...

– Oui, confirma Malko et un Soviétique, en plus...

Elle secoua ses cheveux roux avec découragement.

– Quand est-ce qu'on part? Tu vas finir par te faire tuer. Tu n'as plus rien à faire ici.

Depuis que Malko était revenu trempé et choqué de son rendez-vous, elle ne vivait plus.

– Nous allons passer à Air Kampuchea, dit-il.

Il avait décidé de prendre le vol du lendemain pour Ho Chi Minh-Ville où il attraperait le « 747 » d'Air France, retrouvant enfin la civilisation et le bien-être. Il était temps de « démonter ». Sopia Sen disparue, il n'avait plus de contacts avec le gouvernement Hun Sen et, de toute façon, les Khmers rouges de Pailin ne donneraient plus signe de vie.

En gagnant le restaurant, il s'arrêta au bureau de Air Kampuchea sur le boulevard Achar Mean. Une employée très polie écouta sa requête, examina son billet de retour pour Saigon et son billet Air France, puis alla s'enfermer dans un bureau. Elle revint un peu plus tard, arborant une mine désolée.

– Il n'y a plus de place pour Ho Chi Minh-Ville avant la semaine prochaine, annonça-t-elle.

– Même si je paie en dollars?

– Il n'y a plus de place, répéta-t-elle, un peu sèchement, avant de passer au client suivant. Et il vous faut une autorisation de sortie...

Sherry regarda Malko, catastrophée. Cela faisait dix jours à attendre, mais il ne voyait guère d'autre moyen de se tirer de ce guêpier... C'est agacé qu'il rejoignit le restaurant de la Faculté. Un modeste établissement en tonnelle situé sur la place de la gare aux grilles cadenassées. Les trains qui partaient pour Battambang ou en arrivaient étaient rares, et les autorités voulaient éviter que la gare ne soit squattée par des sans-logis.

Vladimir Kartoff l'accueillit chaleureusement et baisa la main de Sherry, très étonnée de cet égard. Elle n'avait vu ça que dans des films en costume... Le déjeuner frugal passa très vite. Comme dans tous les restaurants de Phnom Penh, la nourriture était infecte. Le Soviétique n'avait parlé de rien.

– Je peux vous dire un mot dans ma voiture? demanda-t-il à Malko après avoir payé.

Malko l'y suivit, laissant Sherry en face d'un café qui ressemblait à de la boue.

Le Soviétique s'installa au volant de sa Volga et dit, l'air grave :

– Je sais ce qui s'est passé hier soir. C'est très fâcheux.

– Plus que cela! soupira Malko. Je repars pour Saigon. Malheureusement, pas avant dix jours, il n'y a pas de place.

Vladimir Kartoff lui adressa un regard perçant, et lança calmement :

– Vous ne pourrez pas.

– Pourquoi?

– Ce matin, il y a eu une réunion importante au ministère de l'Intérieur, avec le directeur de cabinet de Hun Sen. A votre sujet. L'attitude de Ta-Mok rend toute solution impossible, donc Hun Sen est obligé d'abandonner son option « modérée » et de se plier aux desiderata de Hanoï. Seulement, il ne veut pas laisser de témoins de cette tentative de conciliation.

Malko sentit un léger picotement au creux de l'estomac.

– Ils veulent se débarrasser de moi, conclut-il.

– Oui, admit Vladimir Kartoff. C'est la raison pour laquelle vous ne trouverez pas de place d'avion. On va vous proposer de vous faire gagner Ho Chi Minh-Ville par la route N° 1. Vous tomberez dans une embuscade et on mettra cela sur le dos des Khmers rouges...

– Et si j'empruntais cet itinéraire sans prévenir personne?

– Impossible. Pour franchir le poste frontière entre le Cambodge et le Viêt-nam, il faut un visa spécial. Accordé par le ministère de l'Intérieur.

La boucle était bouclée.

– Quelles sont mes options dans ce cas? demanda Malko.

Le Soviétique n'était sûrement pas venu seulement le prévenir.

– Je ne peux, hélas, vous offrir l'abri de mon ambassade, dit Vladimir Kartoff.

Malko réfléchissait. La frontière du Laos, c'était hors de question. Celle de la Thaïlande était inaccessible à cause des Khmers rouges. Il n'y avait pas d'avions à Phnom Penh, à part les Antonov 24 de Air Kampuchea.

Il était piégé. La CIA ne viendrait pas le chercher avec un hélicoptère ou un avion léger.

– Il y a peut-être un moyen de vous en sortir, suggéra le Soviétique. Si vous obtenez une autorisation pour vous rendre à Kompong Som. Toute la contrebande avec la Thaïlande passe par un îlot au large du port. Avec des dollars, vous trouverez quelqu'un pour vous y conduire. Ensuite, il est possible de repartir avec un bateau amenant de la marchandise pour le Cambodge. Mais c'est dangereux.

– Merci de ce conseil, dit Malko.

Le diplomate lui tendit la main.

– Bonne chance, camarade. Nous ne nous reverrons plus, dans l'immédiat.

Malko le regarda démarrer et revint à sa table. Sherry le guettait anxieusement.

– Il y a encore un problème?

– Oui, dit Malko, il va falloir nous séparer.

La jeune Américaine se rembrunit :

– Pourquoi?

– Cela devient très dangereux pour moi ici, dit-il. Je crois qu'ils veulent m'empêcher de sortir du pays. Toi, par contre, tu n'as aucun problème. Le mieux serait que tu partes sur Saigon, et de là, que tu attrapes Air France pour Bangkok. Tu pourras m'y attendre à l'*Oriental*. Si je ne suis pas là dans une semaine, c'est que je ne viendrai pas...

Des larmes avaient brusquement perlé dans les yeux verts de Sherry. Elle saisit la main de Malko et la serra à lui broyer les phalanges.

– Je ne veux pas te quitter. J'ai peur de ne jamais te revoir.

– En restant, tu risques ta vie.

Elle secoua la tête.

– Tant pis. Il doit bien y avoir un moyen de sortir du Cambodge. Si tu l'utilises, je peux venir aussi.

Il sonda le regard clair et y lut une détermination absolue. Sherry ne voulait *vraiment* pas le quitter.

– Bien, fit-il. Tu es formidable. Pourrais-tu avoir par ton ONG un permis pour se rendre à Kompong Som?

– Je vais essayer, dit-elle.

– Alors, occupe-t'en immédiatement.

Ils repartirent pour le *Cambodiana* où Sherry reprit son véhicule.

Chieng s'avança, son sourire retrouvé :

– Monsieur partir Viêt-nam? demanda-t-il.

– Je ne sais pas, fit Malko, il n'y a pas d'avion pour le moment.

Chieng hocha la tête.

– Moyen aller Ho Chi Minh-Ville, par route N° 1. Six-sept heures, à cause bac de Neak-Loeung. Bonne route. Je prends trois cents dollars, si Monsieur veut.

Malko eut l'impression de recevoir un coup sur la tête. Ainsi, Chieng « le souriant » avait été retourné par le ministère de l'Intérieur!

– Il n'y a pas de Polpotistes sur la route? demanda-t-il.

Chieng rit.

– Non, non, pas de Polpotistes...

Malko se sentait un glaçon à la place du cœur. C'était vraiment le *fiasco*! Même le stringer de la CIA le trahissait. L'instinct de survie reprit vite le dessus chez lui sur le découragement. L'art de la guerre consistait souvent à retourner contre l'adversaire ses propres moyens.

– Monsieur sortir? demanda Chieng.

– Oui, dit Malko, j'ai envie de faire un peu de tourisme. Emmenez-moi donc à Choeung Ek.

Choeung Ek, c'était l'ancien camp d'extermination des Khmers rouges, à une quinzaine de kilomètres au sud-ouest de Phnom Penh, devenu Mémorial du Génocide. Des dizaines de milliers de Cambodgiens y avaient été assassinés et enterrés.

– Choeung Ek, très bien, approuva Chieng, en se remettant au volant.

Malko, calé à l'arrière de la Toyota, regarda défiler les rizières entrecoupées de cocotiers. Un paysage plat et monotone à l'infini, d'un vert très particulier. De temps à autre, un hameau. Ils arrivèrent au Mémorial dont la pièce maîtresse était une pyramide de vingt mille crânes humains classés par âge, horrible souvenir des massacres de Pol Pot. Tout autour, on continuait à fouiller les rizières, découvrant sans cesse de nouvelles fosses communes.

Malko fit le tour du monument et revint à la voiture.

– Je voudrais aller un peu plus loin, dit-il. Par ce sentier qui traverse les rizières.

Chieng obéit et ils s'éloignèrent du mausolée en cahotant. L'endroit était absolument désert. Par superstition, les paysans alentour avaient abandonné les rizières où on trouvait parfois un crâne ou un tibia. Dans celles qui étaient encore exploitées, le riz poussait plus vigoureux qu'ailleurs, aidé par l'engrais humain des Polpotistes...

Le sentier se terminait en cul-de-sac marécageux. Chieng cala. Il était en train de remettre en route lorsqu'il sentit quelque chose de froid se poser sur sa nuque. Il se retourna à demi et vit Malko, qui appuyait le canon du Colt 45 contre son cou. Son expression changea à peine, mais une lueur de panique envahit ses yeux noirs.

– Chieng, annonça Malko. C'est la fin du voyage.

Le Cambodgien grimaça un sourire.

– Qu'est-ce que... Pas moyen me tuer? demanda-t-il incrédule.

– Si, répliqua Malko, tout à fait moyen vous tuer.

– Mais pourquoi? Pourquoi!

Sa voix s'étranglait dans l'aigu. Malko eut un sourire féroce.

– Vous ne savez pas pourquoi?

Chieng secoua la tête avec énergie.

– Non, non, pas comprendre...

Le soleil se reflétait dans la rizière proche; la chaleur était accablante dans la Toyota sans climatisation et le silence absolu, à part les bruissements d'insectes. Malko appuya plus fort le canon du Colt contre la nuque de Chieng.

– Ça ne fait rien! Sortez de la voiture.

Chieng obéit et Malko le rejoignit dehors, le guidant du canon de son pistolet jusqu'à une petite fosse déjà fouillée. Il eut à peine à peser sur son épaule pour qu'il s'agenouille. Il appuya alors le canon du Colt sur son front et releva le chien. Avec un sanglot étouffé, Chieng, la tête toujours baissée, leva ses mains jointes à plat vers Malko, le suppliant, mêlant le cambodgien et l'anglais.

– Vous ne savez vraiment pas pourquoi je vais vous tuer? demanda Malko.

Chieng demeura silencieux, tremblant de tous ses membres.

Etouffant de fureur, Malko n'y tint plus.

– Vous savez très bien, Chieng, qu'en me proposant de partir par la route à Ho Chi Minh-Ville, vous m'entraînez dans une embuscade... Vous, qui travaillez pour la CIA.

Il y eut quelques instants de silence, puis Chieng se mit à trembler encore plus fort, levant vers Malko un visage décomposé.

– *Please*, pardon! Pas moyen faire autrement. Polpotistes très méchants! Menacent tuer toute ma famille à Puok, si je n'aide pas. Moi, pas moyen faire autrement. Sinon, tuer moi aussi. Faire *tiet* (1).

Dans sa panique, il mélangeait l'anglais, le cambod-

(1) Me tuer.

gien, le vietnamien. Malko n'en croyait pas ses oreilles. Il avait menacé Chieng dans l'espoir de lui faire révéler les détails de l'embuscade organisée par le capitaine Sarin. Il insista pour être sûr d'avoir bien compris.

– C'est Ta-Mok qui vous a demandé de me tendre une embuscade sur la route N° 1?

– Oui, oui, Ta-Mok, répéta docilement Chieng, en reniflant.

D'un coup, tout devenait clair.

– C'est vous qui avez dit qui j'étais à Palin Yukanthor?

– Oui, oui, c'est moi.

– C'est vous qui avez aidé les hommes de Ta-Mok à pénétrer chez Sopia Sen?

– Oui, c'est moi. Sinon tuer tout de suite.

Malko se tut, atterré. C'était pire que ce qu'il avait imaginé. Il voulait quand même aller au fond des choses.

– Vous informez aussi le capitaine Sarin!

Chieng secoua vigoureusement la tête de gauche à droite.

– Non, non, pas capitaine Sarin. *Please*, pas tuer!

Il enserrait les jambes de Malko comme un serpent.

– Depuis quand travaillez-vous avec les Khmers rouges?

– Dans le camp, bredouilla Chieng. Polpotistes découvrent moi chauffeur Lon Nol. Veulent me tuer tout de suite. Moyen pas tuer, dénoncer ennemis Angkar...

Autrement dit, le stringer de la CIA avait d'abord été mouchard pour les Khmers rouges, avec comme conséquence pour ses victimes, la mort.

– Et ensuite? demanda Malko, glacé de dégoût. Les Khmers rouges sont partis en 1979...

– Polpotistes toujours réseaux à Phnom Penh, balbutia Chieng. Venus me voir. Menacé me dénoncer aux familles de ceux du camp et aux Vietnamiens, si pas faire moyen travailler pour eux. Très contents moi travailler de nouveau pour les Américains.

Une histoire vieille comme le monde. Mais pouvait-on juger ceux qui s'étaient retrouvés dans l'enfer du génocide polpotiste?

Chieng tremblait de toute sa maigre carcasse, les lèvres retroussées dans un rictus désespéré, découvrant ses dents en or. Son visage plat semblait s'être ratatiné. La sueur coulait dans la nuque de Malko. Il éprouvait une furieuse envie d'appuyer sur la détente du Colt et de faire éclater la tête de Chieng.

Hélas, cela n'aurait ressuscité ni Sopia Sen ni Jane Baron. Il eut soudain une idée folle.

– Quel est le plan de Ta-Mok pour me supprimer?

Sentant que le danger s'éloignait un peu, Chieng se remit à parler plus normalement.

– A vingt kilomètres de Phnom Penh, sur route N° 1 il y a endroit qui s'appelle Koki. Au bord Mékong. Le dimanche, beaucoup de gens viennent se reposer dans bungalows, mais en semaine, personne. Moyen emmener vous là-bas.

– Et Ta-Mok se trouvera là? demanda Malko, incrédule.

Chieng avala difficilement sa salive.

– Oui, oui, Ta-Mok! Réfugié là depuis attaque *Tong-Kea.* Bien pour lui, il peut moyen se sauver par Mékong avec bateau rapide, mais il a pas soldats là-bas.

– Très bien, dit Malko, vous allez faire comme si je ne savais rien et nous allons partir après-demain par la route.

– Pas s'arrêter?

– Mais si, dit Malko, on s'arrêtera à Koki.

– Mais...

– Vous voulez terminer comme engrais ici, tout de suite?

– Non, non, affirma Chieng.

– Alors, c'est simple. Vous ne dites rien à Ta-Mok. Et si vous me trahissez, je vous ferai livrer au capitaine Sarin.

– Pas moyen parler personne, jura Chieng.

– On rentre à Phnom Penh, dit Malko.

A l'issue d'une marche arrière zigzaguante, ils retrouvèrent la route étroite serpentant entre les rizières. Malko échafaudait fébrilement dans sa tête le plan complètement fou qui pouvait à la fois sauver sa peau et sa mission.

Evidemment, en sus du risque « normal », tout reposait sur un homme qui trahissait comme il respirait. En partant sur la route N° 1 vers Ho Chi Minh-Ville, Malko savait .bien que cela risquait fort d'être son dernier voyage.

CHAPITRE XIX

Sherry attendait dans la chambre du *Cambodiana* en fumant nerveusement.

– La route de Kampong Som est fermée jusqu'à nouvel ordre, annonça-t-elle. Des attaques de Polpotistes.

Malko n'était pas étonné outre mesure. Si ce que Vladimir Kartoff lui avait appris était vrai, le ministère de l'Intérieur verrouillait. Pour amener Malko dans son piège.

– Cela ne fait rien, dit ce dernier, je crois avoir trouvé une autre solution. Il me faudrait quelqu'un d'*absolument* sûr qui parle cambodgien pour faire l'interprète.

– Et Chieng?

– Je préfère ne pas l'utiliser.

La jeune Américaine réfléchit rapidement.

– Il y aurait bien quelqu'un que nous utilisons parfois. Un professeur anglais, Ian Hogg. Il habite au *Samaki*.

– Va pour Ian Hogg, dit Malko. Où peut-on le trouver?

– A cette heure-ci, chez lui.

– Allons-y.

Laissant la Toyota, ils montèrent dans la Land Cruiser blanche. Au passage, Malko bifurqua vers le marché. Ce fut facile de trouver Sam, en pleine activité, sous les arcades. Il accourut en voyant Malko. Ce dernier lui fit signe de prendre place dans la Land Cruiser et ils repartirent vers le *Samaki.* La nuit commençait à tomber.

Prenant le gamin avec eux, ils traversèrent l'hôtel, gagnant les bungalows. C'est Sherry qui appuya sur la sonnette d'un des bungalows. Un homme de grande taille avec de grands yeux bleus, découplé en athlète, ouvrit la porte. Son visage s'éclaira en reconnaissant Sherry.

– Entrez! fit-il. Quelle bonne surprise!

Sherry expliqua à Ian Hogg ce qu'ils attendaient de lui. Intimidé, Sam était resté près de la piscine. Le professeur ne se fit pas prier et ressortit avec Malko. Ce dernier, avant de rejoindre Sam à côté de la piscine vide, avertit le professeur.

– Tout ceci doit rester strictement entre nous. La moindre indiscrétion entraînerait la mort de ce gamin et la mienne.

– Pas de problème, affirma Ian Hogg, sans poser d'autres questions.

Sam écouta, ramassé sur lui-même, ce que Malko lui fit dire. C'est sans la moindre hésitation qu'il accepta, après un long regard de reconnaissance adressé à Malko. Ce dernier lui remit ensuite une liasse de riels et rentra dans le bungalow avec Ian Hogg. Le premier échelon de la fusée était parti.

Il n'avait pas une minute à perdre pour la suite. Après avoir pris congé rapidement de son interprète, il s'arrêta au bureau de l'hôtel pour appeler l'ambassade soviétique. Le cœur battant, il attendit qu'on lui passe Vladimir Kartoff.

– Je voudrais vous rendre votre invitation, annonça-t-il. Que diriez-vous de dîner au *Boeng Kak* ce soir?

– Avec plaisir, accepta le Soviétique. Sans surprise visible.

Vladimir Kartoff était déjà attablé au bord du petit lac portant le nom du restaurant lorsque Sherry et Malko arrivèrent. Une nuée de moustiques se ruèrent aussitôt sur eux. Le restaurant était presque vide. Ils commandèrent des crevettes, du riz et du poulet. A part la sauce des crevettes, tout était immonde. Les bras de Sherry se couvraient de taches rouges, les moustiques semblant particulièrement l'apprécier...

C'est en raccompagnant son invité à sa voiture que Malko expliqua ce qu'il désirait. A Vladimir Kartoff, il était obligé de dire toute la vérité. Le Soviétique l'écouta attentivement, puis hocha la tête, avec un pâle sourire.

– Normalement, je devrais demander l'autorisation de Moscou pour ce genre de chose. Mais cela prendrait du temps. Je vais donc m'en passer. Retrouvons-nous à l'ambassade demain soir vers sept heures.

Malko regarda s'éloigner les feux rouges de ia Volga. Le deuxième étage de la fusée était lancé.

Chieng sautillait d'un pied sur l'autre à côté de la Toyota garée dans le parking du *Cambodiana.* Bien qu'il ne soit que huit heures du matin, le soleil était déjà brûlant. Malko attendit d'être dans la voiture pour demander d'une voix égale :

– Alors, vous avez transmis le message?

Dans le rétroviseur, il vit la pomme d'Adam du chauffeur monter et descendre nerveusement.

– Oui, fit Chieng dans un souffle.

– Ils ne se doutent de rien?

– Non.

– J'espère pour vous, fit Malko.

Le troisième étage de sa fusée était lancé, lui aussi, mais il ne saurait qu'à la dernière seconde s'il avait fonctionné... Dix minutes plus tard, la Toyota le déposa devant le ministère de l'Intérieur, boulevard Tousamuth. On le mena immédiatement chez le capitaine Jan

Sarin. Avant même qu'il soit parvenu au bureau, le policier s'était levé en brandissant un papier.

– Voilà votre autorisation pour entrer au Viêt-nam! annonça-t-il. Vous pouvez donc partir demain matin comme vous le désirez.

Malko empocha le document. Ils tinrent une conversation brève et amicale puis le capitaine, arguant de son emploi du temps chargé, le raccompagna sur une chaleureuse poignée de main.

– Bonne route! lança-t-il. Vous arriverez à Ho Chi Minh-Ville pour dîner. Et revenez nous voir au Cambodge.

Aux olympiades de l'hypocrisie, il méritait la médaille d'or. Malko se retrouva dans le boulevard Tousamuth, subitement désœuvré. Le compte à rebours était commencé. Jusqu'au lendemain, il ne risquait rien puisque ceux qui avaient décidé de le tuer étaient sûrs de le faire dans quelques heures.

– Vous êtes sûr que vous ne commettez pas une folie?

Le regard de Vladimir Kartoff exprimait une inquiétude réelle. Malko le rassura d'un sourire.

– Peut-être. Mais si je ne tente pas cela, il n'y a pas de sortie. Vous le savez...

Le Soviétique lui adressa un sourire chaleureux.

– Vous avez les meilleurs vœux du *Rezident*, dit-il, révélant pour la première fois explicitement son appartenance au KGB. Il hait les Polpotistes qui ont découpé au coupe-coupe trois de ses hommes. Et les miens. Je regrette de ne rien pouvoir faire de plus.

– C'est déjà beaucoup! assura Malko, en prenant le volumineux paquet enveloppé de papier huilé et en le tendant à Chieng qui l'enfouit dans le coffre de sa Toyota.

Il contenait un lourd fusil à lunette soviétique, un Nagant, une arme de *sniper* très employée au Liban, qui tuait un homme à quatre cents mètres sans aucun problème. Sa crosse découpée comme celle d'une carabine de concours assurait une prise parfaite au tireur. Malko serra longuement la main du Soviétique. Décidément, ses rapports avec le KGB s'amélioraient. Il était pourtant sans illusion; un jour prochain, si les intérêts de la CIA et ceux du KGB ne concordaient plus, il retrouverait en travers de sa route les hommes de la place Dzerjinsky.

– *Losvidania, gospodine* Linge (1), dit de sa voix douce Vladimir Kartoff. Que les Saintes Icônes veillent sur vous.

Il regarda la Toyota franchir la grille de l'ambassade avant de rentrer dans le bâtiment. Malko était certain qu'on le surveillait : Hun Sen et ses amis devaient se demander ce qu'il fricotait avec les Soviétiques. Chieng le déposa au *Cambodiana* – où il avait passé la journée à mettre son plan au point. Il saurait dans quelques heures qui, de Ta-Mok ou de lui, était le plus malin, ou avait le plus de chance... Arrivé au *Cambodiana*, il prit dans le coffre le paquet remis par Vladimir Kartoff et l'emmena avec lui. Sherry l'attendait dans la chambre, l'œil vitreux. Pour calmer son angoisse, elle alternait le cognac et le scotch, avec un peu de tranquillisants en plus. Elle se jeta dans les bras de Malko.

– Tu es sûr que tu veux partir demain?

– Nous n'avons pas le choix, dit Malko. On part à sept heures du matin. Tout se passera bien.

– J'ai peur, murmura-t-elle. Viens.

Son bassin se pressait impérieusement contre le sien. En un clin d'œil, elle fut à genoux devant lui. En quelques jours, elle avait pris des habitudes de vestale, allant au-devant des moindres désirs sexuels de Malko, toutes ses inhibitions effacées par l'alcool. Et ce fut merveilleux. Sa bouche semblait s'être distendue. Elle enfonçait rageusement le membre de Malko dans sa bouche, secouant ses cheveux roux, avide de lui donner le plus de plaisir possible.

(1) Au revoir, gospodine Linge.

Lorsqu'il fut au bord de l'explosion, ce fut elle qui l'attira sur le lit, lui demandant de quelle façon il souhaitait la prendre. Comme il manifestait une préférence pour ses reins, elle s'y soumit docilement. Il se planta sans coup férir dans ses fesses somptueuses, lui arrachant un grondement où la douleur et le plaisir se mêlaient, pour revenir finir dans son ventre.

Sherry le laissa retrouver son calme avant d'annoncer timidement :

– Je suis tellement nerveuse que je n'arrive pas à jouir. Aide-moi.

D'un geste audacieux, elle lui prit la main et la posa sur son sexe entrouvert. Un geste impensable chez elle une semaine plus tôt.

– Caresse-moi, demanda-t-elle.

C'était difficile de refuser... Pendant plus d'une heure, Malko s'acharna à lui procurer orgasme sur orgasme, tandis qu'elle se tordait sur le lit, échevelée, secouée de spasmes, la houle au ventre. Chaque fois qu'il faisait mine de s'arrêter, elle le relançait d'un regard suppliant. Jusqu'à ce qu'elle sombre enfin dans une torpeur réparatrice... Malko se mit à repasser mentalement les étapes de son plan. Cette fête sexuelle était peut-être la dernière de son existence. Le sort du Cambodge pour les années à venir allait se jouer dans quelques heures. S'il échouait, le pays avait toutes les chances de sombrer dans la Solution Rouge.

Il se releva, se rhabilla et descendit, laissant Sherry se remettre de ses multiples orgasmes. Chieng fumait nerveusement une cigarette à côté de la Toyota, dans le parking désert. Il affronta son regard derrière ses grosses lunettes. Depuis qu'il s'était déculotté, ce n'était plus le même homme : craintif, nerveux, il guettait peureusement la moindre réaction de Malko. Ce dernier se méfiait. Maintenant qu'il avait démonté les ressorts du Cambodgien, il savait ce dernier susceptible de retournements. Quand on a trahi une fois... Tout ce qui pouvait l'arrêter, c'était la peur de mourir lui-même.

– Vous êtes sûr de ne pas avoir trop parlé? demanda Malko.

Chieng opina de la tête.

– Oui, oui. Sûr.

C'était l'unique et maigre précaution qu'il pouvait prendre.

Le soleil était déjà haut dans le ciel bien qu'il soit à peine sept heures, et la circulation des cyclo-pousses déjà intense.

Malko cligna des yeux sous la luminosité éblouissante. Escorté de Sherry, il se dirigea vers le parking, son paquet à la main. Chieng attendait, cette fois sans cigarette, avec un sourire un peu figé. Malko vit sa pomme d'Adam monter et descendre à toute vitesse. Le Cambodgien n'en menait pas large...

– On vous suit, fit Malko, avant de s'installer dans la Land Cruiser blanche avec son paquet.

Sherry avait pris le volant.

Les deux véhicules tournèrent à gauche en sortant du *Cambodiana.* Malko se demanda s'il était suivi. Cela risquait de compliquer les choses. Les Honda n'iraient guère au-delà du périmètre de Phnom Penh. Sherry, les jointures des mains blanches, tant elle serrait son volant, était décomposée.

– Nous sommes fous! souffla-t-elle, nous allons nous faire tuer.

Malko posa une main sur son genou.

– Nous n'avons pas le choix.

Elle dut ralentir : la circulation sur le pont enjambant le Mékong était cahotique. La route N° 1 était la seule voie pour le Viêt-nam. Malko regardait la Toyota se faufiler entre les Honda, les cyclos, les bus et les camions surchargés. Sans parler des piétons... La chaussée étroite bordée par des rizières et des maisons était pleine de trous. Ils durent parcourir une dizaine de kilomètres avant que cela aille mieux.

Il y avait très peu de chances pour que le capitaine

Sarin ait monté son embuscade avant le bac sur le Mékong : la région était trop peuplée.

Malko défit le papier huilé enveloppant la carabine Nagant et l'examina. Elle était impressionnante. Le chargeur contenait des cartouches à haute vitesse initiale. Le tout pesait plus de trois kilos. Sherry lui jeta un coup d'œil angoissé et se mordit les lèvres.

Après avoir fait monter une balle dans le canon de l'arme, Malko la déposa à ses pieds, contemplant le paysage plat. Plus l'action devenait imminente, plus il se sentait calme.

Une demi-heure plus tard, les feux arrière de la Toyota clignotèrent. Ils approchaient. Elle se gara sur le bas-côté de la route et laissa passer la Land Cruiser à qui Chieng adressa un sourire crispé. Cinq minutes plus tard, un grand portail de pierre apparut sur la droite. L'entrée du parc d'attractions de Koki. Malko s'était fait expliquer par Chieng la topographie des lieux. Il se laissa glisser sur le plancher, invisible de l'extérieur. A l'entrée, quelques bonzes armés d'un haut-parleur exhortaient les passants à verser une obole pour la reconstruction de leur pagode. Sherry parcourut deux cents mètres jusqu'à une fourche; elle prit la route de gauche qui continuait jusqu'à un parking bordant le Mékong. Elle descendit et Malko fit de même, de son côté, emportant la carabine.

– Eloigne-toi, dit-il. Retourne à la route. Je reviendrai te chercher quand tout sera fini.

Il s'éloigna vers le Mékong, la carabine à la main, et trouva facilement un promontoire qui avançait dans le fleuve, couvert d'une végétation assez touffue. A plat ventre, il s'avança jusqu'à la crête et risqua un œil. De là, il avait vue sur les bungalows surplombant l'eau, utilisés durant le week-end, à deux cents mètres environ.

Ils étaient extrêmement rustiques : un plancher de bois, les côtés faits de nattes et un toit de feuilles. De petites échelles les reliaient à des embarcadères rudimentaires où étaient amarrées des barques à fond plat.

Il y en avait une vingtaine, dominés par d'autres constructions légères semées dans le parc de la pagode, abritant pendant le week-end des marchands de poulets rôtis, d'énormes escargots, de poissons du fleuve, de cafards grillés.

Malko examina la berge. Pas âme qui vive. Très loin sur l'autre rive, des femmes repiquaient du riz dans une rizière. Il regarda sa montre : huit heures pile. Il n'y avait plus qu'à attendre...

Sam surgit sans qu'il l'ait entendu venir. Le pouls de Malko monta brutalement à 150 : si cela avait été un Khmer rouge, il était mort... Le jeune amputé se laissa tomber près de lui avec un sourire de soulagement.

– OK? demanda Malko.

– OK, OK, fit Sam. Ta-Mok *here*.

Malko l'avait envoyé la veille en éclaireur. Le jeune garçon avait prétendu fuir Phnom Penh pour ne pas être déporté sur l'île du Mékong où le nouveau maire envoyait les amputés. Ils s'étaient donné rendez-vous à huit heures, sur ce promontoire. Sam rampa à côté de lui et tendit le bras, désignant un des bungalows devant lequel se trouvait amarrée une jonque assez grande, propulsée par un puissant moteur, à laquelle l'arbre de transmission orientable donnait une grande maniabilité.

L'engin était attaché à un petit ponton, en contrebas du bungalow.

– Ta-Mok! murmura Sam, avec un geste signifiant que le Khmer rouge se trouvait à l'intérieur.

Tandis que Malko observait le bungalow, un homme en sortit. En uniforme verdâtre, casquette et rangers. Il sauta dans la jonque, y prit quelque chose et remonta.

Un Khmer rouge. Malko regarda sa montre : plus que cinq minutes à attendre. Si son raisonnement se révélait exact, tout devait se passer très vite. Même si Chieng trahissait une fois de plus. La Nagant calée dans le creux de son coude, il attendit, allongé dans l'herbe, Sam à côté de lui. Un bruit de moteur se rapprocha. Chieng arrivait.

Chieng n'aurait pas pu avaler un grain de riz lorsqu'il franchit le portail de l'ancienne pagode. Il s'était arrêté deux fois pour soulager sa vessie, tant il était nerveux. Accroché des deux mains à son volant, il passa sa langue sur ses lèvres sèches. Depuis le départ de Phnom Penh, il tournait et retournait dans sa tête les différentes façons de s'en sortir. Tout avouer dès son arrivée et mener Ta-Mok et ses hommes à la planque de Malko semblait le plus facile. Mais il connaissait les Polpotistes : une trahison, même rachetée, restait une trahison. Et ils se souciaient peu de sacrifier à leur éthique un ver de terre de son espèce... L'autre méthode consistait à se tenir au plan prévu. Et à prier pour que Ta-Mok le croie...

Il n'eut plus le temps de se tâter; il était arrivé au parking qui dominait le Mékong. Arrêtant le moteur, il attendit. Le silence était absolu et l'endroit apparemment désert. Il entendait les battements de son propre cœur. Pour se donner du courage, il alluma une cigarette. Pourquoi ne se manifestaient-ils pas? Et s'ils étaient partis? S'ils s'étaient méfié de quelque chose?

Une silhouette verte apparut soudain derrière un arbre, puis une autre, et enfin un troisième Polpotiste jaillit devant son capot. Tous armés de Kalachnikovs. L'un d'eux ouvrit violemment la portière et l'apostropha :

– Où est-il?

C'était le bras droit de Ta-Mok, un grand maigre au visage marqué par des traces de lance-flammes.

– Il y a eu... Il n'est pas... Il n'a pas voulu venir, réussit à dire Chieng.

Il avait l'impression de faire ses besoins sous lui.

– Et toi, dans ce cas, pourquoi es-tu là?

– Pour vous dire, vous prévenir.

Le Khmer rouge le jaugea quelques interminables secondes avant d'ordonner :

– Sors de la voiture et viens.

Chieng obéit, les jambes flageolantes. Maintenant, son plan lui paraissait complètement fou. Il descendit le sentier, une Kalach dans le dos, et pénétra dans le petit bungalow face au fleuve.

Ta-Mok était là, à demi étendu sur un bat-flanc, deux de ses hommes accroupis sur leurs talons près de la porte. Il fumait une de ses habituelles cigarettes chinoises. On lui expliqua ce qui se passait et il posa son regard glacial sur Chieng. Le Cambodgien eut l'impression de se liquéfier. Tremblant de tous ses membres. Le vieux chef khmer le laissa bouillir dans son jus presque trois minutes avant de demander d'une voix dangereusement douce :

– Pourquoi mens-tu?

Chieng protesta d'une voix aiguë. Il était là, c'était la preuve de sa bonne foi. S'il avait trahi, il aurait pu inventer un prétexte. Personne ne pouvait forcer le « farang » (1) à se déplacer... Ta-Mok l'écoutait, troublé. C'est vrai, quelque chose lui échappait. Après tout, c'était possible. Il allait ouvrir la bouche pour renvoyer Chieng lorsqu'un de ses hommes entra en trombe dans le bungalow.

– Il y a une grosse voiture blanche garée plus loin, annonça-t-il. Comme celles utilisées par les farangs. Personne à l'intérieur.

Ta-Mok, habitué aux pièges subtils, comprit en une fraction de seconde. Sans un mot, il se leva et tira sa baïonnette, l'appuyant sur le ventre de Chieng.

– Où sont-ils?

Persuadé que les hommes du capitaine Sarin étaient partout. Chieng recula pour se heurter au canon d'une Kalachnikov.

– Il n'y a personne, non, non, affirma-t-il, en chevrotant.

(1) L'étranger.

Ta-Mok lança son bras en avant d'un geste presque doux et la lame s'enfonça en biais dans le ventre de Chieng dont le visage se figea en un masque de douleur. D'un coup sec, Ta-Mok remonta sur vingt centimètres, ouvrant le péritoine, comme un sac. Horrifié, Chieng eut le temps de voir ses intestins grisâtres jaillir de son ventre, avant de tomber à genoux.

– Vite, partons, ordonna Ta-Mok, sans la moindre hésitation.

A quoi bon perdre du temps? Dans les guet-apens, cela se jouait parfois à quelques secondes. Chieng n'avait aucune importance, l'interroger eut seulement révélé les détails d'un piège qu'il sentait maintenant de toutes ses fibres.

Le tout était de s'éloigner le plus vite possible de l'endroit dangereux. Avec sa jonque hyper-rapide, il pouvait s'en sortir. Un détachement de recueil l'attendait quelques kilomètres en amont. Déjà, ses hommes se précipitaient sur la passerelle de bois pour mettre la jonque en route. Les autres, déployés en éventail, protégeaient la retraite de leur chef. Ta-Mok sortit du bungalow sans se presser, appuyé sur ses béquilles. Comme les planches bougeaient, il ne pouvait pas avancer rapidement.

Cette affaire l'agaçait et l'intriguait. Il se retourna, avant de se préparer à sauter dans sa jonque, mais l'espace boisé derrière lui semblait totalement vide. Cette fois, son intuition l'avait peut-être trompé. Chieng avait pu dire la vérité et cette voiture ne rien avoir à faire avec ses problèmes. Pourtant, il n'ignorait pas que son adversaire avait des liens avec une ONG utilisant des véhicules de ce type.

Il tendit une de ses béquilles à un de ses hommes et se prépara à sauter dans la jonque.

La sueur coulait dans la nuque de Malko et tous ses muscles étaient ankylosés, tant il était tendu. Chaque fois que le regard d'un des hommes de Ta-Mok se fixait dans sa direction, il avait l'impression d'être visible comme une mouche dans un verre de lait.

Lorsqu'il vit des soldats se précipiter en courant vers la jonque et mettre en route le puissant moteur, son pouls s'accéléra prodigieusement. Le bois de la crosse de la carabine était doux à sa joue et son index posé sur la queue de détente ne tremblait pas... Il se sentait comme un joueur qui regarde la boule tourner autour des numéros d'une roulette, ne sachant pas si le sien va sortir. Il ne voyait plus que cette étroite passerelle. A chaque seconde, il s'attendait à entendre des cris d'alarme.

Et Ta-Mok parut. Même sans ses béquilles, il l'aurait reconnu à son port. Plus grand que les autres, les cheveux en brosse, sec et large d'épaules. Une grenade et un pistolet pendaient à sa ceinture. Il avança sur la passerelle. Malko colla son œil droit au viseur, retenant son souffle. Il attendit ensuite que le torse du Khmer rouge se trouve juste au milieu des deux fils qui se croisaient dans son viseur.

Encore une fraction de seconde. Ecœurement et tristesse. Il n'était pas un tueur. Il revit la tête grimaçante de Sopia Sen, les yeux fixes et les lèvres mortes, puis appuya sur la détente de la Nagant.

Une détonation sourde comme l'explosion d'une grenade, le choc de la crosse contre l'épaule, le recul de l'arme qui secoue les os, et là-bas, la silhouette fauchée comme une cible de fête foraine. Puis aussitôt, la riposte : des cris, des appels, les rafales sèches des Kalach tirant dans tous les sens.

Malko demeura tapi, immobile. Ta-Mok gisait en travers de la passerelle, foudroyé, une de ses béquilles encore coincée entre deux planches. Un de ses hommes essaya alors de le traîner vers la jonque. Malko n'avait pas le choix. Le cadavre de Ta-Mok ne devait pas disparaître. Pour la seconde fois, il épaula et tira. L'homme bascula dans l'eau, la tête éclatée et ce fut le signe de la débandade. Tous les survivants se ruèrent dans la jonque qui démarra en travers du fleuve, ses occupants continuant à arroser les berges de leurs rafales aveugles... Il attendit qu'ils soient à un kilomètre pour sortir de sa cachette.

Ta-Mok avait une expression calme, comme la plupart des morts. Il n'avait eu le temps ni de souffrir ni d'avoir peur. Sa main était encore crispée sur sa béquille et sa poitrine n'était plus qu'un magma sanglant.

Malko le contempla avec un mélange de soulagement et de répulsion. Il venait probablement de sauver le Cambodge d'une nouvelle période d'horreur.

Sam avait boitillé derrière lui. Il contemplait le cadavre avec dégoût et commisération. Peut-être la solidarité des amputés.

Malko remonta vers le bungalow, et aperçut Chieng, couché sur le sol en chien de fusil, ses lunettes tombées à côté de lui, le ventre ouvert. Pour une fois qu'il n'avait pas trahi... Malko se dirigea vers la route pour aller chercher Sherry. Jamais la Nagant au bout de son bras ne lui avait paru si lourde.

Commission paritaire N° 56196

ROLAND JACQUARD LES CARTES SECRÈTES DE LA GUERRE DU GOLFE

Dans la nuit du 26 février 1991, battue par la coalition militaire de 29 pays et après 41 jours d'une "drôle de guerre", l'Irak rend les armes et se retire de l'émirat du Koweït.

Grâce à la longue enquête qu'il a menée au Moyen-Orient, en Europe et aux États-Unis, Roland Jacquard, puisant aux sources les plus confidentielles, ouvre les dossiers secrets de **La guerre du Golfe**.

De la forteresse militaire irakienne aux informations secrètes sur le groupe Abou Nidal, et l'assassinat d'Abou Iyad, ce document retrace dans le détail l'histoire secrète de l'arsenal militaire irakien, avec des révélations inédites sur la bombe atomique en préparation à Bagdad, les armes chimiques et les missiles à longue portée ...

L'auteur va plus loin et nous révèle les dessous du régime irakien, la véritable personnalité de Saddam Hussein, ses relations avec le KGB et le monde occidental.

Un livre d'une brûlante actualité qui permet de comprendre comment **La guerre du Golfe** a redéfini les enjeux d'un nouvel ordre du monde.

Roland Jacquard, journaliste, écrivain, est directeur du Journal du Parlement, *consultant au journal* Le point. *Il a également écrit plusieurs ouvrages traitant du terrorisme et des services secrets, dont :*
Les Dossiers Secrets du Terrorisme
(Éd. Albin Michel).
Il a couvert sur La Cinq *l'actualité de la guerre du Golfe.*

120 F.

LES CARTES SECRÈTES DE LA GUERRE DU GOLFE

ROLAND JACQUARD

EDITION°1 / EDITIONS GERARD DE VILLIERS

IMPRIMÉ EN FRANCE PAR BRODARD ET TAUPIN
Usine de La Flèche (Sarthe), le 25-03-1991.
6838D-5 - Dépôt légal, Éditeur 2814 - 4/1991.
ISBN : 2-7386-0181-2

42/5416/5